안드로메다 구하기

김설아
환상소설집

안드로메다 구하기

아프로스
미디어

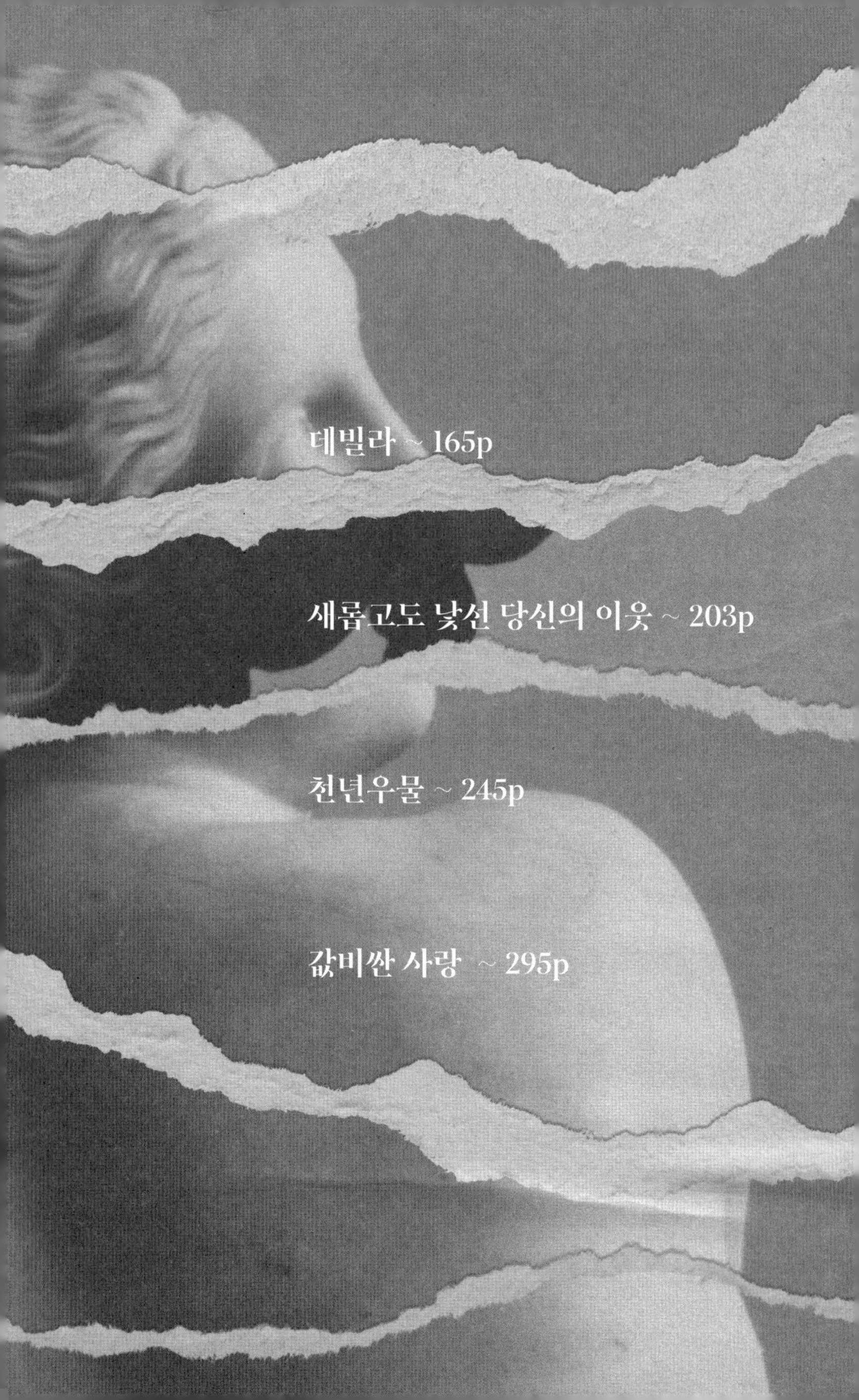

과자와 고기

정하나는 스무 살의 여자 사람이다. 겉으로는 그렇게 보인다. 하나는 여기 도착해서 20년이 흐른 지금까지 인간처럼 보이려고 애썼다. 그래서 누군가 말을 걸 때마다 긴장했다. 같은 조에서 작업하는 한 살 많은 언니 이정신이 다가올 때도 마찬가지였다.

정신은 한국인 치고 색소가 옅은 눈과 갈색 머리에 살갗은 혈관이 비칠 정도로 하얀, 등급을 매기자면 빈혈로 보여 피와 살이 될 것 같지 않은 질 낮은 고기다. 말라서 지방은 모자라도 피부는 결도 좋고 깨끗하니 내장 쪽은 싱싱할까나.

이런. 하나는 상상 속에서 인체를 토막 내고 등급을 나누는 자신을 경계하며 정신의 말을 흘려들었다. 배가 안 고프다며 아침으로 나온 빵과 우유, 초콜릿을 사물함에 넣고는 작업복으로 갈아입던 정신이 말했다.

"웃기지 않아? 그게 말이 돼?"

"그러게요."

그러게요, 맞아요, 그래요. 그 정도로 대꾸하면 대화에 무리는 없었다. 사람들은 듣기보다 말하기를 좋아했다. 정신이 계속 말했다.

"너는 주말에 뭐 했어?"

하나는 당황했다. 자신은 할 말이 많지 않았다. 하나의 일상은 단순했다. 일하고 돈을 받고 M 편의점에서 고기를 사 먹는 것. 하나가 말했다.

"별거 없었어요. 먹고, 자고."

정신은 얇고 긴 작업복을 입은 팔로 하나의 옆구리를 툭 쳤다.

"그게 뭐야. 너 스무 살 맞아? 친구도 만나서 술도 먹고, 놀고 그래라. 월급이 많지는 않아도 즐길 정도는 되고……."

정신이 하나의 사물함 안을 들여다보았다.

"옷도 참. 누가 보면 폭주족인 줄 알겠다."

가죽 바지에 가죽점퍼, 무채색 면 티셔츠. 하나의 유일한 외출복이었다. 교재에 나온 차림이라서 그런지 그라너트에서 온 이민자들은 이런 차림을 한 사람들이 많았다. 갖은 일을 하며 얻은 교훈은 외모를 지적하는 사람과 우호적인 관계를 맺기는 힘들다는 것이었다.

하나는 좋지 않은 예감을 느끼며 정신을 보았다. 하나는 사람들을 볼 때 응시하지 않지만, 필요할 때면 정면으로 바라보았다. 그때 사람들은 하나의 눈에서 뭔가를 보았고, 공포심을 느꼈다. 정신은 눈이 마주치기도 전에 시선을 피하며 말했다.

“갈아입어. 집합 시간에 늦겠다.”

벽에 걸린 시계를 보니 5분밖에 남지 않았다. 하나는 팔과 목깃이 파란색에 몸통은 흰색인 긴팔 점퍼와 파란 바지 작업복을 입고, 어중간한 단발머리를 고무줄로 꽉 묶고, 노란 두건에 하얀 모자와 마스크를 쓰고, 하얀 안전 장화를 신고 탈의실에서 나왔다. 작업장 사무실에는 수다를 떠는 정신과 같은 조 언니 둘, 다른 조 언니 여덟이 있었다.

하나가 들어서자 분위기가 묘하게 서늘해졌다. 이럴 때 사람이라면 눈치를 보겠지만 하나는 태연했다. 나중에는 다들 깨달았다. 하나가 남들과 다르다는 사실을. 그럴 때는 일자리를 옮기면 되었다. 공장은 많았다.

뒤에서 작업반장의 목소리가 들리자 하나는 안도했다. 이직은 귀찮은 일이었다. 하나는 이곳에서 잘해 왔다. 40대인 반장은 비만한 남자였다. 하나는 대열을 이룬 여자들 사이에 서서 반장을 관찰했다. 나이가 많으니 고기가 질길 것이고, 술 담배도 하는 것 같으니 독소도 많을 것이다. 지방도 많겠지만 건강하지는 않겠지. 피부도 뭔지 모를 반점과 기미로 뒤덮여 있으니 내장 면에서도 기대할 게 없겠구나.

저런 고기는 먹어도 힘이 안 나겠네, 하고 중얼거리는데 반장이 그 소리를 듣고는 말했다.

"정하나 씨? 방금 뭐라고 했죠?"

하나는 즉각적으로 반장의 말을 재생했다. 하나의 뇌에는 이때까지 들은 모든 지구인들의 말이 저장되어 있었다. 반장은 흡족한 얼굴로 고개를 끄덕였다.

"맞아요. 청소할 때 철 수세미 조심하는 거, 잊지 마세요. 과자에서 철 수세미 나오면 우리 공장 큰일 나는 거 알죠?"

네! 하는 대답이 힘차게 나왔다. 반장이 외쳤다.

"마지막으로 구호 갑시다! 기계에 손가락을 넣으면 손가락이 잘린다! 손가락을 넣지 말자!"

공원들이 구호를 따라 하자 반장이 말했다.

"이상 조례 끝! 자기 위치로!"

다른 조 언니들은 초콜릿과 과자 공정이 있는 곳으로 내려갔다. 하나와 정신, 언니 둘은 3층으로 올라왔다. 여름인데도 아이스크림 공정이 있는 곳이라 서늘했다.

오래된 기계 부품들과 잡동사니가 둘레에 쌓인 넓은 복도를 지나 안으로 들어가자 부드러운 우유와 달콤 쌉쌀한 초콜릿 냄새가 났다. 그들이 만드는 타르트는 작고 네모난 바닐라 아이스크림에 밀크 초콜릿이 코팅된, 12개씩 개별 포장되어 박스에 들어 있는 제품이었다.

제조 공정은 네 단계인데, 첫 번째는 조장 언니가 맡았다. 이 공정은 커다란 통에 들어간 아이스크림 상태를 판단하고 공정 전체가 순조롭게 돌아가는지 파악해야 돼서 신경을 곤두세워야 했다. 잘 섞인 아이스크림은 조그마한 타원 형태로 성형되어 초콜릿으로 코팅된 다음, 투포환처럼 쏟아져 나와 열을 지어 이동한다.

정신은 두 번째에 서서 투포환들이 벨트 칸마다 한 개씩 들어 있나 확인한다. 두 번째가 눈이 돌아갈 정도로 속도도 빠르고 쇠사슬처럼 생긴 벨트도 날카로웠다. 반장 말대로 손가락을 넣으면 잘리기 딱 좋은 곳이었다. 내내 서 있어야 해서 허리도 다리도 아팠다.

세 번째는 하나 담당인데, 아이스크림이 내포장지에 개별 포장되어 아래쪽 컨베이어 벨트 위에 놓이면 네 개씩 삼단으로 플라스틱 박스에 담아서 위쪽 벨트에 올려놓는 것이었다. 처음에는 한 개씩 집었지만 며칠 뒤에는 손바닥에 쓸어 담으면 네 개고, 세 번을 넣으면 12개였다. 같은 자세로 열 시간씩 앉아 있으려면 허리부터 어깨, 팔, 손목까지 쑤셨다.

마지막 공정은 아이스크림 겉포장 상자 양쪽에 아교풀이 잘 붙었는지 확인하고 12개씩 골판지 상자에다 담아 택배 상자 근처까지 연결된 관으로 밀어 넣는 일로, 조장 언니 다음으로 나이 많은 언니가 담당했다. 마지막 공정이 제일 쉬웠지만 아교풀에 박스가 달라붙으면 밀려서 다 떨어지기 전에 손으로 떼어 내야 했다. 쇠로 된 아교풀 상자는 작지만 뜨거워서 위험했다. 소포장 제품 12개들이 박스를 번쩍 들어 관까지 밀어 넣을 때는 말 그대로 힘이 들었다. 여기도 내내 서 있어야 했다.

숙달되면 첫 번째와 마지막이 나았다. 이 공정은 선배들이 고정으로 가져가고 두 번째와 세 번째 공정은 정신과 하나가 교대로 일했다. 두 번째 공정에 서 있는 정신은 평소보다 창백해 보였다. 쇠사슬 벨트에 똑바로 넣지 않은 아이스크림이 포장 단계에 걸려 기계가 두 번이나 멈췄다.

세 번째로 멈췄을 때, 조장 언니가 정신에게 고함을 질렀다.

"멍청하게 서서 뭐 하냐? 눈깔이 삐었냐!"

조장 언니는 일을 못하면 욕을 했다. 하나는 마지막으로 나온 아이스크림을 플라스틱 상자에 담으며 송곳처럼 뾰족한 얼굴과 몸매의 조장을 보았다. 스트레스로 가득한 고기일 거야. 노르께한 얼굴로 보아 영양 섭취도 제때 안 하는 것 같고.

그때 하나의 배에서 꼬르륵 소리가 났다. 굉장히 큰 소리였지만 기계가 시끄럽게 돌아가다가 멈춘 터라 모두들 귀가 멍할 터였다. 하나는 조마조마했다. 사람들을 볼 때마다 고기 생각을 하는 걸 보니 한계가 다가오고 있었다. 빠른 시일 내에 M 편의점에 가야 한다.

정신이 중얼거리는 소리가 들렸다.

"죄송해요……."

조장 언니가 하나를 가리키더니 말했다.

"쟤랑 바꿔. 쟨 안 걸리잖아."

둘의 자리가 바뀌고 다시 기계가 돌아갔다. 하나는 투포환처럼 두두두두 쏟아져 나오는 초콜릿 아이스크림을 하나도 놓치지 않고 쇠로 된 벨트에 빈칸 없이 완벽하게 채워 넣었다.

하나에게는 이 속도도 느렸지만 정신은 감탄하는 표정으로 바라보았다. 작업이 끝나고, 지문을 찍고 간식 식권으로 받은 우동을 앞에 두고 앉아 있는 하나에게 정신이 다가왔다.

"이참에 바꾸지 않을래? 나희 언니랑 양미 언니는 고정이잖아. 우리도 그러자고."

권나희, 주양미. 조장 언니와 박스 언니 이름이었다. 정신이 말했다.

"나, 난 무서워, 그 기계. 심하게 빨라서."

하나가 대답했다.

"그래요."

"그건 그렇고, 마치고 놀러 안 갈래? 노래방도 좋고 호프집에 한잔하러 가도 좋고."

괴성을 질러 대는 인간들로 가득한 노래방도, 무슨 맛인지도 알 수 없는 술이라는 음료를 마시는 술집도 끔찍했다. 무엇보다 하나에게는 중요한 일정이 있었다. M 편의점을 방문하는 것. 하나는 말했다.

"피곤하네요. 집에 가서 자려고요."

"그게 뭐야? 나보다 나이도 어리면서 이 정도로? 뭐 일이 빡세긴 하지만."

하나는 웃어 보이려고 애썼다. 20년째 연습 중인데도 어려웠다. 정신이 말했다.

"그래, 정말 피곤해 보인다. 내일 보자."

하나는 네에, 하고는 일어났다. 탈의실로 가서 옷을 갈아입고 지문 인식 기계에서 퇴근부를 찍고 모자를 눌러썼다. 재료를 실어 나른 트럭들이 빠져나가 텅 빈 주차장 입구에 시동이 걸린 통근 버스가 서 있었다. 버스에 올라탄 하나는 누가 말을 걸까 봐 앞자리에 앉아 고개를 숙이고 자는 척을 했다.

*

종점에서 내린 하나는 시내버스를 탔다. 하나가 사는 곳에서 가장 가까운 M 편의점은 어린이 대공원 근처에 있었다. 위치 덕분에 고기가 질 좋기로 유명한 곳이었다. 하지만 하나에게는 돈이 없었다. 하나는 예비 절망을 가지고 M 편의점의 간판을 보았다.

하얀 간판에는 M이라는 대문자만 초록색으로 빛났다. 밑에 CVS와 지점명이 적혀 있었고 유리창에는 광고 포스터도 없었다. 인테리어도 살풍경했다. 입구에 달린 센서가 눈동자를 스캔했다.

인간일 경우 붉은 등이 반짝거리고 사이렌이 울리며 문에 셔터가 내려간다. 셔터는 우주 물질로 지구의 기술 수준으로는 뚫을 수 없다. 하나의 경우 들어서기까지 몇 초도 채 걸리지 않았다.

초록 공간에 가득한 인간 고기에서 나오는 특유의 냄새. 하나는 콧노래를 부르며 녹색 플라스틱 장바구니를 팔에 걸고 정육 코너의 생고기들을 구경했다. 육질도 마블링도 환상적인 100일 된 아기 사태, 지방질이 풍부한 다섯 살배기 뒷다리, 거세한 13세 삼겹살 등등.

맞은편에는 가공 식품들로 가득했다. 손과 발 뼈를 열여섯 시간 우려낸 곰탕, 남은 고기들을 모아 만든 소시지, 햄, 너겟, 양념해서 숙성한 갈비 등등. 인간들이 가축들을 먹는 방식을 그대로 따라 해 만든 인육들이었다. 무슨 일인지 전 제품 10% 할인에 유통 기한이 많이 남은 제품까지 1+1 행사를 하고 있다.

하나는 서둘러 휴대폰으로 통장 잔고를 확인하고는 한숨을 쉬었다. 통장에는 유통 기한이 임박하여 반값에 판매 중인 소시지와 순대, 곰탕 한 팩을 살 정도의 돈밖에 남아 있지 않았다. 최고 등급 뼈와 내장을 사용한 것이라지만 생고기를 먹는 것보다는 약발이 떨어졌다.

생고기를 사려면 돈이 많이 들었다. 인간고기는 성장 환경이나 먹는 음식에 따라 등급이 나뉘었는데 어릴수록, 좋은 음식을 먹고 살수록 가격이 높고 사람 형태를 유지하는 데 좋았다. 하나가 먹어 본 바로는 100g에 5만 원 전후의 고기가 좋았으며, 초등학생 이하의 고기를 먹어야 효과가 오래갔다. 사춘기가 온 고기를 먹으면 호르몬 때문에 몸이 힘겨워했다.

공장의 월급은 주말 빼고 매일 열 시간씩 주야 교대로 일해야 250만 원 전후라서 하루에 두 끼 혹은 한 끼를 먹었다. 숙소인 빌라도 월세가 싸다고는 해도 전기세며 수도세가 꼬박꼬박 나왔다. 그러다 보면 월급날인 월초가 되기도 전에 돈은 모자라기 십상이었다.

하나는 장바구니에 가공 식품들을 넣고서 자연 분만해 모유 수유한 돌쟁이 고기를 구경하며 검은 플라스틱 팩을 들었다 놨다 했다. 인간고기 중 그나마 먹을 만한 것이라 훔쳐서라도 먹고 싶었지만 그랬다가는 직접 도축하는 것과 마찬가지로 추방행이라고 들었다. 고향으로 돌아가는 우주선이 가끔씩 뜬다는 루머도 들은 적이 있었지만 언제 어디서 발사되는지는 알지 못했다.

귀향과 추방은 천지 차이였다. 추방되면 심할 경우 감옥에 갇혀 굶어 죽는다고 했다. 그 굶주림이 진저리나게 싫어서, 고향의 만성적인 식량 부족이 끔찍해서 이 몇만 광년 떨어진 별까지 온 자신이 아니던가.

하나는 무인 기계로 가서 계산을 하고 가게 안쪽에 마련된 플라스틱 테이블에 버너를 가져와 불을 켰다. 구비되어 있는 냄비에 곰탕을 녹이고 프라이팬에 소시지를 구웠다. 순대도 포장을 뜯어 접시에 담고 레인지에 돌렸다. 조리가 끝나자 근사한 냄새가 났다. 하나는 두 손을 모으고 외쳤다.

"잘 먹겠습니다!"

기쁜 마음으로 일용할 양식을 먹는데 문이 소리를 내며 열렸다. 가죽 바지에 라이더 재킷을 입은 할아버지와 할머니가 들어왔다. 그들은 신선육 코너에서 고기를 골라 계산을 하고는 하나 옆에 앉더니 고기를 굽기 시작했다. 그들의 고기는 하나가 그토록 먹고 싶어 한 돌쟁이 고기였다. 달아오른 불판에 고기가 치익 하고 익는 소리가 났다. 하나가 바라보자 할머니가 말했다.

"고기 맛이 좋네. 아가씨도 한 점 들라우? 왜 그런 걸 먹고 있어? 돈이 없어서 그래? 어디에서 일하는데?"

"어, 네. 돈이 좀 없네요. 아껴 쓰긴 하는데 고기 값이 계속 오르기만 하니. 아, 전 공장에서 일해요, 과자 공장."

하나에게 할머니가 젓가락으로 김이 나는 잘 구운 고기 한 점을 건네려는데, 할아버지의 젓가락이 그 고기를 불판에 떨어뜨렸다.

"놔둬. 저런 거 먹는 애들은 도태되어야지. 우리가 왜 고기를 줘야 하는 거지? 난 한 점도 희생할 수 없네."

하나는 할아버지의 얼굴을 보았다. 그의 광물 같은 눈동자를 응시하자니 고향 그라너트가 생생하게 떠올랐다. 1년 내내 차가운 물속에서만 살아서 그런지 그라너트인들은 매정하기 그지없었다. 저 할아버지야말로 전형적인 그라너트인이었다.

하나는 곰탕을 들이켜고 소시지와 순대를 먹었다. 별맛이 없었지만 꾸역꾸역 먹었다. 뒷정리를 마치고 일어서는데 할머니가 말했다.

"아가씨, 말랐네. 여기서 사는 게 힘들지? 참, 이틀 뒤에 고향으로 가는 편의점이 있다는데 견디기 힘들면 돌아가는 게 어때? 고향에 가족은 있어?"

하나가 물었다.

"고향으로 돌아가는…… 편의점요?"

할머니는 고개를 끄덕였다. 하나는 놀랐다. M 편의점에서는 고기만 파는 줄 알았다. 편의점이 귀향선 역할을 하는 줄은 처음 알았다. 귀향하려면 올 때처럼 우주선을 타는 줄 알았던 것이다. 그런데 편의점을 통해 돌아갈 수 있다니. 편의점이 우주선 역할까지 하다니.

귀향이라. 잊고 있던 고향 땅의 갯내가 코끝에 확 풍기는 것 같았다. 적어도 거기서는 인간인 척 애쓰지는 않아도 된다. 여기 와서 영화라도 누릴 줄 알았지만 해가 갈수록 사는 게 익숙해지기는커녕 힘들어지기만 하니, 돌아가는 것도 나쁘지 않으리라.

하나가 말했다.

"고맙습니다. 어디서 몇 시에 발사되나요?"

할머니는 I시의 톨게이트 근처라며 스마트폰으로 위치를 보여 주었다. 시간은 이틀 뒤 정오.

하나는 그것을 기억 속에 저장해 두었다. M 편의점에 오길 잘했다고 생각하며 하나는 숙소로 가는 시외버스를 타러 갔다. 하나가 나가자 할아버지가 말했다.

"왜 거짓말을 해? 이틀 뒤에 발사되는 건 여기, 어린이 대공원 지점이잖아. 단골이라 알게 된 거지만."

할머니가 말했다.

"지구인들한테 배웠지. 희망 고문? 위하는 척하며 구덩이에 빠뜨리기. 재밌잖아?"

"당신 애초에 고기 줄 생각도 없었지?"

"이 투뿔 고기를 뭐 하러 그런 애송이한테 줘? 이거 납치해서 도살하느라 힘들었던 걸 생각하면 말도 말아. 아! 좋다, 좋아."

할아버지는 고기를 싸고 있던 랩에 붙은 스티커에 쓰여 있는 도축자 이름을 보았다. 과연 할머니의 이름이 쓰여 있었다. 할아버지가 말했다.

"그래도 대공원을 헤매는 꼬맹이들 중 한 명을 데리고 오는 건 어렵지 않잖아? 물론 도살할 땐 구역질 난다는 거 알아."

할머니는 인상을 찌푸리며 손사래를 쳤다. 그러더니 자신의 옷에 밴 냄새를 킁킁 맡았다.

"아직도 그 냄새가 나는 것 같아. 아무리 씻어도 빠지지가 않는다니까. 그 끔찍한 피와 살 냄새, 갈겨 댄 오물 냄새."

할아버지도 인상을 찌푸렸다. 할머니는 빙긋 웃고는 말을 이었다.

"그래도 납치는 스마트폰이 나온 뒤로 많이 쉬워졌지. 그걸로 애들이 좋아하는 동영상이나 게임을 틀면 마법처럼 따라오니까. 엄마나 아빠도 모른다니까? 다들 스마트폰만 쳐다보고 있거든."

그들은 크게 웃었다. 마침내 웃음을 그친 할머니가 말했다.

"그다음은 잘 알지?"

"도살장 고리에 걸어 놓고 휘리릭, 탁탁탁, 쓱쓱쓱. 납치와 도살, 이 두 가지를 해내는 능력은 흔치 않지. 괜히 정부에서 당신을 보냈겠어?"

"당신도 공무원들 싣고 다니느라 바쁘잖아. 그래서 우리가 이렇게 질 좋은 고기를 먹을 수 있는 거고. 아까 그 공장에 다니는 아이와는 비교도 안 되지."

"그럼, 그렇고말고. 내가 하고 싶은 말이 바로 그거야."

"하는 것도 없으면서 어디서 고기가 비싸다고 불평을 해? 자, 한 점 들어."

둘은 서로에게 고기를 집어 주며 즐겁게 먹었다.

*

하나는 아침이 되어서야 일어났다. 채비를 마친 하나는 낡은 빌라에서 나와 제과 공장 통근 버스를 탔다. 버스에서 내리는데 누군가 팔을 툭 치며 아는 척을 했다. 흰 얼굴에 갈색 웨이브 머리, 정신이었다. 하나는 속으로 한숨을 쉬었다. 정신이 말했다.

"너, 어디 아파?"

"아, 아뇨."

"안색이 창백한데?"

하나는 괜찮다고 대꾸했지만 탈의실에 도착해서 가죽 바지를 벗으려고 몸을 숙였다가 일어나자마자 강렬한 토기를 느꼈다. 화장실로 달려간 하나는 변기를 붙들고 토했다. 뱃가죽이 당길 정도로 토하고는 힘겹게 일어났다.

변기에 가득한 것은 어제 먹었던 가공식의 잔해였다. 유통 기한이 얼마 남지 않아 상했나. 월급날까지 6일이나 굶으며 버텨야 한다. 변기 물을 내리자마자 이번에는 복통을 느꼈다. 말 그대로 토사곽란이었다. 다리가 후들거려 화장실 벽을 짚고 일어난 하나는 엉엉 울고 싶었다.

작업복으로 갈아입고 사무실로 가자, 다른 언니들과 수다를 떨던 정신이 다가왔다.

"괜찮아?"

하나가 말했다.

"어제저녁에 상한 걸 먹었나 봐요. 토했더니 속은 편해요."

"다행이네. 오늘부터 2번 라인 할 수 있겠어?"

"문제없어요."

"고마워. 내가 언제 한턱낼게."

하나는 고개를 끄덕였다. 작업반장 아저씨가 왔다. 강렬한 술과 담배 냄새가 났지만 그를 보고 있자니 하나는 식욕이 솟았다. 저 통통한 뱃살을 물어뜯고 싶다! 허옇게 불은 지방이면 어때? 지금 그런 걸 가릴 때야?

하나는 정신을 차렸다. 위험하다. 하나는 입술을 깨물며 배 속에서 천둥이 치는 소리를 외면하려 애썼다. 구호 시간이었다.

"기계에 손가락을 넣으면 손가락이 잘린다! 손가락을 넣지 말자!"

"해산!"

3층으로 올라간 하나는 2번 라인에 섰다. 나희가 외쳤다.

"돌아간다!"

아이스크림 공정이 육중한 기계음을 내며 돌아가는 소리가 들렸다. 하나의 눈에는 무서운 속도로 쏟아지는 아이스크림 투포환도 느리게 보였다. 평소보다 느리게 느껴지는 것은 허기로 인한 집중력 향상 때문인지도 몰랐다. 배고파. 배고파. 배가 고파…….

하나는 중얼거리며 벨트 칸 밖으로 튀어나오는 아이스크림을 쳐서 밀어 넣었다. 손가락이 많아진 것 같은 건 기분 탓인가. 하나는 시선이 느껴져서 뒤돌아보았다. 정신이 작업을 하면서 자신을 보고 있었다. 뭐지? 뭘 보는 거야? 하고 자신을 살핀 하나는 놀랐다. 인간의 형태를 유지하고 있던 손이 수십 갈래의 촉수로 변해 있었다.

봤나? 하나는 뒤를 돌아봤다. 정신은 아이스크림만 쳐다보며 내 포장 상자에 넣고 있었다. 잘못 본 건가? 하나는 자신의 손을 내려다보며 인간형으로 복구하는 데 애썼다. 돌아가, 돌아가, 돌아가라고……. 곧 손은 인간형으로 돌아왔다. 노파심에 나희와 양미도 쳐다보았지만 나희는 아이스크림이 섞이는 통을 들여다보고 있었고, 양미는 서서 반쯤 졸고 있었다. 괜한 걱정이었나.

그때 기계가 멈추고 종이 울렸다. 나희가 말했다.

"쉬는 시간이다, 애들아."

하나는 쉬고 싶었다. 휴게실에 가서 누워 있을까 싶었다. 정신이 오더니 말했다.

"너 배고프겠다. 과자 서리하고 올까? 난 초콜릿 먹고 싶은데."

인간의 음식, 그것도 과자 따위 입에 맞지 않았지만 거절할 명분이 없어 따라갔다. 공원들에게 과자 서리는 특별한 이벤트였다. 작업반장은 과자를 가지고 나가지 말라며 통근 버스에 올라타 불시에 검사를 하곤 했지만, 현장에서 먹는 것은 묵인했다.

지하로 내려가 아이스크림 공정에 들어설 때처럼 손을 씻고 소독을 하고 문을 열자 달콤하고 고소한 초콜릿과 쿠키 냄새가 확 달려들었다. 그들은 수천 개의 버터 쿠키가 물결처럼 밀려 내려오는 모습을 보기도 하고, 코코아 파이가 코팅되기 전 동그란 빵 형태인 모습을 보기도 했다. 그물 모양 초콜릿 공정에 간 정신은 포장된 작은 박스 몇 개를 작업복 허리춤에다 쑤셔 넣었다.

누군가 정신에게 아는 척을 했다. 그들이 수다를 떠는 동안 하나는 계단을 올라가 코코아 파이 공정을 구경했다. 코코아 파이는 공장 대표 제품으로 케이크 반죽 통이 사람 몇 명은 너끈히 들어갈 정도로 거대했다. 안에서 번쩍거리며 돌아가는 커다란 칼날을 보는데 아침 조례를 같이 하는 언니가 가까이 오더니 말했다.

"조심해, 여기. 위험하거든. 예전에 누가 뭔가를 떨어뜨려서 손을 내밀었다가 순식간에 딸려 들어가서 사라져 버렸대."

"그래요?"

언니는 고개를 끄덕였다.

"응. 전에 작업반장님이 말씀하셨잖아. 일 그렇게까지 하지 마라, 안전이 제일이다 하면서. 기억 안 나?"

하나는 기억을 되감아 보았다. 그런 말이 남아 있었다. 그때 정신이 말했다.

"굉장하지? 여기서 반죽이 나와서 성형되고 코팅되는 건 타트 공정이랑 비슷해. 물량은 비교도 안 되지만."

하나는 고개를 끄덕였다. 그때 버저가 울렸다. 과자 공정의 쉬는 시간이었다. 정신이 시계를 보더니 말했다.

"가자!"

휴식 시간이 5분밖에 남지 않았다. 그들은 빠른 걸음으로 계단을 올랐다. 마지막 계단에 올랐을 때 정신이 헐떡이며 하나를 돌아보았다.

"나, 봤어."

"네?"

"네 손."

하나가 뭐라 대꾸할 말을 찾지 못하자 정신이 말을 이었다.

"넌 사람 연기를 못 해. 모르는 척해 왔지만 오늘은 심하네. 나까지 위험해지겠어."

하나는 걸음을 멈췄다. 그리고 정신의 눈을 처음으로 응시했다. 그래, 그랬구나. 정신도……. 정신이 말했다.

"고기는 먹고 다니니? 너 위태위태해."

작업이 끝나자 탈의실로 온 그들은 다른 공원들이 나갈 때까지 남아 있다가 서로를 쳐다보았다. 저번에는 폭주족이냐고 비웃던 정신도 검은색 라이더 재킷에 꽃무늬 원피스를 입고 있었다.

"돈이 없어서 그래?"

정신은 가죽 재킷 안주머니에서 만 원권 여러 장을 꺼내더니 부채처럼 부치며 말했다.

"나는 있는 게 돈뿐인데, 좀 줄까?"

저 돈이면 아기 고기까지는 무리여도 거세 등심 정도는 얼마든지 살 수 있다. 등심은 씹는 맛이 좋지. 입가에 침이 주르륵 흘렀다. 하나는 세차게 고개를 끄덕였다. 정신이 웃었다.

"농담이지롱! 너도 노력해! 여기 산 지 얼마야? 10년? 20년? 그렇게 적응을 못 하냐."

하나는 뭐라 대꾸할 말을 찾지 못했다. 그러다 배 속에서 천둥처럼 울리는 꼬르륵 소리를 듣고는 망연자실했다.

통근 버스를 탄 하나는 여느 때처럼 모자를 눌러쓰고 앞자리에 앉아 중얼거렸다. 내일이면 된다. 나는 여기서 사는 게 맞지 않아. 고향으로 돌아가야겠어. 하나는 머릿속으로 할머니가 보여 준 지도를 되새겨 보았다.

*

다음 날 아침, I시 톨게이트 근처 M 편의점에 도착한 하나는 안도했다. 있다. 발사되지 않았다. 귀향한다는 게 믿기지 않았지만, 할머니가 자신에게 거짓말을 할 필요는 없지 않나? 그라너트인의 특성상 짓궂은 거짓말은 식은 죽 먹기겠지만 할머니는 드물게 선해 보였다. 그 귀한 고기를 자신에게 주려고 하지 않았던가.

그래, 믿어 보자. 하나는 아무도 없는 편의점 안에서 군침을 흘리며 고기들을 구경했다. 발사되면 이 고기들은 어떻게 되는 건가? 고향으로 싣고 가는 거겠지? 그렇다면 건드리면 안 되겠다. 하나는 몇 개뿐인 고기를 만지지도 않고 기다렸다. 공장에서 휴대폰으로 몇 번 전화가 왔지만 받지 않았다.

오후 4시가 다 되어 가는데도 아무도 오지 않는 M 편의점. 뭔가 잘못되었다는 것을 느낀 하나는 밖으로 나왔다. 그 할머니가 자신에게 그런 좋은 정보를 알려 줄 리 없지. 흔한 그라너트인이었던 거야. 하나는 숙소인 낡은 빌라로 돌아왔다.

외국인들이 주로 사는 동네는 저녁이라 인적이 드물었다. 주택과 낡은 빌라가 즐비한 어두컴컴하고 비좁은 골목에는 이국적인 향신료 냄새가 가득했다. 자극적인 냄새를 맡으니 배가 아플 정도로 고팠다. 배고파, 배고파, 배고파.

하나는 배가 고플 때마다 의식적으로 엄마를 생각했다. 고향 땅의 바닷속에 잠긴 엄마는 어린 시절 하나를 품에 안고 귓가에 속삭이고는 했다. 인간 고기가 그렇게 맛있대. 엄마도 먹어 보고 싶어. ^&*()_+@#$%(정하나의 그라너트 이름)이도 줄게. 우리 사이좋게 나눠 먹자. 그 말 때문에 이곳까지 오게 되었지. 보고 싶어요, 엄마.

하나는 중얼거리며 지친 걸음으로 낡고 지저분한 계단을 걸어 4층까지 올라왔다. 세간살이라고는 매트리스뿐인 거실을 지나 베란다로 나가 대도시의 희뿌연 밤하늘에 흐릿하게 보이는 별들 중 그라너트를 찾으며 향수에 젖었다.

그라너트. 럭비공처럼 생긴 푸른 행성. 중력은 지구보다 크고 지표면이 풍부한 물로 뒤덮여 있는 바다 행성이다. 토성의 위성 중 한 개이고, 아직 인간의 발길이 닿지 않았지만 그들이 먼저 지구를 발견했다. 아주 오래전에.

그라너트인들의 몸은 배와 머리, 촉수로 이루어져 있다. 수많은 촉수로 행성의 물속을 떠다니고 잠수하며 영양분을 섭취하고 살아간다. 언젠가 거리를 지나다가 '횟집'이라는 곳을 본 하나는 깜짝 놀랐다. 수족관에 동족과 매우 비슷하게 생긴 것들이 들어 있었기 때문이었다. 물론 크기는 동족보다 매우 작았다.

인간들은 그것을 '오징어' 혹은 '문어', '낙지', '주꾸미'라고 불렀다. 잔인하게도 산 채로 회 쳐서 빨간 초장에 찍어 먹거나 삶고 썰어서 혹은 펄펄 끓는 물에 넣고 끓여서 맛있다고들 먹었다. 하나는 그들이 먹는 회나 볶음, 탕을 볼 때마다 두려워서 떨었다. 왠지 동족이 살해당하는 것 같았기 때문이었다.

하지만 아직 인간은 그라너트인들에 대해 몰랐다. 적어도 정부에서는 그렇다고 생각하고 있었다. 그들이 본색을 드러낸다면 아마 대왕문어보다 큰 크기에 인간들은 압도당하고 말 것이었다. 그런 몸으로 인간에게 들러붙어 완전히 질식시킨 다음 기억과 껍데기만을 취하고 알맹이는 다리로 호로록 빨아 먹고 인간 행세를 하며 살아간다.

300년쯤 전에 그들을 목격한 인간들이 있었고 책에 기록으로도 남겼지만, 대부분의 사람들은 다행스럽게도 그저 전설의 동물쯤으로만 여겼다. 그도 그럴 것이 책 속의 동물은 전신이 2.5km나 되어 온몸을 한 번에 볼 수 없고 가만히 떠 있을 때면 섬과 비슷하다고 했기 때문이었다. 그 동물의 이름은 크라켄이라고 했다.

하나는 크라켄 이야기를 듣는 순간 바로 선조의 이야기임을 알았다. 초기에 이민을 온 선조들의 크기는 정말로 그 정도로 컸다고 들었다. 하지만 식량 부족 때문에 나날이 크기가 작아져서 이제 대왕문어보다 몇 배 큰 정도였다. 하지만 촉수 길이만 잰다면 여전히 크라켄에 크게 뒤지지 않았다.

아, 그리운 고향 바다! 그곳에 떠다닐 때는 척척하기만 했는데 지금은 별게 다 그립네. 하나는 살짝 고인 눈물을 닦고는 욕실로 들어가서 물을 틀고 욕조에 물을 받았다. 이 빌라에 살기로 결심한 이유가 이 욕실 때문이었다.

방 한 개에 부엌뿐인 비좁은 공간이었지만 욕실만 묘하게 컸다. 하얀 타일의 줄눈에는 곰팡이가 끼었지만 커다란 일체형 욕조도 있었다. 이거라면 내킬 때마다 고향에 있는 기분을 낼 수 있었다.

욕조가 차가운 물로 넘치자 하나는 옷을 벗고 몸을 담갔다. 보는 사람이 없기에 손과 발 형태로 모아 두었던 촉수를 펼치고 신나게 물장난을 했다. 엄청난 조석력 때문에 수시로 밀려오는 고향 땅의 드높은 파도 소리가 귓가에서 들리는 것만 같았다.

*

다음 날. 퀭한 얼굴로 일어난 하나는 통근 버스에 앉아 변명거리를 쥐어짰다. 반장이 조례 전에 하나에게 와서 물었다.

"어제 왜 안 나왔어요?"

하나가 대답했다.

"몸이 아파서…… 연락을 못 받았습니다."

고개도 꾸벅 숙였다.

"죄송합니다."

반장은 흐음, 하더니 말했다.

"월급에서 깔 줄 알아요. 다음부터는 진단서도 가져오도록 하고."

하나는 네에, 하며 안도했다. 예상보다 쉽게 넘어가긴 했다. 오히려 반장의 고기 냄새를 맡을 수 있어 좋았을 정도였다. 공원들이 일렬로 서자 조례가 시작되었다. 반장이 말했다.

"안전사고 있었던 거 다들 알죠? 유념합시다. 기계에 손가락을 넣으면……."

"손가락이 잘린다! 손가락을 넣지 말자!"

"해산!"

작업장으로 들어서자마자 나희가 외쳤다.

"무슨 짓거리야! 너 같은 쓰레기 때문에 다들 얼마나 고생한 줄 알아?"

"죄송합니다."

"정신이 재 봐라! 손가락 끝이 날아갔다고! 다 너 때문이야!"

하나가 돌아보자 정신이 한 손을 들어 보였다. 장갑을 끼고 있어 맨손을 볼 수는 없었다. 아, 안전사고란 게 저거였나. 하나는 정신의 새하얀 얼굴을 보았다. 두 번째 공정이 싫어서 그렇게까지 했나. 촉수 끝을 베었을 뿐일 테지만. 하나는 한숨을 쉬며 두 번째 공정에 섰다. 나희가 이번에는 양미에게 소리 질렀다.

"야, 너! 두건이랑 모자 안 써! 타트에서 머리카락 나오는 꼴 볼래? 다들 빠져 가지고 잘들 하는 짓이다!"

양미가 뭐라고 대꾸했지만 하나가 있는 곳까지 들리지는 않았다. 윙 하는 소리를 내며 기계들이 돌아가기 시작했다.

쉬는 시간이 되자 정신이 오더니 일회용 장갑을 벗었다. 검지에 칭칭 붕대가 감겨 있었다. 정신이 말했다.

"쇼 한번 한 거지. 촉수야 금방 아무니까. 그래도 피가 효과적으로 나 주더라니까?"

하나가 물었다.

"왜……."

"그렇게까지 하냐고?"

정신이 말을 이었다.

"그래서 니가 안 되는 거야. 인간한테는 성격이란 게 있거든. 그걸 처음부터 설정해야 돼. 거기에 맞춰서 행동하면 사는 게 편해져, 의심도 안 사고. 나는 겁 많은 성격이라고 설정했으니 그런 거 잘하면 안 되거든."

히죽 웃은 정신이 하나를 바라보았다.

"고기는 좀 먹고 왔냐? 아, 맞다. 돈이 없지."

"빌려주실래요? 나흘 뒤에 꼭 갚을 테니까……."

"내가 왜?"

"배가 고파서……."

"그건 돈 관리를 못 한 네 사정이지?"

정신이 덧붙였다.

"병신 같기는."

하나는 주린 배를 움켜쥐고는 정신을 노려보았다. 먹고 싶은 생각은 안 들었다. 그라너트인에게 몸을 뺏긴 인간은 껍질뿐이다. 하나와 정신은 지구상에 인간의 씨가 말라도 귀향을 할지언정 서로를 잡아먹지는 않을 것이다.

하나는 아이스크림 공정으로 돌아갔다. 차갑고 달콤한 아이스크림 냄새보다 나희와 양미의 싱싱한 살 냄새가 강렬하게 느껴질 지경이었다. 말라빠진 나희는 허기를 달랠 정도겠지만 양미의 통통한 몸은 정말이지 만족스러울 것 같았다.

양미는 매사 느긋해 보였고 피부도 속광이 날 정도로 반짝거리고 매끈해 보였다. 아기 고기만큼이나 훌륭한 물오른 아가씨 고기! 하나는 입맛을 다시다가 쉬는 시간이 되자 본능적으로 양미에게 다가갔다. 신선한 고기 냄새를 맡기 위해서였다. 양미가 말했다.

"왜, 왜? 무슨 할 말 있니?"

"아, 저……."

양미의 토실토실한 볼은 참을 수가 없었다. 당장 어디 구석진 곳으로 데리고 가서라도……. 하나가 물었다.

"도, 돈 있으세요? 몇만 원이라도 빌려주시면……."

아까 정신에게 했던 말이었다. 양미가 대답했다.

"5만 원 정도는 괜찮아. 너 어디 아파? 며칠 굶은 거 같아. 타트라도 먹어. 지겨워? 아님…… 과자 서리라도 갈래?"

과자 서리. 정신하고 갔었지. 정신은 초콜릿을 훔치긴 했지만 먹지는 않았다. 그렇게까지 연기를 해야 하다니. 정신은 돈이 많다. 그러면 하는 게 맞겠지.

잠깐만. 그건 적응을 잘하는 거고, 돈이 많은 거랑 무슨 상관이지? 공장 월급은 빤하고 정신과 자신의 월급은 같다. 혹시……? 그때 양미가 손을 잡고 끌었다. 아이스크림 공정을 나서자 양미는 모자와 두건까지 벗어 던지면서 외쳤다.

"퍼머 했는데, 망 때문에 웨이브 죽겠어!"

길고 풍성한 양미의 머리가 하나의 코끝을 간질였다. 어디선가 풍겨 오는 아드레날린의 쏘는 냄새. 양미는 과자를 먹으러 간다고 흥분해 있었다. 양미는 산처럼 밀려 내려오는 버터 쿠키를 좋아했다.

지하 2층에 도착하자마자 양미는 쿠키 공정으로 갔다. 하나는 양미를 따라갔다. 당장 양미를 먹고 싶……. 아냐. 하나는 정신을 차리려고 애썼다. 5만 원을 빌려준다고 했는데. 큰일이다. 손이 촉수로 변하려고 해. 양미가 부서진 쿠키들을 두는 상자에서 꺼낸 과자를 씹으며 하나를 보았다.

"뭐 해? 안 먹어? 배고프잖아."

내가 먹고 싶은 건 그게 아니라……. 하나는 고개를 저었다. 양미는 의아하게 쳐다보다가 쿠키를 한 움큼 집어서 작업복 주머니에 넣더니 저쪽을 보며 탄성을 질렀다.

"저거 맛있어! 코코아 파이 밑장! 끝내준다니까!"

달려가는 양미를 하나는 따라갔다. 그들의 눈높이 위치에 컨베이어 벨트가 있었고, 둥글고 김이 나는 케이크 시트가 줄지어 지나가고 있었다. 양미가 한 개를 빼내며 말했다.

"빈 봉지가 한 개 나올 테지만 불량품 빼는 애가 알아서 뺄 거야. 이건 포기 못 하지."

양미는 케이크 시트를 입 안에 쑤셔 넣고는 환한 미소를 지었다. 하나는 현기증을 느끼며 양미를, 눈부시게 싱싱한 고기를 보았다. 도축하면 얼마나 나올까? 몇십 킬로그램은 거뜬하겠지?

반만 건져도. 굶주림으로 제정신이 아닌 하나의 뇌는 기묘한 생각으로 케이크처럼 부풀어 오르기 시작했다.

케이크를 반죽하는 거대한 통이 보이고 양미의 머리카락이 나풀거리는 것을 하나는 보기만 했다. 어제 주의를 주었던 언니의 말을 양미에게 들려주지 않았다. 조심해, 손만 뻗어도 순식간에……. 양미는 흥분한 상태로 과자를 먹으면서 주변을 돌아다니고 있었다. 하나는 통 쪽으로 다가갔다. 계단을 한 단 한 단 올라가는데도 양미는 눈치도 못 채고 하나를 따라오고 있었다.

"너, 어디 가? 거긴 케이크 반죽 통 쪽인데……."

둘은 반죽 통 앞에 서 있었다. 하나는 양미가 들고 있던 모자와 두건을 빼앗아 반죽 통 안으로 던졌다. 두건은 날아가고 반죽 속에 모자가 해파리처럼 가볍게 떠다녔다. 이 두 가지는 필요할 때마다 교체할 수 있었지만 작업 전에만 받을 수 있었다. 쉬는 시간에 모자를 잃어버린다면 나희가 어떻게 굴지 뻔했다. 작업장에서 쫓겨날 수도 있었다. 양미가 외쳤다.

"무슨 짓이야!"

양미는 모자를 건져 내려 했다. 모자는 쉽게 건질 수 있는 것처럼 보였지만 가라앉아 버렸다. 대신 손이 안으로 딸려 들어갔다. 커다랗고 날카로운 칼날이 양미의 오른손을 반죽과 함께 휘저어 버렸다. 새하얀 반죽이 분홍으로 물들었다.

찢어지는 비명 소리에 여공들이 모여들었다. 누군가 외쳤다.

"저기야, 저기!"

"누가 기계 멈춰 봐."

"저건 전자동 기계야, 전체 전원을 내리지 않으면……."

"반장님, 반장님!"

연쇄적으로 갈려 들어가는 양미의 몸을 붙드는 이는 아무도 없었다. 자신도 딸려 들어갈까 무서웠던 것이다. 하나는 물러나 기다렸다. 광물성 눈동자가 번쩍였다. 마지막 남은 양미의 굵은 다리가 아래로 떨어졌다.

하나는 다리를 들고 뛰었다. 사람들의 모습이 보이지 않고 사람들의 소리가 들리지 않는 곳까지 달려갔다. 아이스크림 공정이 있는 3층이었다. 3층은 넓었고, 타트 공정은 입구에 불과했다. 어둠 속에 더 많은 아이스크림 공정이 있었는데, 생산이 중단된 제품들이었다. 헉헉거리며 안으로 들어간 하나는 주저앉아 다리를 물어뜯었다.

고기는 사후 경직 때문에 돌처럼 단단했다. 특유의 처음 먹었을 때 톡 쏘는 맛도, 시큼한 뒷맛도 불쾌했다. 갓 잡은 생고기는 기대만큼 맛있지는 않았지만 먹어야만 했다. 지금 당장. 몸이 완전히 그라너트인으로 변해 버리기 전에.

자신이 들어간 몸에서 인간 고기가 어떤 방식으로 작용해서 인간의 형태를 유지하게 하는지는 전혀 알지 못했다. 고향의 과학자들조차도 여전히 연구 중이지만 몸이 본능적으로 필요로 하는 걸 어쩔 수 없었다. 이곳에서 인간으로 살기 위해 먹어야 했다.

하나는 뼈를 제외하고 전부 씹어 먹었다. 턱이 빠질 듯 아팠지만 심신이 안정되었다. 터질 듯이 두근거리는 가슴이 진정되고 자꾸만 뻗쳐 나오려는 촉수들이 얌전하게 인간의 형태를 유지했다.

고기를 다 먹고 일어서니 눈에서 물이 흘렀다. 왜일까? 먹고 사는 게 참 힘들었다. 그러다 깨달았다. 이대로 추방인 건가. 앞서 말했듯이 귀향과 추방은 천지 차이였다. 감방에 갇히기 싫었다. 굶는 건 진저리가 났다.

어떻게 하지? 뭘 해야 추방당하지 않을 수 있을까. 그래, 그렇게 한다면, 가능하겠어. 짧은 시간 동안 하나는 계획을 세웠다. 하나는 결심하고 밖으로 나왔다. 어둡던 타트 공정에 불이 켜졌다. 나희가 맞은편에서 다가오더니 비명을 질렀다.

"피! 피다!"

하나는 무시하고 걸어갔다. 나희가 뒤돌아 뛰어나가다가 뭔가에 걸려 넘어졌다. 정신의 안전화였다. 정신은 새하얀 얼굴로 중얼거렸다.

"병신이, 결국 저질렀구나."

하나는 올 것이 왔다는 생각이 들어 품속에 챙겨 둔 몽키 스패너를 옷 위로 확인했다. 그때 뭔가가 하나의 머리를 세게 내리쳤고, 하나는 그대로 의식을 잃고 쓰러졌다.

*

"하, 이렇게 끝나네?"

이정신은 팔짱을 끼고 쓰러져 있는 정하나를 내려다보았다. 안전화로 차 보았지만 깨어나지 않았다. 정신은 그라너트 행성에서 주기적으로 파견하는 정부 요원이었다. 말단에 불과했지만 지구 돈도 빵빵하게 받았고 고기도 최상급으로 먹을 수 있었다.

그라너트에서는 지구로 간 이민자 중 탈선해서 정체를 드러낼 위험이 있는 자들을 주시하고 있었다. 그들은 궁지에 몰리면 시스템을 따르지 않고 인간을 도축하거나 본모습을 드러내, 아무것도 모르는 인간들을 혼란스럽게 하고 동족 전체를 위험에 빠뜨리고는 했다.

언제 한번 날을 잡아서 타이르려고 했는데 일이 이렇게까지 급작스럽게 일어나다니. 하나의 위험성을 축소 해석했다. 그깟 돈 몇 푼 줄 수도 있었지만 자신의 힘으로 살아남기를 바랐다. 귀향자가 속출하고 있었다. 최근 발사된 M 편의점 대공원 점은 발 디딜 틈 없이 번잡했다고 들었다.

정신은 휴지로 하나의 입과 손에 묻은 피를 닦고, 유니폼 위에 가죽점퍼를 입혔다. 늘어진 하나는 술에 취한 사람처럼 보였다. 정신은 하나를 부축해서 밖으로 나왔다. 나희는 타트 제 2공정에다가 묶어 놨다. 공장에 CCTV 따위는 없었다.

정신은 휴대폰으로 콜택시를 불렀다. 그라너트 정부가 주인이고 고향 사람들만 고용하는 회사였다. 택시에 탄 정신이 말했다.

"추방 전용 편의점으로 부탁드려요."

노인의 탈을 쓴 기사는 고개를 끄덕이더니 백미러를 보며 하얀 눈썹을 치켜세웠다.

"추방자요? 낯이 익는데…… 어디서 봤더라?"

정신이 대꾸했다.

"그럴 수도 있겠죠. M 편의점에서라든가?"

노인은 아! 하고 핸들을 탁 치더니 말했다.

"맞수다! 며칠 전에 편의점에서 봤어. 쓰레기를 먹고 있더군. 내 그럴 줄 알았지. 쯧쯧. 퇴근하면 할멈한테 말해 줘야겠네. 할멈이 좋아하겠어."

정신이 말했다.

"가시죠?"

"예, 예, 공무원 나리."

택시가 출발했다. 같은 시간 제과 공장의 코코아 파이 공정 반죽 통도 겨우 동작을 멈췄다. 통 속의 반죽은 새빨갛게 물들었다. 제과 공장은 아수라장이 되었다. 구급차가 도착했지만 이미 소용없었다.

택시가 멈춘 곳은 I시 톨게이트 근처의 M 편의점이었다. 며칠 전 하나가 들렀던, 할머니가 알려 주었던 편의점이었다. 수시로 발사되었다가 돌아왔기에 인적이 드문 곳에 있었고, 차들이 다니지 않는 시간대에 발사되었다.

자신과 몸집이 비슷한 하나를 질질 끌고 내린 정신은 M 편의점으로 들어갔다. 벽에 위치한 비상 연락망으로 고국에 연락했다. 출발은 다섯 시간 뒤였다. 출출해진 정신은 가스버너를 꺼내 프라이팬을 얹고는, 몇 가지 없는 생고기들 중 한 개를 골라 굽기 시작했다. 정신은 내장 쪽을 선호하는 편이었다. 학원을 다니지 않는 초등학교 저학년의 곱창. 유기농 음식을 먹고 자란 아이인 모양으로 내장이 깨끗하고 싱싱했다.

구수한 냄새가 풍기기 시작하자 정신 뒤에 누워 있던 하나의 입가에 미소가 걸렸다. 아, 중독적인 인간고기 향기. 하나는 자리에 누운 채로 품속에 넣어 두었던 몽키 스패너를 꺼냈다. 그것도 모르고 정신은 회색으로 익어 가는 고기를 보며 노래를 흥얼거렸다.

"바이 바이 바이 정든 지구여어 굿바이. 너를 두고 나 돌아간다……."

숨죽인 채로 자리에서 일어난 하나가 정신을 불렀다.

"헤이!"

정신은 뭐라고 대꾸하기도 전에 뒤통수를 맞고 자리에서 고꾸라졌다. 하나는 스패너로 정신의 머리를 몇 번이고 내려치며 외쳤다.

"하려면 제대로 해야지! 고작 한 번에 죽었을 거라고 생각하는 거야? 이래 봬도 내가 그라너트 태생이야! 누가 누굴 보고 병신이래? 너랑 내가 뭐가 그렇게 다른데?”

한참 신나게 정신의 뒤통수를 내리치던 하나는 동작을 멈추었다. 이대로라면 인간을 도축한 죄에 살해 죄까지 추가되고 만다.

어쩐다. 하나는 고기부터 먹기로 했다. 질 좋은 고기를 배불리 먹고 나자 머리가 돌아가기 시작했다. 하나는 정신의 코에 손가락을 대 보았다. 약하지만 숨결이 느껴졌다.

하나는 박수를 쳤다. 생각이 났어. 이런 시나리오로 가는 거야. 하나는 정신의 품을 뒤져 보았다. 예상대로 정부 요원 신분증이 들어 있었다. 행동이나 목소리, 말투는 여러 번 보고 들었으니 복제하는 게 가능했지만 문제는 얼굴과 지문이었다.

뜯어서 붙이는 수밖에 없나? 좋아, 엿들은 통신 내용에 따르자면 출발까지 네 시간 반이 남았다. 시간은 충분하다. 하나는 마음의 준비를 한 다음 정신 옆에 양반다리로 앉아 온몸의 긴장을 풀었다. 몸이 핏줄과 세포 단위로 느껴지기 시작하더니 두 손이 수십 갈래의 촉수로 변했다.

하나는 정신의 얼굴부터 뜯어냈다. 촉수를 날카롭게 만들어 촘촘하게 얼굴선을 따라서 구멍을 냈다. 정신은 피투성이가 되어 살점이 떨어지는데도 간헐적으로 부들부들 떨 뿐이었다. 얼마의 시간이 흘렀을까. 정신의 얼굴이었던 피부 조각이 둥그렇게 바닥에 떨어졌다. 하나는 그것을 고이 받아 자기 발 근처에 두었다.

다음에는 자신의 얼굴을 뜯어낼 차례였다. 20년간 이 몸으로 살아왔으니 거의 절반은 몸과 결합된 상태라 촉수로 겨우 몇 번을 찔렀는데도 피가 주르륵 나며 강한 통증이 몰려왔다. 하나는 양쪽 어금니를 꽉 깨물었다. 이 정도도 못 참아서 감옥에 들어갈 수는 없었다. 먹었던 고기들을 토할 것 같았지만 아까워서 참아가며 했다.

얼굴을 뜯어내서 교환하고, 손가락의 지문까지 전부 바꿔 붙이자 두 개의 몸은 자연스럽게 바꾼 것들을 받아들이고 붙였다. 여러 번 잘라도 새롭게 나는 촉수처럼 그라너트인의 재생 능력은 끝내줬다.

그때 발밑이 흔들리는 것이 느껴졌다. 하나는 기진맥진한 상태로 바닥에 누운 정신을 바라보았다. 피를 말끔하게 닦아 낸 정신은 예전의 자신처럼 보였다. 자신은? 정신처럼 보일 것이다. 그래서 자신이 이정신인가? 아니었다. 그럼 나는 정하나인가, 그것도 아니면 그라너트인 ^&*()_+@#$%인가. 혼란스러웠다.

분명한 건 자신이 배가 고파 이곳까지 이민 온 우주 이민자라는 사실이었다. 그리고 이제 정부 요원이 되어 돌아간다. 이럴 때 지구인들은 뭐라고 하더라? 비단 옷을 입고 고향으로 돌아간다고 하던가? 더 이상 배고플 일은 없을 터였다, 연기만 잘한다면.

하나는 정신이 흥얼거리던 노래를 목소리에 주의하며 따라 해 보았다.

"바이 바이 바이 정든 지구여어 굿바이, 너를 두고 나 돌아간다……."

한밤중, M 편의점은 불을 뿜으며 날아올랐다. 그라너트를 향해서.

안드로메다 구하기

안드로메다는 바다를 볼 때마다 난감했다. 왜 바다에 오면 고향에 돌아온 기분이 드는 걸까? 검은 손으로 쥐면 사르르 떨어지는 백사장의 모래도, 무더운 낮에는 시원하고 차가운 밤에는 따뜻한 바닷물도 무척 사랑했지만 자신의 느낌을 이해할 수 없었다. 안드로메다의 집은 해발 1,000m가 넘는 고원에 있는 황금빛 궁전인데 말이다.

안드로메다는 고대 에티오피아의 공주였다. 어머니이자 왕비인 카시오페이아는 짙은 갈색 피부를 가진 여인이었다. 이 여인은 매일같이 자신을 단장하는 일을 게을리 하지 않았다. 카시오페이아의 길고 유연한 몸에서는 부드럽고 달콤한 향내가 났다.

검은 눈에 이목구비는 시원시원했고 화려한 장신구로 치장한 모습은 멀리서도 눈에 띌 만큼 화려했다.

시녀들이 금빛 깃털 부채를 부치는 가운데 카시오페이아는 아침 식사 후 응접실에서 '카웨'를 기다리고 있었다. 커다란 나무 그늘 아래 희고 얇은 장막이 쳐진 드넓은 응접실은 사방에서 바람이 통해 시원했다.

카웨는 인근 덤불 속에서 발견되는 빨간 콩이었다. 시녀들이 일하면서 힘이 난다며 입에 털어 넣는 것을 보고, 호기심이 생겨 몇 알 먹어 본 카시오페이아도 단박에 기분이 좋아졌다. 그 후로 왕실 먹거리를 담당하는 하인을 시켜 항상 구비해 두었다.

이 열매는 따로 키우지 않아도 야생에 많아 그저 채집하면 되었다. 동글동글하고 작은 열매를 입 안에 넣으면 살짝 단맛이 나면서 어느새 힘이 솟는 기분이 들었다. 왕실에서는 이것을 희랍어로 힘과 정열을 뜻하는 카웨라고 불렀다.

아침 식사는 대부분 거르는 딸이었지만 이 카웨 시간에는 어김없이 나타나기에 카시오페이아는 딸을 기다리고 있었다. 아니나 다를까, 안드로메다는 시녀들도 있는데 눈동자 색과 잘 어울린다며 자신이 골라 준 잿빛 비단 가운 하나만 달랑 걸치고 응접실에 나타났다. 카시오페이아는 아침부터 잔소리를 하지 않을 수가 없었다.

"얘, 너 옷이 그게 뭐니? 얼마 전에 맞춘 옷들도 많은데 하필 잠옷을…….”

왕비의 말에 고개를 숙이고 있던 시녀들이 공주를 힐끔거렸다. 안드로메다는 큼지막한 회색 눈을 껌뻑거리며 아직도 잠이 덜 깬 표정으로 하품을 하면서 헝클어진 머리를 긁적였다. 발 역시 맨발이었다. 카시오페이아가 말했다.

“카웨는 언제 가져오느냐!”

시녀들 중 하나가 얼른 녹색 풀과 꽃으로 장식된 나무 바구니를 들고 왔다. 안에는 카웨가 소복하게 들어 있었다. 탁자에 소반이 놓이자 카시오페이아는 카웨를 몇 알 집어 입 안에 털어 넣었다.

잠시 후 기분이 좋아진 카시오페이아가 물었다.

“밤마다 어딜 그렇게 나가느냐?”

기분 좋은 표정으로 입 안의 열매를 굴리고 있던 안드로메다가 대답했다.

“바다에…….”

“알고 있다. 바다가 그렇게 좋으냐?”

안드로메다는 고개를 끄덕였다. 카시오페이아가 다시 물었다.

“이 궁보다?”

안드로메다는 대답하지 않았다. 대신 어머니에게 이렇게 말했다.

“어머니는, 여기가 좋으세요?”

카시오페이아가 말했다.

"그럼. 내가 왕비인데, 싫을 리가 있느냐."

"그 옷들도 좋으세요? 그 치렁치렁한 보석에, 거추장스러운 옷이랑, 발에 꼭 끼는 슬리퍼…… 편하세요?"

평소보다 말이 많은 딸이었기에 카시오페이아는 얼른 기회를 놓치지 않고 대꾸했다.

"편한 건 중요한 게 아니야. 중요한 건 아름다운 거지. 아름다움은 권력이란다. 이만큼 꾸밀 수 있다는 걸 보여 주는 거야. 화려하고 눈부시지 않니?"

안드로메다는 도톰하고 붉은 입술을 내밀고는 고개를 저었다. 그러더니 소반에 담긴 카웨를 집어 들고는 말했다.

"어머니, 이게 뭘까요?"

"카웨지 않느냐. 별다를 게 있느냐?"

"아름답지 않나요? 이 자연스러운 붉은색, 입 안에 넣으면 달콤하면서도 짜릿한 느낌이 드는 맛. 아무것도 꾸미지 않았는데도 완벽하잖아요. 저는 이렇게 살고 싶어요."

카시오페이아는 하- 하고 작게 한숨을 쉬었다. 이 아이와는 항상 대화가 매끄럽게 이어지지 않았다. 왕인 케페우스 곁에 있으면, 시녀들에게 호령할 때면, 백성들 앞에 설 때면 늘 눈부신 모습으로 권위가 서는 왕비였지만 딸 앞에만 있으면 항상 무거운 갑옷을 입은 것처럼 몸 자체가 삐걱거리는 느낌이었다.

안드로메다는 잿빛 눈동자를 빛내며 자신을 바라보았는데 그 눈동자는 매번 이렇게 말하는 것 같았다.

'어머니는 자신이 좋으세요?'

카시오페이아는 물론 자신이 좋았다. 만족스러웠다. 하지만 딸은 뭐가 불만인지 자신이 권해 준 모든 것들을 싫어했다. 좋아하는 건 카웨와 비단 잠옷뿐이었다. 카시오페이아는 늘 그렇듯 '그래 가지고 결혼이나 하겠니?'라는 말을 하려다 삼켰다. 이미 수백 번도 더 했던 말이었고, 그 말만 하면 안드로메다는 자동으로 뛰쳐나갔다.

왠지 오늘은 더 이야기를 하고 싶었던 카시오페이아는 잠시 생각을 하다가 말했다.

"다른 색으로 잠옷을 하나 더 맞춰 줄까? 이왕이면 수를 놓거나 좀 더 화려하게?"

"좋죠. 수나 장식은 싫고요. 저는 잠옷이 좋아요."

"그게 왜 좋으냐?"

안드로메다는 잠시 음, 하더니 말했다.

"몸 어디에도 걸리지 않아서 편안해요. 가끔 너무 매끈해서 묘한 기분이 들기는 하지만요."

안드로메다는 장난스럽게 킥킥 웃었다. 딸이 웃는 모습을 보는 건 오랜만이라 카시오페이아도 미소를 지었다.

"묘한 기분?"

"네. 뭐랄까, 몸이 달아오르는 기분이 들어요. 비단 천이 가슴이나 배, 허벅지를 스칠 때면 제 속에 불덩어리 같은 게 타오르는 것 같거든요. 가끔 더울 정도로요."

그런 느낌이라면 카시오페이아도 잘 알았다. 왕비는 어느새 열여섯이 다 된 딸을 자랑스레 쳐다보았다.

"그럴 때면 두 볼도 발그레하고 마음도 들뜨지 않느냐?"

"어? 어떻게 아셨어요? 그러실 때 있으세요?"

"그럼. 그럴 때는 달의 기운으로 여성의 몸 한가운데가 차오를 때란다. 이제 너도 아이를 가질 준비가 되었다는 뜻이지. 작년에 처음으로 피를 흘렸잖니."

안드로메다는 그 기억을 떠올렸다. 너무 놀라 즉시 바다로 달려갔고, 바다는 늘 그렇듯 자신을 치유해 주었다. 진정된 다음에야 카시오페이아에게 말했다. 그날 이후로 카시오페이아는 딸의 남편을 찾아 주는 데 열심이었다.

하지만 정작 당사자인 안드로메다는 남자에게 관심이라고는 없었으니. 공주에게 어울릴 만한 영웅이나 왕자에게 무관심한 것은 물론 치장하는 것도 싫어했다. 안드로메다가 미쳐 있는 것은 오직 바다뿐이었다. 안드로메다가 말했다.

"아이를…… 꼭 가져야만 하나요?"

"그럼. 멋진 남편을 만나 아이를 가지는 건 여자로 태어나 누릴 수 있는 가장 큰 행복이란다. 그보다 더한 행복은 없지. 게다가 너는 아주 훌륭한 남자와 결혼하게 될 거다. 내가 그렇게 만들 거란다."

이번에는 안드로메다가 작게 하- 하고 한숨을 쉬었다. 어머니와는 도통 대화가 통하지 않았다. 어머니의 머릿속을 차지한 것은 치장과 남편 그리고 아이뿐인 것 같았다. 그들은 다른 별에서 온 것처럼 마음을 터놓고 이야기를 할수록 불행했다.

안드로메다는 카웨 열매를 한 움큼 집어 입 안에 털어 넣고는 가만히 눈을 감고 바다를 떠올렸다. 그러자 가슴이 두근두근 뛰며 황홀한 기분이 들었다. 자신이 원하는 것은 왠지 그곳에 다 있을 것만 같았다.

*

그날 밤도 비단 잠옷을 입은 채 마음이 달뜰 대로 달뜬 안드로메다는 해가 지기를 기다렸다가 잠옷 위에 검고 풍성한 머리와 얼굴을 감출 수 있는 숄 하나만 걸치고 궁전을 빠져나왔다.

안드로메다는 걸었다. 몇 시간이고 걷다 보면 어느새 눈앞에 바다가 나타나곤 했다. 안드로메다가 가는 하얀 자갈이 많은 해변에는 사람이 없었다. 그만큼 가는 길이 험하고 외진 해변이었지만 안드로메다는 늘 귀신같이 잘 찾아갔다.

간혹 부모님이 공주가 필요 없는 궁정 행사로 바쁠 때면 운 좋게 낮에도 올 수 있었지만 안드로메다가 보는 건 주로 밤바다였다. 오늘도 그랬다. 부드러운 모래와 희고 큰 자갈이 달아오른 발바닥 아래로 잘그락거리며 밟히는 가운데, 달이 뜬 바다는 검고 고요하고 아름다웠다.

안드로메다가 생각하는 아름다움이란 어머니가 말하는 외모 꾸미기가 아니라 바로 이런 것이었다. 충만한 에너지로 가득한 대자연! 너무 아름다워 안드로메다는 여기까지 오느라 기진맥진한 상태에서도 눈물을 흘리면서 감동했다. 철썩철썩 파도가 치고 포말이 부서지는 소리를 들으며 안드로메다는 가슴 가득 짠 공기를 들이마셨다.

잠깐 비가 내렸다. 피부에 떨어진 빗방울이 구슬처럼 튕겨 오를 때마다 안드로메다는 몸서리를 쳤다. 그제야 자신의 피부가 얼마나 뜨겁고 몸속이 활활 타오르고 있는지 깨달았다. 이것이 정말 어머니 말씀대로 아이를 낳을 준비를 하려고 그러는 것일까? 안드로메다는 아닌 것 같았다. 자신도 뭐라고 설명할 수 없을 정도로 안드로메다의 속에서는 커다란 불덩어리가 끓어오르고 있었다.

안드로메다는 걸치고 있던 숄과 비단 잠옷을 모두 벗어 던지고 바다로 뛰어들었다. 따뜻한 바닷물 속에 잠기면 안드로메다는 태아 상태로 돌아가는 것 같았다. 카시오페이아가 아니라 좀 더 근원적인 존재인 어머니. 누군지는 알 수 없었지만 그런 존재의 품속에서 포근하게 유영하는 것 같았다.

몇 시간이고 수영을 하다 보니 어느새 수평선이 미묘하게 밝아 오기 시작했다. 돌아가야 할 때였다. 여느 때처럼 젖은 몸을 대충 말리고 돌아가려던 안드로메다는 뭔가 비릿하면서도 굉장히 구미가 당기는 냄새를 맡았다. 안드로메다는 킁킁거리면서 냄새의 근원을 찾아갔다.

해안가를 따라 한참 걷다 보니 거대한 사체가 회색으로 은은하게 빛나고 있었다. 몸길이의 반도 넘는 머리에 달린 아래턱의 이빨은 촘촘하고 날카로웠다. 죽은 지는 얼마 되지 않은 것 같은데. 안드로메다는 저도 모르게 고래 주위를 어슬렁거리며 살폈다.

왜 이렇게 군침이 돌까. 왜 이렇게 맛있는 냄새가 날까. 저도 모르게 입맛을 쩝쩝 다시며 향유고래 주변을 맴돌던 안드로메다는 천천히 고래의 배 쪽으로 다가갔다. 희고 비교적 부드러운 배를 쓰다듬던 안드로메다는 본능적으로 두 손의 손가락을 모으고 창처럼 고래의 가죽을 찔렀다. 살갗은 매우 단단해서 찢어지지 않았다. 안드로메다의 입가에서 점점 침이 줄줄 흘러내렸다. 안드로메다는 참을 수가 없었다.

'어서, 어서 이 커다란 배를 찢어서 신선한 내장을 먹고 싶어!'

안드로메다는 다시 고래의 살갗을 더듬으며 몸을 살폈다. 비교적 지방층도 얇고 뼈도 적은 곳을 골랐다. 꼬리지느러미 쪽이었다. 밑에서 위로 찢어발기면 될 거 같았다. 손으로 다시 살갗을 찌르기 시작했다. 어느새 손톱들이 점점 날카롭고 두꺼워지기 시작하더니 마침내 향유고래의 꼬리를 찢어발겼다. 배 부분에 이르자 거대하고 굵은, 구불구불한 내장들이 피와 함께 좌르륵 쏟아져 내렸다.

고약한 똥 냄새에서부터 시큼한 소화액 냄새에도 불구하고 안드로메다는 솟구치는 붉은 비를 맞으며 내장을 움켜쥐고 정신없이 물어뜯었다. 내장 속에서는 향유고래가 사투를 벌이면서까지 먹어 치운다는 달콤한 대왕오징어 맛과 문어, 상어, 갈치, 가오리의 맛까지 온갖 생명체의 맛이 다채롭게 느껴졌다.

쫄깃하고 고소한 내장으로 배를 가득 채운 안드로메다는 마침내 정신이 들었다. 멍하니 자신의 손톱, 아니 이제 발톱이라고 부를 만한 두껍고 날카로운 것들을 보았다. 안드로메다는 부들부들 떨며 바다로 가서 고요한 물에 비치는 자신의 얼굴을 바라보았다. 이마와 뺨과 턱에 비늘이 돋아 있었고, 눈은 횃불처럼 활활 타오르고 있었다. 안드로메다는 괴물에게 달려들며 비명을 질렀다.

“이게, 뭐야? 이게 뭐냐고!”

발톱으로 괴물을 할퀴었지만 잡히는 것이라고는 고운 모래와 해초뿐. 물에 비친 것은 자신이었다. 하지만 길게 당황하고 있을 틈도 없었다. 해가 떠오르고 있었던 것이다.

안드로메다는 황급히 피에 젖은 몸을 씻고, 잠옷과 숄을 걸쳤다. 젖었던 몸은 언제 그랬냐는 듯이 매끈하게 말랐지만 온몸에서 뿜어져 나오는 열기를 더 이상 참을 수가 없었다. 이대로 폭발해 버리고 싶었다. 하늘로 솟구치고 싶었다.

그래도 참아야 해, 참아야 해, 참아야만……. 안드로메다는 간신히 몸을 식힐 수가 있었다. 살을 뚫고 나왔던 발톱들도 언제 그랬냐는 듯 가지런한 손톱과 발톱으로 돌아갔다. 눈동자의 불꽃은 사라졌다. 궁으로 돌아온 안드로메다는 잠이 들었다.

*

며칠 뒤 케페우스와 카시오페이아는 왕좌에 앉아 있었다. 검고 잘생긴 케페우스의 얼굴은 침통했고 카시오페이아의 까만 눈은 머물 곳을 찾지 못하고 드넓은 궁정 안을 헤매었다. 이윽고 케페우스가 입을 열었다.

"왜 그랬소, 왕비?"

"저는……."

카시오페이아의 가슴이 쿵쿵 뛰었다. 마침내 카시오페이아가 외쳤다.

"저는 당신이 너무 무심하다고 생각했어요! 그렇잖아요. 하나뿐인 딸이 결혼할 준비가 되었는데, 당신은 적당한 영웅이나 왕자를 알아볼 생각은커녕 나랏일에만 바쁘시니 제가 나서야겠다고 결심한 거죠."

케페우스는 어금니를 깨물고 화를 참는 표정이었다. 잠시 후 케페우스가 말했다.

"좋은 의도였다는 건 알겠소. 하지만 그렇게까지 허영을 부릴 필요는 없었잖소? 하필 귀족들에게 네레이데스보다 우리 딸이 아름답다고 말하지 않아도 될 것을."

케페우스가 말을 이었다.

"궁궐에 포도주를 가져다주는 이가 네레이드 갈라테이아라는 것을, 포세이돈 신의 아내인 암피트리테가 네레이드라는 것을 진정 잊어버렸단 말이오? 궁궐에는 벽에도 귀가 있고 천장에도 눈이 달려 있다는 것을 왜 잊어버렸단 말이오."

카시오페이아는 화려한 자수가 수놓아진 손수건으로 눈물을 닦고는 말했다.

"말하다 보니 신이 나서……. 당신을 볼 낯이 없네요."

케페우스는 가슴이 답답해졌다.

"당신이 미안하게 생각해야 되는 건 내가 아니라 백성들이오. 당신이 어떻게 생각하는지 모르겠지만 나는 이 나라를 다스릴 의무가 있고, 이미 백성들의 절반이 해일에 쓸려 가고 남은 반도 바다에서 나온 머리가 뱀 같고 등에는 돌이 달린 것 같은 거대한 괴물에게 잡아먹히고 있으니."

케페우스는 말을 잇지 못했다. 카시오페이아 역시 무슨 말을 해야 할지 몰랐다. 왕좌에 침묵이 흘렀다. 마침내 케페우스가 말했다.

"신전으로 가서 제사를 지내고 신탁을 듣고자 하오. 어떤 신탁이 내리더라도 우리는 따를 수밖에."

카시오페이아는 입술을 깨물고 고개를 끄덕였다.

한편 다른 귀족과 왕족들과 함께 지하 방공호에 갇힌 안드로메다는 막내 시녀의 이야기에 귀 기울이고 있었다. 막내 시녀는 공주보다 한 살 어리고 에너지가 넘치는 아이였다. 까맣고 곱슬곱슬한 머리에 갈색 눈동자를 반짝거리며 시녀는 괴물 흉내를 냈다.

"심부름을 갔다가 공주님이 걱정되어서 여기까지 달려오다가 마주친 게 바로 바다 괴물 아니었겠습니까! 놈이 입을 벌리고 섰는데 글쎄, 거대한 입 안에 줄지어 선 뾰족한 이빨들이라니요. 장담하건대 궁정의 어떤 무기보다 날카로워 보였답니다."

안드로메다가 물었다.

"그래서? 몸은?"

시녀가 고개를 끄덕이고는 말을 이었다.

"고랑이 진 단단한 등가죽에 달린 암녹색 비늘은 번쩍번쩍 빛이 났는데, 지금껏 본 어느 갑옷보다 단단해 보였습니다. 그렇게 거대한 갑옷이 있다면 말이지요."

안드로메다가 중얼거렸다.

"암녹색으로 빛나는 거대한 갑옷이라."

시녀가 다시 말을 이었다.

"머리 양쪽에는 날카로운 뿔이 났고 시뻘건 눈으로 입에서는 불을 뿜어내는데, 사람들이 혼비백산해 비명을 지르면서 사방팔방으로 도망치고 마을은 온통 불바다가 되어 버렸지요."

시녀는 손짓 발짓을 섞어 가며 아주 신이 났다.

"게다가 이 괴물은 어마어마한 덩치로 날개를 펼치고 깃털처럼 가볍게 바다로 날아가 버렸다, 이 말씀입니다. 이놈은 물속에 살면서도 날아다닐 수 있고, 육지에서도 며칠은 거뜬히 버틸 수 있답니다. 하늘과 바다 그리고 땅 안에 있는 모든 것이 그놈의 먹이라, 인간은 그저 재미로 먹는다고……."

"아서라! 그 입 다물지 못하겠니?"

나이 든 시녀장이 끼어드는 바람에 막내 시녀의 이야기는 끝이 나고 말았다. 푹 빠져서 듣고 있던 안드로메다는 두려워하기는커녕 끝없는 상상에 빠져들었다. 무시무시한 힘과 불, 심지어 물속에서 살면서도 날아다닐 수 있다니. 꼭 만나고 싶어! 안드로메다는 부디 바다 괴물이 사라지기 전에 밖으로 나갈 수 있기를 빌고 또 빌었다.

왕과 왕비는 신전으로 갔다. 왕궁에서 한참 떨어진 암굴인 신전은 전실과 후실, 신실로 이루어져 있었다. 아무리 왕과 왕비라도 전실까지만 들어갈 수 있었고 후실에는 젊은 남자 신관이, 신탁이 내려지는 신실에는 나이 든 여 사제가 얇은 천 하나만 걸친 채 누워 있었다.

왕이 가지고 간 왕실의 귀한 금과 보석을 신관에게 바치자 제사가 시작되었다. 환각 효과가 있는 유황 가스에 취한 여 사제는 황홀경에 빠져 몸부림을 치다가 이렇게 외쳤다.

"황금빛 왕궁에 살고 있는 자들아! 바다에 가장 소중한 것을 바쳐라! 그렇지 않으면 너희들의 영광스러운 왕국을 바다 괴물이 모두 쓸어 버릴 것이며, 통곡만이 사방을 채울 것이니!"

젊은 남자 신관이 나와 신탁을 해석해 주었다. 눈썹과 머리카락을 모두 칼로 밀어 버린 시커먼 얼굴의 그는 꼭 석상 같았다.

"두 분께서는 안드로메다 공주님을 바다에 바쳐야 합니다. 그렇지 않으면 포세이돈 신께서 분노를 거두지 않고 나라를 멸망시킬 거라고 하십니다."

케페우스는 말을 하지 못했고, 카시오페이아는 혼절했다.

*

혼절한 가운데 카시오페이아가 가슴 깊이 봉인해 두었던 기억이 열렸다. 카시오페이아 역시 딱 안드로메다만 한 나이였던 열여섯 살 때, 케페우스에게 시집을 온 지 채 한 달도 되지 않아 숲으로 산책을 나갔다가 블랙 맘바에게 물린 적이 있었다.

코브라의 한 종류인 블랙 맘바는 몸 색깔이 검어서 그렇게 불리는 게 아니라, 눈과 입 안이 검어서 그런 이름이 붙은 것이었다. 코브라처럼 볏도 세우지 않고 동글동글한 눈에 몸도 회색이라 순하게 생긴 뱀이었지만 검은 입 안을 보는 사람은 죽음이 아가리를 벌린 것을 보는 거나 다름없었다. 카시오페이아를 공격한 블랙 맘바는 오래 묵은 것으로 크기가 4.5m나 되었다.

사나운 뱀이 쉿쉿 소리를 내며 무서운 속도로 뒤쫓자 비명을 지르며 달아나던 카시오페이아는 발꿈치며 종아리며 팔까지 여러 군데를 물렸다. 한 번 물 때마다 맹독을 150mg까지 뿜어내는 블랙 맘바에게 물려서 살아남은 사람은 여태껏 없었다. 대부분 30분 이내에 걷지 못하고 아무리 늦어도 세 시간 안에 죽음에 이르게 마련이었다.

뒤늦게 왕비를 찾으러 나간 시녀들은 혼비백산했다.

"이게 뭐죠? 이거, 블랙 맘바에게 물린 거 아닌가요?"

"이 검은 이빨 자국은…… 분명해요."

"곧 돌아가시고 말 거야!"

"왕비님이 돌아가시면 우리도 다 죽은 목숨이네요."

시녀들은 모두 모여 울기만 했다. 반쯤 넋이 나가 있던 시녀장은 정신이 들자마자 말했다.

"다들 잘 들어라. 우리는 왕비님을 보지 못한 거다. 왕비님은 실종되신 거야. 절대 돌아가신 게 아니야."

여전히 흐느끼며 시녀장의 이야기를 듣던 시녀들도 하나둘 눈물을 닦고 고개를 끄덕였다. 시녀들이 말했다.

"그래요. 빈손으로 돌아가는 것보다는 그게 차라리 나을 거예요."

"완전히 나은 거지."

"우리는 그저 왕비님을 모시는 사람들일 뿐이지요."

"목숨보다 중요한 건 없고요."

"왕비야 새로 들이면 되니까."

그들은 순식간에 결속했다. 왕비의 작고 가벼운 몸을 들어다가 신속히 숲속 가장 깊은 곳에 숨겼다. 왕실로 돌아간 시녀장은 왕에게 고했다.

"왕비님은 사라지셨습니다. 저희는 아무것도 찾을 수 없었습니다."

침통한 얼굴에 차분한 태도였다. 시녀장의 연기는 완벽했다. 당시 어렸던 케페우스는 탄식했지만 시녀장을 의심하지도, 숲을 뒤져 보지도 않았다. 무서운 야생 동물들이 득시글대는 사바나에서 죽는 건 자연스러운 일이었다. 시녀장은 아무런 죄책감도 느끼지 않았다. 잘못한 건 철없고 어린 왕비일 뿐이었다.

홀로 남겨진 카시오페이아는 온몸에 경련과 발작을 일으켰다. 아직 목숨은 붙어 있었지만 블랙 맘바가 혈관에 주입한 독이 온몸을 돌아다니며 신경 신호 전달계를 폭주시켜 과잉 신호를 일으키고 신호 수용기를 박살 내고 있었다. 얼마 지나지 않아 수의근들이 움직이라는 신호를 받지 못해 호흡근이 마비되어 질식사

할 것이었다.

하지만 카시오페이아는 달랐다. 어찌 된 일인지, 죽기는커녕 경련과 발작이 멈췄다. 게다가 온몸의 신경이 폭주하는 바람에 오히려 각성이 되어 자신의 본질을 깨달을 수 있었다. 카시오페이아의 핏속에는 티탄 신족의 피가 흐르고 있었다. 카시오페이아의 할아버지 헤르메스는 제우스와 마이아의 아들이었는데, 마이아의 아버지 아틀라스는 티탄 신족의 1대 후손이었다.

티탄 신족들은 우주와 자연의 힘 그 자체였기 때문에 무엇이든 될 수 있었다. 카시오페이아 역시 자신을 문 블랙 맘바의 독을 빨아들이고 확장시키며 변신했다. 팔다리가 한데 뭉쳐 구불구불 끝도 없이 길어졌다. 마침내 변태를 멈추자 회색 진주처럼 반짝이는 껍질을 가진 뱀은 10m도 넘을 정도로 거대했다.

뱀이 된 카시오페이아는 사바나의 자연을 기어 다니며 마음껏 탐닉했다. 블랙 맘바에게는 독이 듣지 않는 몇몇 천적이 있었지만 그 독을 소화한 카시오페이아는 다른 차원의 존재로 거듭났다. 모든 것을 알고, 모든 것을 다스릴 수 있었다. 자신의 적수는 없었다. 하늘 아래 모든 것이 자신의 것이었고, 자신 아래 엎드려 경배를 바쳤다.

귀가 없어 들리지는 않지만 배로 세상을 감각하며 활개 치며 돌아다니다 목이 말라 도착한 사바나 강물에 비친 자신의 모습을 본 카시오페이아는 기겁했다. 동글동글한 검은 눈은 이전과 크게 다르지 않았지만 길게 날름거리는 채찍 같은 혀와 회색 비늘로 번쩍거리는 대가리라니!

이게, 나? 수수하긴 했어도 분명 사람이었던 자신이었다. 하지만 이건 어떻게 봐도 뱀이잖아! 카시오페이아는 기절해 강물 속에 빠졌다.

며칠 뒤 강물에 떠밀려 내려온 카시오페이아를 발견한 것은 우연인지 필연인지 왕비를 사바나에 버리자고 한 시녀장이었다. 시녀장은 시녀들을 데리고 동물이 잘 오지 않는 강에 빨래를 하러 나온 참이었다. 전보다 조금 여위긴 했지만 멀쩡하게 목숨이 붙어 있는 카시오페이아를 발견한 시녀장은 아무렇지도 않게 왕비를 왕궁으로 데리고 왔다. 시녀들이 속삭였다.

"시녀장님, 괜찮을까요? 왕비님이 저희를 기억하시지는 않을까요?"

"침착해. 그때도 지금도 왕비님은 기절하신 상태야. 아무것도 기억하시지 못할 거라고. 우리가 하는 일은 그저 왕비님을 모시는 것뿐이다."

카시오페이아를 다시 만난 케페우스는 크게 기뻐하며 시녀장을 불렀다. 시녀장은 두려움으로 심장이 두근거리는 가운데 케페우스 앞에 섰다. 케페우스가 말했다.

"수고가 많았다! 너에게 포상을 내리노라."

"네? 포상이요?"

"왕비가 아기를 가졌다."

시녀장은 깜짝 놀랐다. 죽은 줄로만 알았던 왕비가 살아난 것은 물론 아기까지 가지다니. 그 아기는 대체. 블랙 맘바 사건으로부터 아홉 달 후, 안드로메다가 태어났다. 안드로메다를 받아서 키운 것 역시 그 시녀장이었다. 시녀장은 죽을 때까지 왕비와 공주를 두려워하며 납작 엎드려 모셨다.

블랙 맘바의 기억에서 깨어난 카시오페이아는 단말마의 비명을 지르며 정신을 차렸다.

"나는 뱀이 아니야!"

자신은 어느새 쾌적한 침실로 옮겨져 있었다. 그때의 시녀장은 이미 죽고 없고, 자신을 보살피고 있는 시녀들은 왕비의 식은 땀을 닦아 주며 깃털 부채를 부쳐 줄 뿐이었다.

카시오페이아는 어쩌다 그런 꿈을 다 꾸었을까 하고 어리둥절해하며 평소처럼 거울을 들고는 자신의 매무새를 살폈다. 자신이 그때 다시 궁으로 돌아와 뭔가에 씌기라도 한 것처럼 화장과 꾸미기에 열을 올리게 되었다는 건 미처 깨닫지 못했다. 본색을 드러내면 안 되기라도 하듯이 말이다.

*

한편 케페우스는 결정을 내려야 했다. 사실 결정을 내리고 말고 할 것도 없었다. 신탁이 내려졌으니 무조건 따라야 했다.

그리하여 안드로메다는 바닷가에 세운 기둥에 묶이는 신세가 되었다. 기둥에 공주를 묶으며 시녀들은 눈물을 흘렸지만 막내 시녀는 괴이하다는 느낌이 들었다. 그도 그럴 것이 평소 자주 말을 하는 사이인 막내 시녀에게 공주는 직접 자신을 묶을 해변을 알려 주었기 때문이었다.

"흰 자갈 해변에다 나를 묶어 주렴."

시녀는 외쳤다.

"하지만 공주님! 그 해변은 파도가 높고 드세기로 유명한 곳입니다! 분명 바다 괴물이 거기로 올 텐데!"

공주는 잿빛 눈동자를 빛내며 그저 웃기만 했다. 막내 시녀는 공주를 이해할 수가 없었다. 공주가 미쳐 버린 건가? 왜냐하면 공주는 무시무시한 괴물에게 바쳐진다는데도 두려워하기는커녕 오히려 기뻐 보였기 때문이었다.

문득 막내 시녀는 예전 시녀장님이 누누이 말씀하시던 이야기를 떠올렸다. 왕비님과 공주님은 상상도 못 할 무시무시한 분이시니 아주 잘 받들어 모셔야 한다고. 그 말이 사실인 모양이었다. 공주는 역시 보통 사람이 아니었다. 시녀들은 떨며 공주의 안녕을 빌고 물러갔다.

홀로 해변에 남은 안드로메다는 크고 상쾌하게 웃었다. 몇 번이나 호탕하게 웃었다. 안드로메다는 바다와 하늘을 향해 외쳤다.

"자, 오라, 괴물이여!"

하지만 괴물은 안드로메다의 외침을 들었는지 못 들었는지 하루가 가고 이틀이 가도 오지 않았다. 안드로메다는 뜨거운 태양과 차가운 밤바람에 온몸이 달아올랐다 식었다가를 반복하며 점차 의식이 또렷해져 갔다.

허기가 졌지만 음식을 먹고 싶지는 않았다. 지난 번 이곳에 왔을 때처럼 먹고 싶은 건 역시 신선한 내장이었지만, 당분간은 견딜 수 있을 것 같았다. 오히려 살짝 배가 고픈 게 정신을 집중하는 데 도움이 되었다.

안드로메다는 바다와 하늘과 모래와 공기를 온전히 느끼며 점차 그들과 하나가 되어 갔다. 안드로메다의 손톱이 조금씩 자라났고, 두꺼워졌고, 마침내 밧줄을 끊을 수 있게 되었다. 온몸의 털들이 곤두섰다가 하나씩 커지고 딱딱해졌다. 안드로메다의 몸은 비늘로 뒤덮였다. 견갑골이 점점 위로 솟구치는 것 같더니 마침내 어마어마한 통증과 함께 살을 뚫고 튀어나왔다.

안드로메다는 단말마의 비명을 질렀다. 피와 함께 솟구친 건 투명한 오로라 빛의 거대한 날개 한 쌍이었다. 꼬리뼈 역시 튀어나오더니 꼬리가 길게 자라나 구불구불 늘어났다. 변태하는 데 엄청난 힘을 쓴 안드로메다는 정신을 잃고 한동안 쓰러져 있었다.

정신이 든 것은 누군가 어마어마한 진동으로 자신을 불렀기 때문이었다. 그 목소리는 깊은 곳에서부터 울렸다. 하늘 아래 아무것도 무서울 게 없다는 듯 태만할 정도로 여유가 넘쳤다.

"네가— 공주—인가?"

눈을 뜨자 타오르는 눈이 보였다. 불덩어리로 가득 찬 눈은 눈동자가 없어 어디를 보는지 알 수 없었지만 거대한 머리는 안드로메다를 향해 있었다. 이게 바로 말로만 듣던 바다 괴물? 괴물은 예상보다 훨씬, 어마어마하게 컸고 곁에 있는 것만으로도 더울 만큼 온몸에서 열기가 느껴졌다.

안드로메다가 대답했다.

"그래."

괴물은 천천히 고개를 저었다.

"너는— 우리—잖아."

우리라니? 내가? 괴물이라고? 안드로메다는 깔깔 웃으며 고개를 저었다. 하지만 바다 괴물은 두 앞발로 안드로메다를 가볍게 들어 올리더니, 하늘 높이 날아올랐다. 갈매기보다 구름보다 높이 날아오르자 괴물은 별안간 안드로메다를 아래로 떨어뜨렸다. 안드로메다는 비명을 지르면서 낙하했다.

비명은 어느새 탄성으로 변했다.

끼얏호!

안드로메다는 바다의 수면 위를 낮게 날고 있었다. 안이 다 들여다보이는 에메랄드 빛 바다에는 온갖 생물들이 다 살고 있었다. 상날치가 튀어 올라 안드로메다의 볼에 꼬리를 튕겼다. 안드로메다는 앞발을 쑥 내밀어 상날치를 잡아서 입 안에 넣고 으적 으적 씹었다. 차갑고 싱싱한 피와 살이 입 안에서 주르륵 으깨지는 맛이 좋았다.

*

그렇게 한참을 신나게 비행하고 있는데, 무기들이 바다 위를 달리며 자신을 쫓아오는 것이 보였다. 아테네의 방패 아이기스와 명검 하르페를 양손에 들고, 몸을 보이지 않게 하는 하데스의 투구 퀴네에 키비시스를 두른 사람은 헤르메스의 날개 달린 샌들을 신고 있었다. 그 사람은 안드로메다를 보고는 칼을 휘두르며 외쳤다.

"거기 서지 못할까? 이 바다 괴물아! 이 몸은 방금 메두사를 물리치고 온 페르세우스다!"

우렁찬 목소리의 주인공은 페르세우스. 남자에게 관심이 없는 안드로메다는 그의 이름도 금시초문이었지만 신기한 무기들에는 깜짝 놀랐다. 안드로메다가 말했다.

"괴물이라고? 내가?"

목에서 터져 나온 것은 그르렁거리는 울음과 불꽃이 튀는 시뻘건 불길이었다. 안드로메다는 다시 바다에 비친 자신의 모습을 보았다. 거대한 뿔 달린 머리와, 날카로운 이빨들과, 발톱들,

오색으로 빛나는 비늘이 달린 구불구불한 몸과 무지갯빛 날개도 보았다.

"그럴 리가 없어!"

비명을 지르며 불꽃을 토해 낸 안드로메다는 날개와 발톱으로 순식간에 페르세우스를 내동댕이치고는 바닷속으로 추락했다.

밀려난 페르세우스는 방패와 검, 투구가 날아간 채로 해변에 떨어졌다. 무기가 없는 그는 한낱 검은 고수머리에 또렷한 검은 눈을 가진 젊은 남자일 뿐이었다. 무기들을 되찾은 그는 도대체 어떻게 된 일인가 긴장한 채로 바다 괴물을 기다렸다.

한참 후, 바닷가에 밀려온 것은 나신의 아가씨였다. 아가씨의 피부는 진한 갈색이었고, 머리칼은 까맣고 탐스러웠으며, 나긋나긋하게 보이는 몸은 길고 탄탄했다.

페르세우스가 본능적으로 그 아름다운 모습을 감상하는데 아가씨가 눈을 번쩍 떴다. 눈 속에는 눈동자가 없었고 온통 붉었다. 영웅 페르세우스마저 놀라 뒤로 물러났다. 이내 아가씨의 눈에 흰자위가 돌아오더니 잿빛 눈동자도 나타났다. 그를 본 아가씨가 말했다.

"누구시죠?"

그의 시선에 아가씨는 흠칫 놀라더니 자신의 가슴을 두 손으로 가렸다. 스스로도 어떻게 된 영문인지 모르겠다는 표정이었다. 아가씨는 알몸이 드러나는 걸 원치 않는 것처럼 보였다. 그는 자신이 두르고 있던 금빛 키비시스를 건네며 말했다.

"이걸 두르십시오. 저는 제우스의 아들이자 메두사의 목을 벤 페르세우스입니다."

아가씨는 서둘러 키비시스를 두르려다 뭔가 묵직한 질감을 느끼곤 물었다.

"저는 안드로메다예요. 케페우스의 딸이죠. 그런데 이건 뭐죠?"

페르세우스는 씩 웃었다.

"아, 안드로메다라면 에티오피아의 공주님이시군요. 들어 본 적이 있어요."

페르세우스가 키비시스를 가리키며 말했다.

"메두사의 머리랍니다."

메두사라면, 보기만 해도 돌로 변한다는 그 괴물? 안드로메다는 깜짝 놀라 키비시스를 모래사장에 집어 던졌다. 페르세우스는 얼른 그것을 집어 들고는 한쪽 팔을 내밀며 말했다.

"내키지 않으신다면 지금 그대로 자연스럽게 계십시오. 집으로 데려다드리겠습니다."

안드로메다는 페르세우스의 팔을 잡았다. 페르세우스는 날개 달린 샌들로 빠르게 날아 케페우스의 궁전에 도착했다.

*

카시오페이아는 페르세우스의 팔을 잡고 날아온 딸을 보고 화들짝 놀라다가 이내 함박 미소를 지었다. 물론 시녀들에게 외치는 것도 잊지 않았다.

"얼른 커다란 숄을 가져오너라! 옷과 신발도 가져오고!"

시녀들이 딸의 몸을 가리는 동안 왕비는 페르세우스의 팔을 잡고는 물었다.

"에티오피아에 온 것을 환영합니다. 하늘에서 날아온 걸 보니 당신이 그 유명한 영웅 페르세우스인가요? 이집트에서 태어났다죠?"

페르세우스가 대답했다.

"그렇습니다."

케페우스도 말했다.

"참으로 감사하오. 우리 딸을 바다 괴물로부터 구해 주다니."

"아닙니다. 그게 아니라……."

"나도, 나도 어쩔 수가 없었다오. 신탁은 딸을 괴물에게 바치라고 하지, 백성들은 끝도 없이 죽어 나가지."

페르세우스의 검은 눈동자에 난감한 빛이 어렸다. 페르세우스가 말했다.

"제가 한 일이라고는 그저 공주님을 여기까지 데려다드린 것밖에 없습니다만."

카시오페이아가 말했다.

"어머나, 세상에. 겸손하기까지! 그럴 필요 없어요. 마음껏 자랑해도 돼요. 나는 공주를 구한 영웅이다! 그 무섭다는 바다 괴물도 내가 물리쳤다! 라고요."

"아니, 그게, 실은……."

케페우스가 말했다.

"자자, 겸양은 이제 그만. 영웅을 위해 축배를 들어야겠소. 무엇들 하느냐! 어서 잔치를 준비하지 않고!"

얼결에 페르세우스는 성대하게 열린 잔치의 주인공이 되었다. 연회장에 가득 모인 왕족과 귀족들은 페르세우스의 활약상을 들으며 시간 가는 줄 몰랐다. 연회 끝에 케페우스는 깜짝 발표를 했다.

"나는 내 딸 안드로메다와 영웅 페르세우스를 결혼시킬 것입니다!"

청중들은 우레와 같은 박수를 쳤지만 카시오페이아는 사색이 된 얼굴로 왕에게 속삭였다.

"아니, 어떻게 저와 상의 한마디 없이 그런 결정을……."

포도주로 얼근히 취한 왕이 말했다.

"이보다 더 나은 신랑감이 있소? 언제는 나더러 무심하다고 타박하더니 이제 와서 왜 그런 말을 하는 거요?"

"하지만……."

"무슨 할 말이 더 있소?"

"아닙니다."

"자! 그럼 딸의 결혼을 위해 건배나 합시다. 당신이 그렇게 고대하던 일 아닌가?"

"네에."

왕과 포도주를 마시면서도 왕비의 얼굴은 펀치 못했다. 왕비에게는 이미 안드로메다를 위해 준비해 둔 상대가 있었다. 하지만 이번에도 왕에게 말하면 불호령이 떨어질까 카시오페이아는 결혼 준비를 하는 둥 마는 둥 안절부절못했다. 그러는 사이 결혼식 날짜는 다가왔다.

안드로메다 역시 반박할 겨를도 없었다. 안드로메다는 카시오페이아와 마주칠 때마다 팔을 붙잡고는 말했다.

"어머니, 사실 저는 이 결혼이……."

카시오페이아 역시 눈도 마주치지 못하고 말했다.

"안다. 마음에 들지 않겠지. 하지만 아버지가 정하신 일이다. 따라야 해."

"아니, 그게 아니라, 일단 바다에서 무슨 일이 일어났는지부터 들으셔야……."

"그건 들을 것도 없다. 페르세우스가 너를 구했지 않느냐. 너는 무사히 돌아왔고. 곤경에 처한 공주를 영웅이 구했다. 더 들을 게 뭐가 있단 말이냐?"

"진짜 상상도 못 하실 일인데요?"

"듣고 싶지 않다. 전혀 궁금하지 않아."

안드로메다는 가 버리려는 카시오페이아의 등 뒤에서 외쳤다.

“그자가 구한 건 아무것도 없어요. 나를 구한 건 나라고요!”

“허튼소리!”

왕비는 딸의 말을 믿으려 들지 않았다.

페르세우스 역시 안드로메다와 결혼하는 것이 썩 탐탁지 않았다. 그는 손님방에 머물면서 하루에도 몇 번이고 안드로메다에 대해 생각했다.

‘그래, 공주의 나신까지 모두 보았어. 무척 아름다웠지. 하지만 그 눈이라니! 그 불타오르던 눈은…… 아무리 생각해도 사람이 아니야. 그렇다면, 공주는…… 누구지? 혹시, 혹시 내가 뒤쫓던 그 바다 괴물? 바닷속으로 감쪽같이 사라져 버린? 괴물이 공주라고? 그럴 리가 없어!’

생각이 거기까지 이르면 영웅은 부르르 떨며 세차게 고개를 저었다.

‘분명한 건 난 아무도 구하지 않았다는 거야. 거짓말도 하지 않았어. 하지만 왕조차도 내 이야기를 제대로 듣지 않고 영웅이라고 추켜세우기만 하니. 그냥…… 이대로 영웅으로 사는 거지. 뭐, 어쩌겠어.’

아름다운 여인이냐, 괴물이냐. 페르세우스는 도박을 하는 기분이었지만 이성에 기대기로 했다. 그는 불안해하면서도 스스로를 진정시키려고 애썼다.

*

그런 가운데 성대한 결혼식이 거행되고 주례를 선 신관이 말했다.

"이 결혼식에 반대하는 자가 있습니까?"

누군가 손을 들었다. 군중들 속에서 우뚝 선 남자의 모습을 본 안드로메다는 놀랐다. 주름진 얼굴에 듬성듬성한 머리칼이 반백인 삼촌 피네우스였다. 삼촌이 왜? 미처 놀라기도 전에 피네우스가 끌고 온 군인들이 페르세우스를 잡으려고 무거운 갑옷과 칼, 투구를 절그럭거리면서 군중들을 마구 헤치며 그들에게로 달려왔다.

카시오페이아는 비명을 지르면서 딸에게로 다가와 손을 잡고 이끌며 도망을 쳤다. 안드로메다는 달리느라 헐떡이며 어머니에게 물었다.

"삼촌이 왜요?"

카시오페이아가 말했다.

"사정이 복잡해. 나는 네가 결혼을 하지 못할 줄 알았다. 그래서 삼촌하고 미리 약혼을 시켜 놓은 거야. 네가 영웅의 팔을 잡고 하늘에서 떨어질 줄 누가 상상이나 했겠니?"

안드로메다는 기가 막혔다. 안드로메다가 외쳤다.

"아무리 그래도 그렇지, 저 아무짝에도 쓸모없는 술주정뱅이,

왕실의 친척이라는 것 외에는 하나 볼 것 없는 날건달과 결혼을 하란 말이에요? 어머니는 그렇게까지 절 결혼 못 시켜서 안달한 건가요?"

"나라고 마음에 찬 줄 아니? 하지만 그때는 이 방법밖에, 저 늙은이밖에 없다고 생각했다. 네가 워낙……."

"워낙?"

"구제불능처럼 보여서."

"하!"

카시오페이아는 딸과 눈을 마주치지 못했다. 안드로메다가 말했다.

"어머니라면 할아버지랑 결혼하고 싶겠어요? 너무하신 거 아니에요?"

"아니, 절대로. 미안하다."

"이 지경이 되어서야 겨우 대화가 통하네요."

카시오페이아가 말했다.

"이제 어떻게 하지?"

"저도 몰라요."

카시오페이아와 안드로메다는 숨은 채로 피네우스 일당들이 페르세우스를 구석으로 몰아넣는 것을 보았다. 결혼식 예복을 입고 있던 페르세우스도 예상치 못한 공격에 당황한 상태였다. 결혼을 하려던 차였으니 무기고 뭐고 있을 리가 없었다.

가만히 그를 보던 안드로메다가 외쳤다.

"메두사!"

"뭐?"

안드로메다는 얼른 카시오페이아의 손을 끌어당기고는 궁의 회랑으로 내달렸다. 꼭 끼는 구두부터 벗어 던진 안드로메다는 길고 치렁치렁한 드레스를 입고 달리느라 베일이 날아가고 치맛자락이 반쯤 찢어지는데도 개의치 않았다. 딸의 결혼식이라 최대한으로 성장한 카시오페이아는 화려한 장신구들을 짤랑거리며 따라오느라 힘겨워하면서도 질문을 멈추지 않았다.

"얘, 지금 뭐 하는 거니? 어딜 가는 거야? 뭐 하러 가는데?"

한참이나 달려와 손님방에 도착한 안드로메다가 숨을 헐떡이며 말했다.

"키비시스, 키비시스를 기억하시죠? 페르세우스가 그때 자랑하던."

"키비시스?"

안드로메다는 방의 침대 위에 놓여 있는 금색 보자기 같은 것을 가리켰다. 그 보자기는 안에 뭔가가 들어 있어 불룩했다. 안에 든 것이 꿈틀거리고 있었다. 흠칫 놀란 카시오페이아가 딸에게 붙어 서면서 물었다.

"저게 정말 그 메두사의 머리란 말이냐? 시선이 마주치기만 해도 돌로 변해 버린다지?"

안드로메다는 고개를 주억거리며 키비시스를 들었다. 그러자 카시오페이아가 키비시스를 붙잡았다.

"이리 줘! 그 위험한 걸 신부가 들게 할 수는 없잖니?"

"괜찮아요."

"이리 주래도!"

둘이 실랑이를 하는 바람에 키비시스가 풀리며 뭔가가 아래로 굴러떨어져 내렸다. 안드로메다와 카시오페이아는 히익! 하고 비명을 지르면서도 그것을 쳐다보았다. 과연 메두사의 머리에는 색색의 독사들이 달려 있었고, 목 부분에는 용의 비늘이 반짝거렸다. 모녀를 본 메두사가 미소 짓더니 말했다.

"반가워요, 여러분."

모녀는 네에? 하면서 혼란스러운 눈빛으로 메두사를 보고는 서로를 쳐다보았다. 소문과 달리 다행히도 돌이 되지는 않았다. 카시오페이아가 소리쳤다.

"이, 이 괴물이 뭐라는 거야?"

메두사가 말했다.

"어머나, 세상에. 괴물이라니요! 나도 한때 신탁을 담당했던 사제였답니다. 본색을 드러냈더니 괴물이라며 추방당했을 뿐이지요."

메두사는 놀라 자신을 쳐다보는 모녀를 바라보며 말을 이었다.

"흐응, 그나저나 지혜로운 뱀인 어머니와 엄청난 힘을 가진 용인 딸이라. 아주 훌륭해요! 합이 좋군요."

딸과 어머니는 서로를 쳐다보았다. 딸이 말했다.

"뱀이라고요?"

어머니가 말했다.

"용이라니?"

메두사가 말했다.

"자자, 그건 차차 생각하고 먼저 저와 같이 밖으로 나가서 무기들을 내세우며 싸움만 해 대는 저 멍청이들을 처리합시다."

안드로메다가 풋, 하고 웃었다.

"멍청이라고요?"

메두사가 말했다.

"우리에 비하면요?"

이번에는 카시오페이아마저 핏, 웃었다. 메두사가 물었다.

"그래, 여성분들. 누굴 살려 줄까요?"

안드로메다가 말했다.

"팔팔하고 싱싱한 쪽이 낫겠죠?"

"당연하지."

카시오페이아도 동의했다. 딸이 태어난 후 처음으로 둘의 의견이 일치하는 순간이었다. 모녀는 서로를 보면서 미소를 지었다.

그들은 메두사의 머리를 키비시스에 넣어 싸움이 벌어지고 있는 연회장으로 갔다. 연회장에 도착해 보았더니 바닥에 구르고 있던 무기를 주워 들고 싸움을 벌이고 있는 페르세우스는 수적 열세로 구석에 몰려 있었다. 안드로메다는 그에게 키비시스를 던지며 말했다.

"자아, 받아요!"

키비시스를 받아 든 페르세우스는 그제야 회심의 미소를 지으며 자신을 둘러싼 군인들과 피네우스를 쳐다보았다. 피네우스는 그 안에 든 것이 뭔지도 모르고 피식 웃었다.

"그래, 항복할 테냐?"

"천만에!"

페르세우스는 키비시스 속의 것을 꺼내며 말했다.

"자, 내 편인 자들은 모두 눈을 감아라!"

"무슨 헛소릴 지껄이는 거냐? 이, 이건?"

칼을 휘두르려던 피네우스는 메두사의 머리와 눈이 마주친 순간, 그대로 돌이 되었다. 나머지 군인들도 마찬가지였다. 반면 며칠 전 키비시스를 들어 보이던 페르세우스의 영웅담을 들었던 케페우스와 신하들, 시녀들 등의 궁정 사람들과 결혼식에 초대된 왕족과 귀족들은 모두 눈을 감고 엎드렸다.

상황이 정리되자 도로 키비시스 속으로 들어가게 된 메두사는 안드로메다와 카시오페이아를 보며 윙크를 했다. 모녀도 고개를 숙이며 화답했다. 케페우스는 왕비에게 할 말이 많은 얼굴이었지만 자제하고 일단 자리에 착석했다. 카시오페이아도 곁에 앉았다. 신하들과 시녀들이 식장을 정리하고 하객들을 안내했다.

결혼식이 거행되었다. 이번에는 누구의 반대도 없었다. 안드로메다와 페르세우스는 부부가 되었다.

*

첫날 밤.

자신을 계속해서 붙드는 어머니의 처소에서 한참 이야기를 나누다가 침실로 돌아온 안드로메다는 놀랐다. 검은 머리의 페르세우스는 나신으로 뒤돌아 선 채였다. 모래 빛깔 몸은 온통 근육질이었고 떡 벌어진 어깨에 엉덩이와 다리는 탄탄하고 늘씬했다.

남자의 나신을 본 것은 처음이었던 안드로메다는 온몸이 붉게 달아오른 채 비단 잠옷으로 갈아입고는 페르세우스를 불렀다.

"저어."

페르세우스가 뒤돌아보았다. 눈을 내리깔고 안드로메다에게 천천히 다가오는 페르세우스의 선이 뚜렷하고 갸름한 얼굴은 마치 화가 난 것처럼 보였다. 안드로메다가 손 하나 대지 않았는데도 젊디젊은 그의 몸 전체가 꼿꼿하게 서 있었다.

"이리 와요."

마침내 페르세우스가 팔을 잡자 안드로메다는 전기가 흐르는 것처럼 온몸에 전율을 느꼈다. 안드로메다의 몸 역시 머리부터 발끝까지 곤두섰다. 페르세우스는 자신에게로 안드로메다를 끌어당겼다. 그 바람에 잠옷의 앞섶이 풀려서 서로의 맨살이 닿자 둘은 벼락 맞은 것 같은 기분이 들었다.

페르세우스는 그대로 안드로메다에게 파고들며 침대로 돌진했다. 안드로메다 역시 누운 채로 몸을 활짝 열고 그를 받아들였다. 페르세우스는 처음에는 자신의 몸에서 열기가 나는 줄 알았는데 흥분이 가라앉은 뒤에도 열기는 꺼지기는커녕 더 타올랐다.

페르세우스는 진심으로 두려웠다. 안드로메다에게서 빠져나올 수도 없었다. 안드로메다는 마침내 활화산의 용암처럼 분출했다. 페르세우스는 몸이 다 타 버리는 것 같았지만 이를 악물고 견뎠다. 이게 정말 첫날밤인가? 차라리 괴물을 물리치는 게 낫겠어. 이건 마치 서서히 죽어 가는 듯한…… 이렇게 끔찍한 일은 생전 처음이었다.

마침내 안드로메다가 황홀경이 끝나 눈을 감자 페르세우스 역시 곁에 쓰러지듯 누워 잠이 들었다. 페르세우스는 악몽을 꾸었다. 악몽 속 안드로메다는 횃불처럼 타오르는 붉은 눈에 비늘과 날개가 달린 괴물이었다. 안드로메다는 입에서 불을 내뿜으며 자신을 태워 버렸다.

비명을 지르며 눈을 뜨니 페르세우스는 안드로메다와 한 몸이 된 채로 끌어안고 있었다. 온몸이 식은땀으로 범벅이었다. 페르세우스는 부들부들 떨었다.

'나는 정말 괴물과 결혼한 것이 아닐까?'

페르세우스는 곤히 잠든 아내를 쳐다보았다.

"안드로메다?"

페르세우스는 아내를 몇 번 부른 다음 흔들어 보기도 했다.

안드로메다의 몸은 여전히 뜨거운 상태였지만 땀 한 방울 흘리지 않았다. 페르세우스는 덜덜 떨리는 손으로 잠든 안드로메다의 검은 눈꺼풀을 조금씩, 조금씩 들어 올렸다. 채 꺼지지 않은 붉은빛이 페르세우스를 향해 타오르고 있었다.

유령 들린 스텐 팬

1.

태운은 목요일 아침에 가장 바빴다. 전날이 삼일아파트의 분리수거 날이었기 때문이었다. 출근하자마자 주민들이 내놓은 쓰레기가 분류한 포대나 봉지에 제대로 들어 있는지 살펴야 했다. 뭐라도 잘못 들어가 있으면 업체 사람에게 한소리를 듣는 건 태운이었다.

비닐을 담는 커다란 봉지에는 아이스 팩이 들어 있었다. 태운은 다섯 개나 되는 팩을 하나씩 끄집어 올렸다. 얼음이 들거나 종이로 된 친환경 팩도 아니고 흐물흐물하게 녹은 아이스 겔 팩이었다. 태운은 혼잣말을 했다.

"아니! 아이스 겔 팩은 그렇게 재활용이 안 된다고 쓰레기통에 버려 달라고 했는데 왜 자꾸 여기다 버리는 거야? 여기다 버려 놓으면 처리해 주는 사람은 따로 있다 이건가? 몇 번이나 알려 줘도 왜 말을 안 들어? 참 너무하다, 너무해."

누군가의 시선이 느껴졌다. 분리수거를 하러 나온 아주머니 같았다. 어젯밤까지 다 하라고 했는데도 늘 아침까지 쓰레기를 가지고 나오는 사람들이 있었다. 그는 입을 다물었다. 태운은 자신을 쳐다보는 아주머니의 쓰레기를 보고는 장갑을 낀 손을 내밀며 활짝 웃었다.

"그거 이리 주세요. 뭘 그런 걸 하시려고 그러세요?"

50대 중반 정도로 보이는 보통 체구의 아주머니는 웃으며 당당하게, 얼른 여러 가지 쓰레기가 뒤섞인 박스를 내밀었다. 아주머니가 말했다.

"아이고, 감사해요."

동그란 얼굴에서 하얀 입김이 나왔다. 아주머니가 가자 태운은 박스 안에 든 것을 분리했다. 차라리 자신이 처음부터 다 하는 게 나았다.

초소로 돌아와 잠깐 자리에 앉자마자 인터폰이 울렸다.

[여기 관리 사무소인데요.]

"아, 네."

관리 사무소 소장인 판식이 인터폰 너머로 나지막하게 말했다.

[태운 씨, 113동 뒤쪽에서 고양이 사체가 나왔답니다. 이번에도 꼴이 끔찍해서 어떤 아주머니가 애가 발견하고는 큰 충격을 받았다며 관리 사무소에 전화를 해서 어찌나 노발대발하는지. 휴, 아무튼 어서 가서 치우세요.]

또? 태운은 인터폰을 끊은 다음 저도 모르게 으, 하며 도리질을 쳤다. 경비원으로 일하게 된 건 여기가 처음이라 원래 아파트 단지에는 난도질당한 떠돌이 개며 고양이 사체가 자주 나오는지 알 수 없었지만 삼일아파트에는 그런 일이 잦았다.

벌써 다섯 번째던가, 여섯 번째던가. 딱히 복기하고 싶은 경험은 아니었기에 태운은 다시 경비원 모자를 쓰고는 아까 쓰레기를 만지던 손바닥 부분이 빨갛게 코팅된 목장갑을 끼고 초소에서 나왔다.

113동은 단지의 끝으로 동향이었고 뒤에는 놀이터가 있었다. 아파트 건물에 가려진 놀이터는 요즘 같은 겨울에는 대부분의 시간 그늘져 있었으며 나무는 울창해서 인적이 드문 곳이었다. 지나가던 아이가 사체를 발견한 모양이었다.

이제 지은 지 10년이 넘어가는 아파트라 구멍을 들락날락하는 쥐나 그걸 잡으려는 고양이들도 심심치 않게 보였지만, 주민들은 가끔 쥐라도 볼라치면 소스라치게 비명을 지르곤 했다. 자신이 사는 아파트에 쥐가 나오는데도 잡을 생각은커녕 방관자처럼 구경만 했다. 그 일을 할 사람은 자신이 아니라는 듯이.

113동 뒤편, 배수관 파이프 근처 쥐구멍에 고양이 사체가 놓여 있었다. 과연 기겁할 만하긴 했다. 갈색 줄무늬는 온통 피에 젖어 있었고, 옆구리의 살을 깊이 도려내 내장이 흘러내리고 뼈가 드러난 상태였다.

태운은 메스꺼움을 참으며 주변을 둘러보았다. 다행히 인적이 드문 곳이라 마음 놓고 인상을 쓰고는 고양이 사체를 두 손으로 들어 놀이터 뒤의 공터로 갔다. 잡다한 것들을 넣어 두는 벽돌 창고의 문을 열고, 삽을 찾아서는 공터 한 곳을 팠다. 날씨가 추워서인지 땅이 딱딱해서 삽질을 하자니 진땀이 났다.

고양이 사체를 묻은 다음, 땅을 다지고 합장을 하며 명복을 빌었다.

"다음에는 이렇게 비참하게 죽지 말거라."

창고에 삽을 갖다 놓고 경비 초소로 돌아오는 태운의 마음은 착잡했다. 유기견이나 길고양이를 혐오하는 사람들이 있다는 이야기를 들은 적은 있었다. 그래도 이건 너무 잔인했다. 살점을 왜 베어 가는 건지도 알 수 없었다. 설마, 먹으려고?

삼일아파트는 경기도지만 강남과 가까워 억대를 호가하는 아파트였고, 들어오는 외부인이라고는 택배 사원이나 배달부들이 대부분이었다. 주민들이 돈이 없어서 고양이 고기를 먹을 리가. 필시 싫어서인 게 분명했다.

그래도 이렇게까지 하는 건 너무하지 않나. 태운은 아까 자신을 빤히 쳐다보던 아주머니의 시선을 떠올렸다. 자신의 보금자리에 무슨 문제라도 생길까 봐 늘 날이 서 있는 사람들. 이해하지 못하는 바는 아니었다. 아무런 상관도 없는 낯선 사람들과 어울려 살아야 하는 게 바로 아파트란 곳이니까.

자신은 그림자였다. 그림자는 감정을 드러내면 안 되었다. 타인의 감정을 살피고 그들이 원하는 대로 따라 해야 할 뿐이었다. 그래야 다음 달 생활비가 나왔다. 요즘은 경기가 어려워 경비원도 경쟁이 치열했다. 이곳의 경비원 계약은 3개월마다 한 번씩 갱신되었는데, 이제 겨우 첫 번째 갱신이었던 것이다.

"하, 참 먹고살기 힘들다."

태운은 중얼거리며 걸어가다가 마주치는 주민들에게 일일이 목례를 했다. 그들은 인사를 받아 주지 않고 그를 화단에 있는 식물처럼 쳐다보며 지나치거나, 목례를 하거나, 같이 인사하긴 하지만 시선은 마주치지 않았다. 가끔 눈을 마주치며 환하게 인사를 하는 주민을 만날 때면 깜짝 놀라곤 했다. 그럴 때면 더욱 깊이 고개를 숙여 답했다.

아직 9시도 채 되지 않았지만 태운은 벌써 피로를 느끼며 초소의 온돌에 털썩 앉으려 했다. 그때 누군가 초소 문을 열며 말하는 소리가 들렸다. 목소리가 아이처럼 낭랑했다.

"저어, 차량 등록은 여기서 하는 건가요?"

아, 참. 분리수거 때문에 깜빡하고 있었다. 자신이 맡고 있는 여섯 개의 동 중 110동 21층 5호가 이사를 들어온다고 했었다. 그제 오후에 이사 나간 전 주인이 야반도주하듯 짐을 거의 다 놔두고 가 버리는 바람에 처리하느라 애를 먹었다.

오늘도 아침에 출근하자마자 이삿짐 트럭과 사다리차가 댈 만한 곳에 주차되어 있는 야외 주차장의 자동차 주인들에게 일일이 연락을 해서 차를 빼 달라고 하며 하루 일과를 시작했던 게 벌써 까마득하게 느껴졌다. 태운은 얼른 미소를 띠며 말했다.

"아, 오늘 이사 오신 건가요? 차량 등록은 여기가 아니라 관리사무소로 가서 하셔야 됩니다. 관리 사무소는 나가서 저쪽으로 가시면……."

태운은 초소에서 나와 아파트 단지들을 가리키며 관리 사무소 위치를 친절하게 알려 주었다. 하얗고 포동포동한 얼굴의 젊은 여자는 가만히 듣더니 목례를 했다.

"감사합니다."

태운은 여자의 뒷모습을 보았다. 패딩을 입은 여자는 보기 드물게 뚱뚱했다. 몰라도 100kg 가까이 나가지 않을까 싶었다. 걸어가는 모습을 보고 있으려니 자신까지 힘들어지는 것 같았다. 여자가 사라지자 그는 반사적으로 안도의 숨을 내쉬었다.

태운은 초소 앞에 위치한 110동의 야외 주차장 쪽으로 갔다. 이삿짐센터 직원들과 의례적으로 목례를 나눈 다음에 이사하는 모습을 지켜보았다. 층수가 높아 사다리가 위태위태해 보였다. 걱정스럽게 그 모습을 지켜보던 그는 왠지 기시감을 느꼈지만 언제 그 모습을 보았는지 기억나지 않았다.

돌아서던 그는 쓰레기 수거 업체 트럭을 발견하고 그쪽으로 다가가서 직원과 인사를 나누고는 하는 일을 지켜보았다. 폐지류가 담긴 포대 안으로 들어간 크레인의 너클이 여섯 개의 손가락으로 종이들을 움켜쥐었다. 미처 쥐지 못한 종이 몇 장이 허공에 흩날렸다.

2.

주라는 막 이삿짐센터 직원에게 잔금을 입금해 주고 배웅을 했다. 혼자라서 우습게 보일까 봐 걱정했지만, 직원들은 자신을 사모님이라고 부르며 깍듯이 대했다. 짐도 지정한 대로 잘 놓여 있었다. 주라는 거실 시계를 보았다. 벌써 오후 4시였지만 영현에게서는 연락이 없었다. 주라는 이사가 잘 끝났다는 메시지를 보내고 집을 둘러보았다.

첫 번째 이사였다. 신혼이지만 전셋집이라 계약 기간이 끝나자 이사를 온 것이었다. 꼭 이사를 할 필요는 없었지만 주라가 강하게 원했다. 이전 집은 재수가 없는 것처럼 느껴졌다. 신혼여행 때부터 아이를 가지려고 애썼는데 아무리 해도 생기지 않았던 것이다.

주라는 귀찮은 기색이 역력한 영현을 설득해 난임 센터에도 갔지만 두 사람 다 아직 30대 초반이라 큰 문제는 없다고 했다. 주라의 체중이 평균보다 많이 나가는 편이고, 영현의 정자 활동성이 약간 떨어진다는 것 외에는.

의사 앞에서는 넉살 좋게 웃던 영현이 집에 돌아와서는 표정이 싹 바뀌며 불같이 화를 냈다. 바지를 벗다가 혁대를 허공으로 내리치는 바람에 근처에 서 있던 주라가 맞을 뻔했다. 영현은 소리를 질러 댔다.

"쪽팔려서, 씨발! 한 번만 더 가자고 하기만 해 봐라."

주라는 깜짝 놀랐지만 실수일 거라고 여기고는 애써 웃었다. 주라가 말했다.

"자, 자기야, 왜 그래?"

"왜 그래? 몰라서 묻는 거냐? 나 오늘 평가 당했잖아. 그것도 저질이라고. 너 같으면 기분이 좋겠냐?"

"하지만 그건 그냥…… 검사 결과잖아."

"하!"

영현이 말했다.

"결과든 뭐든 질이 낮다는 소릴 듣고도 기분 좋을 사람이 있나? 게다가 이건 남자의 자존심 문제라고."

주라는 뭐라고 대꾸해야 할지 몰랐다. 자신은 남자가 아니었기에 완전히 이해할 수 없었지만 영현의 자존심이 상했다는 건 알 수 있었다. 그렇다 해도 혁대를 휘두를 것까지는 없었다.

주라가 막 말을 꺼내려는데 영현이 말했다.

"다 너 때문이야."

"어?"

"의사가 너도 뚱뚱하다고 했잖아. 72kg? 세상에. 나보다 더 많이 나가네. 근데 왜 네 몸 보고는 저질이라고 안 하냐?"

주라는 얼굴이 붉어지며 기가 막혔다. 영현의 말에 기분이 상했지만 어떻게 표현해야 할지 알 수 없었다. 게다가 영현은 아직도 혁대를 움켜쥐고 있었다. 주라가 대꾸하지 않자 영현이 말을 이었다.

"임신하면 얼마나 더 찌려고? 너 임신 못 해서 안달 났냐? 그런 델 왜 가자고 그래? 네 몸이 그러니까 내가 기분이 안 나는 건데. 살이나 빼고 나서 말해라. 어?"

주라는 더 이상 말하지 않고 안방에서 나와 버렸다.

그때부터 이어진 신혼 분위기는 내내 냉랭했다. 맞벌이라 저녁을 같이 먹지 못하는 날도 많았지만 영현은 주말에도 약속을 잡아서 나가 버리곤 했다. 주라는 집에서 홀로 TV를 보며 자신의 결혼 생활이 과연 괜찮은 것인가 곱씹곤 했다.

주라는 분위기를 바꾸고 싶었다. 그래서 이사를 제안했다. 영현은 무관심하게 알았다고 했을 뿐, 집을 알아보고 이사를 준비하는 것까지 모두 주라에게 떠넘겼다. 때문에 주라는 업무를 보다가도 집이 나왔다는 소리를 들으면 점심시간을 이용해 보러 가기도 했다.

오늘 이사 온 아파트도 급처로 나왔다는 소리에 얼른 보러 왔었다. 이유는 듣지 못했지만 시세보다 몇천은 싼 가격이었다. 주인이 없는 집은 정리를 하지 않아서 어지러웠다. 인상적인 점이라면 최신형 냉장고와 독일제 3구 하이라이트랄까.

둘 다 무척 비싼 것들이었다. 결혼 준비를 하면서 백화점에서 하이마트까지 전자 제품을 꽤나 보러 다녔기에 고가의 제품이라는 걸 바로 알아보았다. 부엌을 보는 척하며 자세히 살펴보니 상태며 성능이며 흠잡을 데가 없었다.

아침에 새집을 둘러본 주라는 그 냉장고와 하이라이트가 고스란히 있는 것을 보고, 그 위에 반짝반짝 빛나는 스텐 팬까지 놓여 있는 것을 보고 깜짝 놀랐다. 설마 전 주인이 놔두고 간 건 아닐 거다, 깜빡했을 거다 싶었다.

주라는 조마조마해하며 부동산의 연락을 기다렸지만 이사와 대략적인 정리가 끝나도 연락은 없었다. 주라는 그것들을 구경했다. 다시 봐도 참 좋았다. 게다가 이 스텐 팬은 어쩜 이렇게 깨끗할까.

한때 코팅 팬에서 환경 호르몬이 나온다는 기사가 뜬 뒤로, 직장 동료들 사이에서 스텐 팬 열풍이 분 적이 있었다. 그들은 일명 스사모, 스텐 팬을 사랑하는 사람들의 모임 같은 카페에까지 가입해서 국내 어느 브랜드가 가성비가 좋다, 통 3중이 좋다 등의 이야기를 한창 했었다.

스텐 팬은 다루기가 무척 어렵다고 했다. 예열을 충분히 하고 열이 나기 전에 요리를 해야 한다고 들었다. 열이 날 때 요리를 하면 뜨거운 기름이며 양념이 튀어 화상을 입을 수도 있어 위험하다고 했다. 예열이 덜 되어 있을 때 요리를 하면 다 달라붙는다고 했다. 계란 프라이 하나를 깨끗하게 할 수 있을 때까지 여러 번 연습해야 한다고 들었다.

게다가 사용한 뒤 잘 씻지 않으면 도리어 환경 호르몬이 나올 수도 있다고 했다. 주기적으로 베이킹 소다와 철 수세미를 써서 반짝반짝 빛나게 닦아야 했다. 잘만 사용하면 안전하고 영구적인 아이템이었지만 관리도 어렵고 요리도 어려운 아이템을 늘 시간에 쫓기고 요리도 잘 못하는 주라가 굳이 택할 이유가 없었다.

하지만 하이라이트 위에 놓인 반짝거리는 스텐 팬을 다시 본 순간, 갑자기 스텐 팬을 써 보고 싶어졌다. 혹시 다른 팬도 있나 싶어서 싱크대 아래 서랍장을 열어 보았지만 안은 텅 비어 있었다. 냉장고도 마찬가지였다. 문을 열자 냉기가 훅 끼치면서 텅 빈 내부가 보였다.

이제부터 채워 가야지. 냉랭해진 영현과의 관계도 바로잡고. 주라는 새삼 휴대폰의 메신저를 확인했다. 영현은 아직도 메시지를 확인하지 않았다. 바쁜 거겠지. 주라는 박수를 한 번 짝 친 다음 인근 마트를 검색해서 장을 보러 갔다.

고기 정도는 잘 구울 수 있지 않을까 싶어서 꽃등심 2인분과 가니쉬 채소들을 샀다. 샬롯과 아스파라거스, 로즈마리 등의 생소한 채소와 허브들이었지만 세트로 팔아서 그대로 카트에 넣었다. 샐러드를 만들기 위한 채소들도 샀다. 결혼 전 1년간 연애를 하던 시절 그들은 이탈리안이며 프렌치 레스토랑에 갔었다. 그때도 모두 주라가 예약한 것이었다. 미리 계산까지 마친 요리들을 영현은 별 감흥 없이 우걱우걱 먹고는 했었다. 주라가 먼저 청혼했을 때도 그럴 줄 알았다는 얼굴로 고개를 끄덕일 뿐이었다.

모처럼 연애 시절 기분을 내 보는 거야. 주라는 들뜬 마음으로 휴지며 세제 등의 나머지 생필품을 사기 위해 마트를 돌다가 레드 와인도 한 병 집어 들었다. 새 집에서의 새 출발을 제대로 축하하기 위해서였다. 마지막으로 베이커리와 과자 코너를 돌던 주라는 갈등하며 빵과 과자를 들었다 놓았다 했다.

난임 센터를 다녀온 뒤 1년이 조금 넘는 기간 동안 주라는 살이 많이 쪘다. 영현이 들어오지 않는 밤이면 외로움을 달래려 TV 예능 프로그램을 보면서 쿼터들이 아이스크림이나 초대형 과자 봉지를 끼고 잠드는 것을 반복했더니 20kg이나 몸무게가 불어났다.

그럴수록 영현은 사람이 아니라 돼지가 따로 없다고 폭언을 퍼

부었고, 스트레스를 받고 홀로 남겨진 주라는 또다시 군것질거리를 끼고 위가 찢어져라 먹다가 잠이 들고. 악순환이었다. 더 이상은 안 돼. 주라는 간식은 아무것도 담지 않고 마트에서 나왔다.

집으로 돌아온 주라는 장 본 것들을 정리했다. 휴대폰으로 메신저를 확인했지만 영현은 읽지 않았다. 돌아오자마자 스텐 팬을 써 보려던 주라는 모든 게 귀찮아졌다. 예전 집에서도 요리로 영현의 마음을 되돌려 보려 잘하지도 못하는 음식을 해 놓고는 기다리곤 했지만 차갑게 식은 요리를 눈물과 함께 꾸역꾸역 삼킨 게 몇 번인지 셀 수도 없었다.

오늘도 약속이 있다거나 야근이라면서 밤늦게 들어올지도 몰랐다. 주소는 알려 줬으니 찾아오기야 하겠지만 같이 저녁을 먹을 수 있을까. 지금껏 혼자서 희망으로 가득 차 있었나. 식욕이 사라진 주라는 옷을 입은 채 침대에 털썩 누웠다. 새벽부터 이사로 신경을 곤두세웠던 탓인지 놀라울 정도로 빠르게 잠이 들었다.

잠에서 깨어난 것은 휴대폰 벨소리 때문이었다. 전화를 받자 영현의 목소리가 들렸다.

[왜 이렇게 전화를 안 받아? 현관 비밀번호 뭔데?]

주라는 현관으로 달려가서 문을 열었다. 피로한 얼굴의 영현이 들어오면서 주라를 쳐다보더니 인상을 찌푸렸다.

"잤어?"

"아, 어. 미안."

언젠가부터 주라는 영현에게 미안하다는 말을 입에 달고 살았다. 구겨졌던 영현의 얼굴이 갑자기 살아났다. 영현이 말했다.

"오, 무슨 냄새야? 되게 좋은 냄새 나네."

주라도 냄새를 맡았다. 고기 냄새였다. 잘 구워진. 주라가 말했다.

"아, 꽃등심인가."

"그래? 맛있겠다. 얼른 씻고 나올게."

욕실로 들어간 영현이 콧노래를 부르며 샤워하는 소리를 듣던 주라는, 부엌으로 가 보고 깜짝 놀랐다. 아까까지만 해도 깨끗하던 27cm 스텐 팬 위에 기름을 살짝 둘러 잘 구운 꽃 등심 두 개가 있었다. 곁에는 가니쉬 채소까지 먹음직스럽게 구워져 있었다.

주라는 냉장고 문을 열어 보았다. 아까 넣어 두었던 꽃등심이랑 채소가 사라지고 없으니 분명 마트에서 산 것이 맞았다. 하지만 자신이 요리를 한 기억은 없는데? 거실 시계를 보니 벌써 저녁 7시였다. 뭐가 어떻게 된 건지 모르겠지만 어쨌거나 고기는 준비 완료. 주라는 얼른 식탁을 세팅하고 채소들을 꺼내 샐러드를 만들었다.

샤워를 마치고 나온 영현은 모처럼 환한 얼굴로 식탁 맞은편에 앉았다. 오랜만에 보는 웃는 얼굴이라 주라는 살짝 설렘까지 느끼다가 냉장고에 넣어 둔 와인을 떠올렸다. 와인을 꺼내서 잔에 따르자 영현이 말했다.

"그거 어디 있어? 양키 캔들이던가?"

주라가 허둥지둥 양키 캔들 라지 자와 라이터를 가져오자 영현이 뚜껑을 열어 라이터로 불을 켰다. 조명을 끄자 어두운 실내에 식탁에 놓인 캔들 불빛만이 일렁였다. 달콤한 블랙체리 향이 두 사람 주위를 감돌았다. 영현은 꽃등심을 마구 먹다가 웃음을 터뜨렸다.

"자기야, 이거 맛있다!"

"어? 어어."

영현이 이렇게 기분 좋은 모습은 정말이지 오랜만이라 주라는 얼떨떨한 상태에서 저녁을 먹는 둥 마는 둥 했다. 영현은 정말 맛있는지 주라가 남긴 고기며 샐러드까지 싹 먹어 치웠다. 식사를 마치고 와인을 마시던 영현은 주라를 빤히 쳐다보더니 말했다.

"모처럼 좋은 시간을 가져 볼까?"

주라는 갑작스러웠다. 부부 관계를 하지 않은 지 1년도 넘었던 것이다. 주라가 자리에서 일어나자 영현은 손을 잡더니 확 끌어당겨 꽉 안았다. 그들은 그대로 침실로 갔다. 옷을 벗으면서 주라는 머뭇거렸다.

"나, 요즘 더 쪘지?"

영현이 씩 웃더니 주라의 손을 잡아당기며 말했다.

"무슨 걱정이야. 자긴 내 건데."

다음 날, 주라는 영현의 품속에서 기지개를 켜며 일어났다. 주라가 말했다.

"자기야, 잘 잤어?"

자리에서 벌떡 일어난 영현은 늦었다며 욕실로 들어가 출근 준비를 마치고 주라의 볼에 키스를 하고는 나갔다. 주라는 모처럼 거울에 비친 자신을 보았다. 전에 봤을 때보다 살이 쪄서 겹친 턱에 몸집이 커다란 여자가 서 있었다. 여자의 얼굴은 환했다. 그녀는 영현이 한 말을 자신에게 들려주었다. 그러고는 부끄러워하면서도 웃었다.

주라는 화장을 했다. 비비크림에 틴트만 발랐을 뿐이지만 얼굴이 한결 화사해 보였다. 주라는 미소를 지으며 출근을 했다. 출근길에 살이 찐다며 마시지 않던 캐러멜 마키아토를 샀다. 따뜻한 커피를 한입 마셔 보니 고소하고 달콤했다.

그래, 이게 바로 신혼이지. 이사하길 정말 잘했어. 주라는 모처럼 스스로를 칭찬하며 햇살이 쏟아지는 거리를 걸었다. 그녀의 마음은 희망으로 가득 찼다.

3.

늦은 저녁. 태운은 마지막 순찰을 돌고 다른 경비원과 어울려 반주를 곁들인 저녁을 먹으려고 걸음을 서둘렀다. 오늘처럼 추운 날에는 김치찌개에 소주가 딱 좋지. 그는 입맛을 다시면서 마지막 동을 돌고 있었다.

인적 드문 길을 지나는데 저편 지하 창고로 내려가는 계단 쪽에 누군가의 뒷모습이 보였다. 낮에 아이들이 놀다가 내려가거나 뭔가를 떨어뜨려 찾으러 들어가는 주민들이 있긴 했지만 이 시간에 그럴 리가. 수상했다.

태운은 손전등으로 계단을 비추었다. 그러고는 흠칫 놀랐다. 검은 고깔모자 같은 것을 쓴 사람이 보였기 때문이었다. 점퍼의 후드 같은 것이 아니라 뾰족한 고깔모자였다. 심상치 않은 모양새에 태운이 외쳤다.

"거기, 누구요! 지금 뭐 하는 거요?"

고깔모자는 동작을 멈추더니 고개를 돌렸다. 깊게 눌러쓴 고깔모자 때문에 그늘이 져서 눈은 보이지 않았지만, 창백하고 각진 얼굴에는 붉은 핏방울이 튀어 있었다.

"어헉!"

태운이 저도 모르게 뒤로 물러나자, 고깔모자는 일어나더니 뭔가를 태운에게 던졌다. 자신의 얼굴에 철썩 붙었다가 떨어진 것을 본 태운은 놀랐다. 며칠 전에 본 고양이 사체와 흡사했다. 검은 털을 가진 개라는 점이 다를 뿐이었다.

아, 저 사람이 지금까지 개나 고양이를 난도질했나. 뇌리에 퍼뜩 생각이 스치자 태운은 볼에 묻은 액체를 닦아 살펴보았다. 개의 피였다. 사람의 것과 별다를 게 없는, 비릿하고 붉은 생 피였다. 태운은 앞을 보았다. 아무도 없었다. 어디로 갔지? 휘휘 사방을 둘러본 태운이 외쳤다.

"거기 서!"

고깔모자는 아파트 단지 사이로 난 길을 달리고 있었다. 태운도 얼른 따라갔다. 고함을 지르거나 호루라기를 불까 했지만 야밤에 난리를 피웠다가는 민원이 들어올 게 더 무서웠다. 다른 초소는 텅 비어 있었다. 밥을 먹으러 갔을 터였다.

왜 자신만 이 고생을 해야 하나. 태운은 억울했지만 모른 척할 수도 없었다. 저 고깔모자를 잡지 못하면 앞으로도 수시로 관리사무소에서 인터폰이 올 것이고, 언젠가는 주민들의 잦은 민원으로 쫓겨날지도 몰랐다. 태운은 달리고 달렸다.

고깔모자는 키가 큰 편이었지만 몸은 수척해 보였다. 남자인지 여자인지, 젊은지도 늙었는지도 알 수 없었지만 검고 긴 망토를 펄럭이며 달리는 모양새로 보아 젊을 것 같았다. 아니, 젊은 사람이 야밤에 왜 저러고 다닐까.

하긴 겉만 봐서는 모르는 게 사람이었다. 얼마 전에도 초소 근처 111동에 사는 청년이 아파트 복도 창문을 열고 뛰어내리는 바람에 기겁했었다. 아이들이 학원을 오가는 오후라서 난리도 그런 난리가 없었다. 엄마들은 비명을 지르고 아이 눈을 가리느라 바빴다. 초소 지붕 위로 떨어진 청년의 시체에서 피가 사방으로 흘러내렸으니까.

119 구급대와 소방차를 부르고 시신이 수습되고 지붕 청소까지 끝나고 조용해지고 나자, 태운은 겨우 한숨 돌리며 초소 구석에 숨겨 둔 소주를 한 잔 마시고 진정할 수 있었다. 소주 맛이 더없이 썼다. 하얀 얼굴로 조용히 오가던 청년이었다. 마주치면 정중히 목례도 했다. 고시 공부를 하고 있다고 들었다. 나이도 서른 살 안팎이었다.

며칠 후 동네 할머니로부터 어머니의 간섭이 심했다는 이야기를 들었다. 홀어머니로서는 단 하나뿐인 아들이 잘되기를 바랐을 것이다. 우울증이 있었지만 공부가 힘들어 그럴 거라고 여기며 병원에도 가지 않았다고 했다.

뛰어내리기 전까지는 그런 사람이 살고 있다는 것조차 몰랐던 사람들도 대번에 청년을 알게 되었다. 얼굴은 알고 있었지만 그럴 줄은 몰랐던 태운은 청년을 원망했다. 하필 자신이 하루의 대부분을 보내는 곳 위에 떨어지다니. 그러다 자신에게 혐오감을 느꼈다.

어쨌거나 태운이 하는 생각의 요지는 이 아파트에 검은 고깔모자를 쓰고 다니며 한밤중에 유기견을 난도질하는 취미가 있는 사람이 살고 있다 해도 이상할 것이 없다는 것이었다. 그리고 그 사람을 잡아 단속을 해야겠다, 여차하면 경찰을 부를 각오도 하며 그를 필사적으로 쫓고 있었다.

잡힐 것 같은데, 조금만 더 다가가면. 잡힐 듯 말 듯 다가간 거리에서 태운은 손을 뻗었다. 그러자 뭔가가 번뜩 빛나며 허공을 갈랐다. 태운은 기겁하며 손을 거뒀다. 칼이라는 생각이 스치자 태운은 자신이 예상보다 더 위험한 상황에 빠졌는지도 모르겠다 싶었다. 동물을 이유도 없이 잔인하게 죽이는 인간이 사람이라고 찌르지 말란 법 없었다.

태운은 여기서 포기할까도 싶었지만 이대로 물러선다면 모레부터 출근하기가 싫어질 것 같아 꾹 참고 고깔모자의 등 쪽으로 손을 뻗었다. 최소한 기다란 망토라도 벗겨 정체를 확인해야 안심이 될 것 같았다.

닿아라, 닿아, 닿아! 미끌미끌한 망토가 손에 닿자 태운은 혼신의 힘을 다해 움켜쥐고 벗겼다. 그러고는 그곳에 멈춰 섰다. 분명 사람이었다. 창백하지만 얼굴과 손, 발이 있는 사람. 하지만 망토 안에는 아무것도 없었다.

태운은 망연자실하게 사방을 둘러보았다. 자신을 에워싼 것은 어둠뿐이었다.

4.

이사 후로 영현은 달라졌다. 매일 주라와 함께 집에서 저녁을 먹으려고 했고, 늘 고기를 원했다. 주라가 구워 주는 고기가 아니면 안 되었다. 때문에 주라는 고기를 조달하는 것에 신경을 썼다. 야근을 하지 않으려고 애썼고, 틈이 날 때마다 새벽 배송 시스템을 이용해서라도 고기를 사다 쟁여 놓았다.

비쩍 말랐던 영현은 배부터 나오기 시작하더니 턱살이 접혔다. 처음에는 분위기도 중시하고 주라를 쳐다보며 행복하게 말을 걸던 영현은 고기에 집착하기 시작했다. 영현은 주라가 먹든 말든 게걸스럽게 고기를 모두 먹어 치웠다.

주라는 석연치 않은 구석이 너무 많았다. 일단 저녁마다 식탁에 올라오는 고기는 주라가 요리한 게 아니었다. 어떻게 된 일인지, 고기를 사다 놓기만 하면 주라가 손도 대기 전에 스텐 팬이 맛있게 구워 버렸다. 불평할 일이 아니지 않은가 할 수도 있겠지만 여긴 21세기였고 주라의 부엌에는 키친 로봇 같은 건 없었다.

도대체 누가 요리를 한단 말인가. 더욱 찝찝한 것은 깜빡하고 고기를 사 놓지 않거나 적당한 고기를 구하지 못하는 날에도 스텐 팬은 먹음직스러운 고기를 구워 놓는다는 사실이었다. 이 고기가 도대체 어디서 난 건지 알 수 없었다. 고기는 소, 돼지, 닭, 심지어 양이나 말 같지도 않았다. 어쨌거나 팬은 무슨 고기건 기가 막히게 구워 냈다.

게다가 영현은 이상하게 변해 가고 있었다. 식사를 마치자마자 기름으로 번들거리는 입도 닦지 않고 주라를 탐욕스럽게 쳐다보며 주문하곤 했다.

“벗어.”

"왜, 왜 그래, 무섭게?"

"싫어?"

영현은 달려들어 거칠게 옷을 벗겼다. 벗겨지지 않으면 숫제 찢어 버렸다. 알몸이 된 주라가 부들부들 떨고 서 있으니 그녀의 몸을 핥고 빨고 물었다. 주라가 밀쳐 내자 쌍욕을 하며 더욱 달려들었다.

"이 씨발, 가랑이 찢어 죽일 년, 좆같은 년, 개 같은 년……."

주라가 공포심에 옴짝달싹 못 하고 있으면 영현은 쓰러뜨리듯 눕히거나 엎드리게 하고는 집 안 어디에서든 삽입을 했다. 야비하게 굴며 욕을 할수록 그는 더 팽팽하게 발기하고는 했다.

그것도 재미가 없어지면 혁대를 꺼내 들었다. 가죽 혁대를 주라의 새하얀 몸에 채찍처럼 휘둘렀다. 짝 하는 소리가 창백한 피부를 붉게 물들이는 것을 보면서 기뻐했다. 주라가 비명을 지르면 입에 주먹을 쑤셔 넣었다.

주라는 식욕을 잃었다. 영현이 욕을 하며 혁대를 드는 생각만 해도 장이 꼬이고 위가 아프며 가슴이 터지는 것 같았다. 숨쉬기조차 힘들어 심호흡을 해야만 했다. 그럼에도 불구하고 어김없이 밤만 되면, 주말이면 종일 밀폐된 공간에서 폭력을 견디면서 한편으로는 아랫도리가 축축해지는 쾌감을 느끼곤 했다. 그런 게 부부관계라고 학습해 버린 것처럼 말이다.

고기를 먹은 영현이 허옇게 살이 오를수록 주라는 푹푹 파이는 것처럼 살이 빠져 나갔지만, 직장 동료들은 주라에게 불타는 신혼이라고 놀려 댔다. 주라가 목 끝부터 발끝까지 몸을 잘 가린 탓이었다. 영현은 영악하게도 얼굴 아래만 때렸다.

주라는 온몸에 든 멍과 상처를 누구에게도 보여 줄 수 없었다. 걱정하실까 봐 부모님에게도, 뒷담화가 돌까 봐 친구에게도 털어놓지 못했다. 남편이 가정 폭력을 휘두른다는 것을 인정하고 싶지 않았다.

이혼 절차를 알아보았지만 이혼을 하려면 증거를 모으고 당한 사실을 스스로 말해야 했으며, 모든 사람들이 그녀가 욕먹고 맞았다는 것을 알게 되었다. 자신이 왜 그런 치욕을 당해야 하는지, 뭘 잘못한 건지 아무리 곱씹어 봐도 알 수 없었다.

심하게 맞은 날에 용기를 내어 파출소에 가서 신고하기도 했지만, 주라의 이야기를 듣고 있던 나이가 지긋한 순경 아저씨는 이야기가 끝나기도 전에 이렇게 말했다.

"아줌마, 그럼 안 살 거예요?"

"네?"

"이혼을 원하시냐고요."

주라가 원하는 것은 이 폭력이 사라지는 것뿐이었다. 주라가 대꾸하지 못하자 순경이 말했다.

"남편한테 몇 번 맞았다고 이 난리면 세상에 안 이혼할 여자 없겠네, 쯧쯧."

그러고 나서 한심하다는 듯 주라를 쳐다보았다. 얼마나 힘들게 꺼낸 이야기인지도 관심 없고, 어떤 공감도 하지 못하겠다는 표정과 태도였다. 주라는 더 이상 그곳에 있기가 힘들어 목례를 하고 나왔다.

하루는 헛구역질이 나서 임신 테스트기를 사다가 검사를 해 보았다. 조마조마하게 기다렸는데, 전에는 그렇게도 고대하던 빨간 두 줄을 보자마자 현기증이 나서 회사 화장실에서 쓰러졌다. 직장 동료들에게 발견되어 대학 병원 응급실에 실려 간 주라는 눈을 뜨자마자 배를 만져 보고는 의사에게 재차 확인해 보았다.

"저어, 혹시 제가 임신했나요?"

의사가 말했다.

"축하드려요. 임신 5주입니다."

주라는 울컥 눈물이 솟구쳤다. 그렇게나 바라던 아기였는데, 하필 지금. 만감이 교차하는 가운데 주라가 아무 대답도 하지 않자 남자 의사는 조심스레 금테 안경을 추어올렸다.

"괜찮으세요?"

"네?"

의사가 팔을 가리켰다. 주라는 자신의 팔을 보았다. 손등에 놓은 정맥 주사에 연결된 수액의 줄에 옷자락이 딸려 올라가 팔에 난 멍 자국이 보였다. 영현이 여러 번 세게 쥐었다가 놓은 자국은 보라색과 녹색으로 멍이 들어 있었다. 주라는 황급히 팔을 가렸다. 의사가 물었다.

"혹시 누가 때린 건가요? 아니면 뭔가 마음이 힘든 일이라도?"

"왜요?"

"일단은 영양실조긴 한데, 환자분이 곤경에 처해 있는 거라면 경찰 조사를 요청할 수도 있고, 상담을 받는 게 좋을 수도 있어서요."

주라는 잠시 망설였다. 바싹 마른 입술을 몇 번 달싹이던 그녀는 그럼 안 살 거냐는 파출소의 순경을 떠올렸다. 정신과 상담을 한다고 해도 가정 '폭력'이니 경찰에게로 넘어갈지도 모른다. 전과 같은 모욕을 당하고 싶지 않았다. 주라는 고개를 저으며 애써 웃었다.

"아, 그런 건 아니에요. 제가 좀 자주 넘어지고 부딪히는 편이라."

의사는 네에, 하면서도 의심을 거두지 않는 눈빛이었다.

"또 불편하신 곳은……."

"없어요. 감사합니다."

주라는 단호하게 말했다.

수액을 다 맞고 집으로 돌아온 그녀는 그날 저녁을 먹다가 영현에게 말했다.

"나, 애기 가졌어."

바쁘게 고기를 입으로 가져가던 영현이 주라를 쳐다보았다. 그의 시선을 보며 주라는 소름이 쭉 끼쳤다. 그의 눈에는 빛이 없었다. 오직 어둠뿐이었다. 영현은 고기를 꿀꺽 삼키고는 접시를 옆으로 치우며 말했다.

"벗어."

주라는 가망이 없다는 것을 깨달았다. 옷을 벗으면서 흐느껴 울었다. 영현이 식탁 앞의 바닥을 가리켰다.

"누워."

영현은 이제는 거대한 뱃살에 파묻혀 제대로 보이지도 않는 물건을 한 손으로 주물러 발기를 촉진하면서, 일부러 주라의 배 부분에만 집중적으로 있는 힘껏 혁대를 휘둘렀다. 주라는 몸을 웅크리고 두 팔로 배를 최대한 보호하며 외쳤다.

"그만, 그만해! 애기가! 우리, 애기가!"

영현은 멈추지 않았다. 아예 주라의 두 손을 식탁 기둥 두 개에 다 끈으로 묶고 배 부분에만 가죽 혁대를 내리치고 또 내리쳤다. 그것도 모자라 배를 밟고 찼다. 차면서 쉼 없이 욕을 해 댔다.

"듣기 싫어, 이년아. 그놈의 애기, 애기, 애기. 누가 애새끼 원한대?"

주라는 비명을 질렀고 영현은 그녀의 입을 막았다.

초인종이 울리고 있었다. 영현은 주라에게 쉿, 하더니 목을 긋는 시늉을 했다. 소리 지르면 죽여 버리기라도 할 것처럼 눈에는 살기가 어려 있었다. 영현이 문을 열자 밖에서 말했다.

"경찰에서 나왔습니다. 주민 신고가 들어와서요."

영현이 선 곳에서 모퉁이만 돌면 주라가 바닥에 누워 소리 없이 울며 부들부들 떨고 있었지만 그 모습이 경찰에게 보일 리 없었다. 영현은 방금 전과는 전혀 다른 목소리로 너털웃음까지 웃으면서 말했다.

"아이고, 이거 죄송합니다. 집사람하고 싸우다 보니 흥분해서 언성이 너무 높아져서요. 집사람도 화가 나서 그만 그릇을 던지는 바람에. 이거 참 면목 없습니다."

경찰이 말했다.

"그럴 수도 있지요. 부부란 게 그러면서 사는 거죠. 다만 신고가 들어오면 저희도 어쩔 수가 없거든요. 그게 우리 일이라."

"네네, 아무렴요. 이해합니다. 수고가 많으십니다. 앞으로 조심하겠습니다."

"그럼 모쪼록 부탁드립니다. 그리고……."

경찰은 안을 들여다보는 시늉을 했다. 영현의 표정이 순간적으로 굳었다. 하지만 경찰은 그를 보며 말을 이었다.

"지나 보면 다 별거 아닌 거 아니겠습니까. 서로 원만하게 푸시고요."

"네, 알겠습니다."

경찰은 그렇게 가 버렸다. 영현은 문을 닫았다. 그는 비웃는 얼굴로 주라에게 다가왔다.

'나를 도와줄 사람은 아무도 없어.'

주라는 아픔과 절망으로 그만 정신을 놓아 버렸다.

눈을 떠 보니 병원이었다. 젊은 여자 간호사 곁에는 영현이 서 있었다. 살이 많이 붙었지만 전처럼 멀쩡한 얼굴로 자신을 내려다보고 있었다. 주라는 그를 유심히 쳐다보다가 얼음처럼 차가운 두 눈동자와 마주치고는 체념했다. 자신은 이제 도망칠 수 없다. 도망쳤다가는 저 남자한테 죽을 것이었다.

간호사가 말했다.

"괜찮으세요? 어쩌다가……."

"어떻게…… 된 거죠?"

"장이 파열되셨어요. 남편분이 계단에서 구르셨다고 하시던데. 빨리 발견하지 않으셨더라면 복막염으로 생명이 위험할 뻔했어요."

그게, 그렇게 설명이 되어 버리는 건가. 주라는 할 말을 잃었다. 자신의 입이, 성대가, 목소리가 사라져 버린 느낌이었다. 영현이 자신을 대신해서 대꾸하고, 변명하고, 설명하면 다들 그를 믿었다. 젊은 간호사는 안타까운 표정으로 덧붙였다.

"아기까지 그렇게 되었으니."

그제야 주라도 퍼뜩 생각이 나 환자복을 입고 있는 자신의 아랫도리를 만져 보았다. 패드 같은 것을 차고 있는 것이 느껴졌다. 주라의 두 눈에서 뜨거운 눈물이 소리 없이 흘러내렸다.

몸을 추스르자마자 퇴원해서 집으로 돌아온 것은 새벽이었다.

속이 탈 정도로 목이 말랐던 주라는 얼음물을 먹고 싶어 냉동실 문을 열었다가, 소스라치게 놀라 손에 들고 있던 컵을 떨어뜨리고 말았다. 유리컵이 깨져 파편이 사방에 흩어졌다.

하얀 냉기가 뿜어져 나오는 냉동실 안에는 수많은 계단 위에 지어진 검은 사원이 있었다. 그 사원 맨 위에 불꽃 튀는 전차를 타고 앉아 있는 것에는 머리가 두 개 달려 있었다. 하나는 아름다운 여자의 얼굴이고, 다른 하나는 우아한 남자의 얼굴이었다.

그들의 옆얼굴에서도 불꽃이 튀고 눈은 번개처럼 번뜩였다. 둘이 맞붙은 몸에는 검고 거대한 날개가 달려 있었다. 주라는 눈을 비비고 다시 보았다. 괴물인가. 아니, 괴물이라기보다.

"아, 악마?"

두 개의 몸 사이, 뭔지 모를 암흑과 불길한 것들로 가득한 깊은 골짜기에서 썩은 내가 나는 숨과 함께 목소리가 들려왔다.

"나는 벨-리알이다. 나와 계약을 하겠는가?"

동굴 속에서 울리는 것처럼 깊고 성별을 파악하기 힘든 목소리가 소름 끼쳤다. 주라가 말했다.

"계약?"

벨-리알이 말했다.

"나는 너를 살린다. 너는 그 대가로 투실투실한 작자를 나에게 바친다."

주라는 혼란스러웠다. 바쳐? 바친다는 건? 주라가 더듬거렸다.

"뭐, 뭐라고?"

옆을 보고 있던 두 개의 얼굴이 서서히 주라 쪽을 향했다. 번쩍이는 네 개의 눈과 마주치자 소름이 쫙 끼친 주라는 냉동실 문이 떨어져라 쾅 하고 닫았다.

그날 이후로 주라는 냉동실 문은 열지 않았다. 설거지는커녕 고기조차 사 놓지 않았지만 저녁만 되면 스텐 팬은 반짝반짝 깨끗하게 닦인 채로 하이라이트 위에 올라가 있었고, 거기에는 정체 모를 고기 요리가 맛있게 지글거렸다.

지글지글거리는 소리는 그 자체로 소름 끼치는 노래였다. 터무니없이 끔찍한 것이 먹이를 살찌우려고 요리를 하며 콧노래를 흥얼거리는 것처럼 노래를 부르고 있었다. 은밀하게 그리고 집요하게. 오직 주라만 아는 이유로 혼자 노래하고 있었다.

예전 집주인이 버리고 간 줄만 알았던 스텐 팬의 주인이 실은 냉동고의 벨-리알이라는 악마란 말인가. 말이 되는 건가? 말이 안 된다고 해도 영현은 그 고기에 중독되었다. 고기에는 가끔 지저분한 털이 박혀 있기도 하고, 수염 같은 게 붙어 있기도 했지만 영현은 걸신들린 사람처럼 먹어 치우고는 주라에게 욕을 하고 때렸다.

이게 벨-리알 때문인가, 그 고기 때문인가 싶어 냉장고 전원을 뽑거나 팬을 쓰레기통에 갖다 버렸다. 전자 제품 무상 수거 센터에 전화한 적도 있었다. 분리수거하는 날에 팬을 고철에다 버린 적도 있었다.

다 소용없었다. 그들은 돌아왔다. 뼈가 드러나게 말라 가는 아내와 비대하고 폭력적으로 변해 가는 남편을 악의적일 정도로 무관심하게 지켜보면서, 냉동고는 냉기를 품은 채 도사리고 있었고 스텐 팬은 하이라이트 위에서 지글지글 노래를 불렀다.

그러던 어느 새벽이었다. 침대에서 관계를 하고 코를 골며 잠들었던 영현이 깨어나 주라를 뒤집어 엎드리게 했다. 발기가 제대로 되지 않은 물렁한 상태로 피스톤 운동을 하는 바람에 엎드린 주라는 질 입구가 쓸려 고통스러웠다. 주라가 외쳤다.

"그만, 그만해!"

영현은 주먹으로 주라의 뒤통수를 내리쳤다. 그런 다음 으르렁댔다.

"닥쳐, 씨발! 너 때문에 서질 않아! 좀 더 쪼여 보라고!"

영현은 혁대를 가져와서 주라의 목에 감고는 뒤에서 조르면서 야비하게 웃었다.

"그래, 아까보다 훨씬 쪼이는 느낌이야. 더, 더! 이 개 같은 년."

영현은 계속해서 주라의 목을 졸랐다. 얼굴이 붉은색에서 보라색으로 변하고 혀가 튀어나올 정도로 계속 졸랐다. 주라는 조금이라도 틈을 내려고 손톱으로 미친 듯이 혁대를 쥐어뜯었다. 하지만 가죽은 목에 달라붙어 떨어지지 않았다. 포기한 주라는 양손으로 허공을 휘저었다. 창백한 입술에서 쉰 소리가 흘러나왔다.

"사, 살려 주세요, 살려…… 주세요. 제발, 살려……."

주라의 눈이 뒤집히며 입가에 거품 섞인 침이 흐르고 혀가 반쯤 나와 늘어졌다. 영현은 쾌감에 젖은 탄식을 내뱉으며 몸을 부르르 떨더니 그녀에게서 떨어졌다. 사정을 한 그는 침대에 털썩 누워 코를 골며 잠이 들었다.

주라는 주저앉아 미친 듯이 뛰는 가슴을 진정시키고, 빠르게 심호흡을 하면서 부어오르는 목을 어루만졌다. 그녀는 믿을 수 없다는 듯이 영현을 쳐다보았다. 이 짐승에게서 살아남았다. 지금은 살아 있었다.

하지만 내일은? 아니, 오늘 안에 또 어떻게 될지 알 수 없었다. 영현이 계속 이렇게 굴면 머지않아 자신은 이 집에서 생을 마감할 터였다. 더 이상 이대로 살 수는 없었다. 그렇다고 영현을 죽여 감방에 가고 싶지도 않았다.

아무도 모르게 자신을 도와줄 사람이라면, 사람이 아닌 악마라도 기꺼이 영혼이라도 바칠 수 있었다. 게다가 벨-리알은 그녀의 영혼을 원하지도 않았다. 원한 것은 '투실투실한 작자'뿐. 주라는 결심을 하고 비틀비틀 부엌으로 걸어가서 냉동실 문을 열었다.

사원이 보였다. 저번에는 보지 못했는데 지금 보니 계단 아래 고깔모자가 달린 검은 망토를 입은 수많은 사람들이 엎드려 사원 맨 위에 앉아 있는 것을 경배하고 있었다. 남자 얼굴의 벨-리알이 주라를 보며 물었다.

"준비는 되었는가?"

거칠고 둔탁하지만 가슴 깊은 곳까지 울려 퍼지는 음성에 주라는 눈을 크게 떴다. 그녀는 숨을 들이마신 다음 속으로 수없이 되뇌었던 말을 했다.

"데리고 가십시오."

벨-리알이 말했다.

"계약이 이루어졌다."

주라는 냉동실 문을 활짝 열었다. 그러자 사원 아래 엎드린 사람들 중 네 명이 자리에서 일어나더니 밖으로 나왔다. 냉동실 안에 있던 그들은 멀리 떨어져 있어 주라의 손가락 한 마디도 안 되었는데, 밖으로 나오자 주라보다 훨씬 컸다.

고깔모자를 깊이 눌러쓰고 있어 얼굴은 보이지 않았다. 그들의 손에는 저마다 날카로운 칼이 들려 있었다. 주라는 침을 꿀꺽 삼키고 그들이 안방으로 들어가는 것을 쳐다보았다. 그들이 사라지자 눈을 감았다.

주라는 안방에 있는 것이 영현, 자신이 한때 세상에서 가장 사랑했던 사람이 아니라 낯선 이라고 주문을 외웠다. 아니, 사람도 아니었다. 스스로 먹어 댄 고깃덩어리에 불과했다. 냉동실 안에서 나온 비현실적인 고깔모자들도 마찬가지였다. 현실이 아닌,

빨리 깨어나면 좋을 악몽 속에 등장하는 신기루였다.

주라는 들려오는 소리로 행동만을 상상했다.

달려든다.

몸부림친다.

"아악!"

"다, 당신들 뭐야?"

쿵.

떨어진다.

모인다.

쑤신다.

흐른다.

잡는다.

든다.

나온다.

냉장고 문이 열리는 소리가 들렸다.

주라는 눈을 떴다. 검은 고깔모자들은 피투성이가 된 영현을 들고 냉동고 안으로 사라졌다. 주라는 천천히 일어나 냉동고를 열어 보았다.

냉동고 안은 텅 비어 있었다. 처음부터 아무것도 없었다는 듯이. 주라는 문을 닫았다. 눈물이 흐르는 동시에 픽 하고 웃음이 났다. 자신이 이겼다. 죽을 뻔했지만 어쨌든 이겼다. 누구의 힘을 빌렸건 간에 물리쳤다.

다 끝났다.

살았다.

5.

태운은 110동에서 이사를 나간다는 말을 들었다. 110동 2105호. 21층이면 사다리차가 필요할 터였다. 태운은 주차장에 대져 있는 차주들에게 일일이 연락을 했다.

올려다보니 까마득했다. 21층이라니 아슬아슬한데, 하고 중얼거리던 그는 기시감을 느꼈다. 불과 몇 달 전에 여기서 저곳을 올려다본 기억이 났던 것이다. 태운은 의아한 표정으로 21층을 쳐다보다가 그제야 아! 하고는 작게 외쳤다.

혼자 살던 여자. 젊은 나이에 탈모가 왔는지 머리카락이 듬성듬성했고 입술에 피가 엉겨 붙어 있었으며, 귀가 잘 안 들리는지 연신 네? 네? 하고 묻던 여자였다. 여자가 침대와 식탁 같은 대형 폐기물들을 버리고 가서 수거료를 전 세대가 갹출해야 했다. 그 달 관리비가 18원 정도 올랐을 테지만 사람들은 알지도 못했으리라. 사실을 아는 건 자신과 관리 사무소뿐이었다.

이틀 후 이사 온 새 집주인도 어렴풋이 기억났다. 몹시 뚱뚱하고 차분하던 여자. 벌써 이사를 나가는 건가? 지난번처럼 알려 주는 정도로 그칠 게 아니라 바로 수거료를 받아야 저번과 같은 불상사가 없을 터였다.

태운은 승강기를 타고 올라갔다. 21층에서 내리자 태운은 벨을 누르고 기다렸다. 이내 문을 열어 준 여자를 보며 태운은 처음에는 잘못 온 줄 알고 다시 호수를 확인했다. 21층 5호가 맞았다.

그렇다면 이 여자는? 자세히 보니 입주 첫날 차량 등록 방법을 묻던 그 여자 같기도 했지만, 커다랗게 뜬 눈하며 깡마른 몸까지 도대체 그새 무슨 일이 있었는지 궁금할 만큼 여자의 외모는 변해 있었다. 여자가 말했다.

"무슨 일이세요?"

아이처럼 낭랑한 목소리를 듣고서야 태운은 전에 봤던 사람이라고 확신했다. 그러다가 얇은 니트 위로 드러난 목의 시퍼런 멍을 보았다. 멍은 목걸이처럼 여자의 목을 둘러싸고 둥그렇게 들어 있었다. 설마…… 목이라도 맨 건가? 자살? 태운의 시선에 여자는 급히 목을 가렸다. 태운이 말했다.

"아, 이사 나가실 때 혹시 대형 폐기물이 있으신지 해서요. 확인하고 수거료를 받아야 합니다. 가끔 안 내고 가시는 분들이 계셔서요. 버리는 대형 폐기물이 있나요?"

여자는 아아, 하더니 대꾸했다.

"네, 안방 침대 매트리스랑 프레임하고 4인용 식탁 하나 있어요. 아, 그리고……."

여자는 잠시 망설이는 표정을 짓다가 이내 말을 이었다.

"양문형 냉장고랑 3구 하이라이트도요."

"네에, 잠깐만요."

태운은 가지고 온 표를 보며 시에서 지정한 수거료 기준으로 계산을 했다. 금액을 알려 주자 여자는 잠깐만요, 하고 안방으로 들어가더니 이내 돈을 들고 나와서는 두 손으로 내밀었다. 태운은 내심 안도의 숨을 쉬고는 공손하게 받아 들고 인사를 했다.

"이사 잘하세요."

여자는 잠시 멍한 표정을 짓다가 아, 네 하고는 대꾸했다. 결혼은 하지 않은 모양이었다. 못 본 새 살이 너무 많이 빠지고 머리숱도 줄어서 확 나이 들어 보였다. 바로 전에 이 집에 살던 여자처럼 골드 미스인가 싶기도 했다.

도로 닫힌 문 앞에 선 태운은 갸웃거렸다. 저 집은 터가 안 좋나? 저기 혼자 살던 여자들은 왜 하나같이 상태가 안 좋아지고 빠르게 이사를 나가는 건가.

태운은 돈을 주머니에 넣고는 승강기를 타고 내려오다가 문득 여자가 말한 대형 폐기물들의 목록이 전 주인이 버린 것들과 신기할 정도로 겹친다는 것을 깨달았다. 침대, 식탁, 양문형 냉장고와 3구 하이라이트라니. 별일이라며 그는 고개를 갸웃거렸다.

밖으로 나온 그는 주민과 마주쳤다. 머리카락이 짧은 중년 여성은 바닥을 보고 있었다. 시선을 따라가자 보도블록 밑에 눌려

납작해진 우유갑이 떨어져 있었다. 그는 인사를 했다.

"안녕하세요."

"네에."

여자는 그를 스쳐 지나갔다. 태운은 어쩌면 이 아파트에 주인의식을 지닌 사람은 자신일지도 모른다는 생각이 들었다. 그는 천천히 허리를 숙여 쓰레기를 주웠다.

분리수거를 하는 곳에 가자 검은 점퍼의 후드를 눌러쓴 사람이 서 있어 태운은 깜짝 놀랐다. 가만 보니 깡통을 버리는 포대에 찌그러진 맥주 캔을 잔뜩 던져 넣는 젊은 남자였다. 깡깡깡. 캔 버리는 소리를 듣던 태운은 그날 밤 도망치던 검은 고깔모자를 떠올렸다. 고깔모자는 그날 이후로 보지 못했다. 그건 뭐였을까.

그게 뭐였건 간에 여전히 불평해서는 안 될 일이었다. 이곳에 사는 수많은 사람들을 다 알 수는 없는 노릇이었다. 누가 자살을 하건, 동물을 살해하건 간에 친절한 태도로 임한 결과 지난달에 세 번째로 계약 갱신을 했다.

태운은 자신은 아무렇지도 않다, 자신은 감정이 없다, 자신은 투명 인간이다 하고 되뇌며 분류된 쓰레기들을 살펴보았다.

금빛 집

학기 초의 대규모 탐색전이 끝나자 하나둘 짝이 생겼다. 나는 불안했다. 친하고 싶은 친구가 한두 명씩 있었지만 친해지지 못하고, 정신을 차려 보면 늘 엉뚱한 애랑 단짝이 되어 있기 때문이다. 친해져야 된다고 생각되는 친구들은 반장이거나 공부를 잘하고 집이 부유한 애들이지만, 막상 친해져 있는 친구들은 성적도 떨어지고 못생기거나 집도 못사는 애들이었다.

중학생이 벌써부터 그렇게 사람 골라 사귀면 안 된다는 어른들도 있겠지만 집에서 둘째인 나는 나름대로 오빠 때문에 스트레스를 받고 있다. 오빠야말로 친구를 골라 사귀는 건지 어째 집에 데리고 오는 친구들마다 전교 10등 안에 들거나 아빠가 사장이거나 용모가 단정한 오빠들뿐이다.

가끔 설렐 정도로 잘생긴 오빠들도 있지만 나같이 통통한 여드름쟁이한테는 관심도 없다. 상냥하지만 영혼 없는 친절이라는 건 바보가 아닌 이상 알아챌 정도다. 내가 외모는 이래도 머리도 좋고 성적도 나쁘지 않은 편이다. 반에서 늘 5등 안에는 든다. 전혀 그렇게 안 보여서 문제지만.

어릴 때부터 늘 반장이나 회장을 하는 오빠한테 주눅 들어 도통 자신감이 없어 보이는 굽은 등과 작은 목소리도 문제다. 그래서 나한테는 똘똘한 친구들이 안 붙는 건가? 근데 나도 사실 그런 애들하고 친해져야 한다고 생각할 때는 식사 시간에 친구 이야기가 나오면 부모님이 오빠 친구들에 대해서는 한참 이야기하면서 내 친구들에 대해서는 침묵할 때뿐이다.

예를 들자면 이런 식이다. 오빠가 학교에서 있었던 일을 이야기하다 친구 이름을 말하면 엄마나 아빠가 표정이 밝아지며 반문한다.

"아! 전교 몇 등인 그 아이 말이지?"

"아빠가 사장이라고 했던가?"

뭐 그런 식으로 길게 대화가 이어지지만 내 친구 이야기가 나오면 눈썹을 찌푸리며 얼굴이 어두워진다.

"누구?"

"아빠가 공장에 다닌다는 애? 저쪽 뒷골목에 사는?"

이 정도에서 대화가 끊어지고 만다. 오빠는 관심도 없고. 그런 차별적인 태도가 싫어서 학기 초가 되면 나도 오빠 친구들 같은 애들을 사귀어 보려고 애쓰지만 어쩐지 다른 결과가 나오고 만다.

그런데 사실은 나도 공부 잘하고 잘살고 예쁜 애들이 싫다. 그런 애들은 재미가 없다. 공부를 잘하는 애들은 이기적이고, 잘사는 애들은 브랜드 로고가 큼지막하게 적힌 옷을 입고 좀 유행한다 싶으면 아무 취향도 없이 다 사서 주렁주렁 입고 들고 다닌다. 촌스럽게. 예쁜 애들은 좀 맹한 구석이 있고 유머 감각이라고는 눈 씻고 찾아봐도 없다.

공부 못하고 못살고 못생긴 애들은 재미있다. 공부 못하는 애들은 내가 평소에 생각하지 못했던 독특한 생각이나 놀이를 곧잘 생각해 내고, 못사는 애들 집에 놀러 가면 왠지 마음이 편해진다. 입주 가사 도우미가 광이 나도록 닦아 놓는 우리 집에 있다가 그런 데 가면 군데군데 끼어 있는 먼지나 벽에 난 지저분한 곰팡이나 물때 같은 것도 신선해 보인다. 그 애들이 하는 말도 재미있었다. 예를 들자면 이런 말들.

"방충망은 원래 까만색 아냐?"

"수돗물 그냥 마셔도 돼. 자, 이렇게. 캬! 이 맛이야."

그 동네에 사는 사람들도 신선하다. 대낮에도 러닝셔츠 바람으로 술에 취해 돌아다니는 아저씨도 봤다. 못생긴 애들은 그냥 얼굴만 보고 있어도 재미있다. 나도 잘난 외모가 아닌데 이런 말을 해서는 안 되겠지만 말이다.

어쨌거나 점점 불안하게도 자꾸 나한테 등교할 때 저 멀리서 이름을 부르거나 달려오는 식으로, 수업 시간에 별것도 아닌 내용(쉬는 시간에 화장실 같이 갈래? 등등)의 쪽지를 보내는 식으로 다가오는 친구가 한 명 있었다.

경복이라는 앤데, 일단 여잔지 남잔지 모호한 이름부터 난감하다. 부모님한테 말할 때 폼이 안 난다. 그렇다고 예쁜가 하면 절대적으로 못생겼다. 피부도 안 좋다. 피지가 아주 많아 보인다.

게다가 아저씨나 쓸 것 같은 네모난 무테안경을 썼다. 안경 속의 눈은 처지고 어쩐지 눈치를 보는 것 같은 인상이다. 얼굴도 네모지고 삼각 코 아래 돌출된 입술 사이로 치아 교정기가 번뜩이고, 나만큼 자세도 구부정하다.

중학생이면서 배와 가슴이 나오고 팔다리는 가느다란 할머니 같은 체형에, 사복을 입는 날이면 어울리지도 않게 비싼 브랜드 로고가 커다랗게 박힌 점퍼와 야구 모자를 걸치고 있다. 그런 걸 보면 부잣집 애인가 싶기도 하지만 부잣집 애들은 특유의 분위기가 있는데 경복이는 마치 얻어 입은 옷처럼 폼이 안 난다.

이런 식으로 자세히 묘사하다 보니 경복이를 싫어하는 것 같은데 나는 사실을 말할 뿐이다. 들리지는 않겠지만 안타까운 어조로. 그리고 이만큼 관찰했으면 애정이 있는 거다. 다른 애들은 경복이한테 관심도 없다. 냉정한 진실이지만 다른 애들도 공부 잘하고 예쁘고 잘사는 애들하고 친해지고 싶어 한다.

경복이는 셋 다 아닌 거 같다. 또한 나도 세 가지를 다 충족시키진 못한다. 안 예쁘니까. 근데 난 안 예쁜 내가 좋다. 쓸데없는 관심을 안 받기 때문이다. 학원 같은 데서 예쁘단 이유로 남자애들이 귀찮게 구는 애들을 봤는데 나는 바람처럼 구름처럼 자유로이 그런 애들을 관찰할 수 있고, 그게 재미있다.

아무튼 불길한 예감은 틀리지 않는 법. 경복이와 나는 어느새 친해져 버렸다. 결정적인 계기는 학년 초마다 가는 야영에서였다. 경복이와 나는 번호대로 같은 조가 되었다. 같은 조가 되면 같이 밥도 먹고 잠도 자고 산행을 할 때도 나란히 걸어간다.

나는 덩치에 걸맞지 않게 겁이 많다는 소리를 자주 듣는데, 특히 산 비탈길처럼 조금이라도 미끄러운 길을 극도로 두려워하는 편이다. 마침 야영 전날 비가 와서 산행할 때 길이 특히 미끄러웠는데, 다른 아이들은 넘어져도 깔깔거리며 즐거워했지만 나는 겁에 질려서 내려가고 있었다.

그때였다. 뒤에서 경복이가 다가와서 물었다.

"왜 그래?"

"아……."

나는 돌아보지도 않고 대꾸했다.

"무서워서."

"그래? 그럼 도와줄게."

경복이는 내가 조금이라도 기우뚱거릴라 치면 잽싸게 팔을 뻗어 잡아 주었다. 어찌나 세심하게 잘 부축해 주는지 나는 걔가 팔이 한 여덟 개라도 되는 줄 알았다.

산행 뒤로도 자유 시간이 주어지자 경복이와 함께 다니며 주변 이곳저곳을 구경했다. 경복이는 자연에 대해 아는 것이 참 많았고 말도 잘했다. 한번은 빗방울이 매달린 연한 황금색 거미줄을 보며 이런 이야기도 했다.

"얘는 3층으로 집을 짓는다는 거 알아? 첫 번째 층에는 미끼를 걸어 놓지. 유혹하는 거야, 먹이를. 한가운데인 두 번째 층에는 자기가 살아. 거기에 몰래 숨어 있지. 마지막 층에는 잡은 먹이들을 숨겨 놨다가 하나씩 먹지. 다음에는 지나치지 말고 잘 살펴봐. 이 금빛 집, 얼마나 예쁘고 무시무시한지……."

경복이랑 다니는 것은 예상보다 흥미진진했다. 즐거운 시간들이었고, 야영을 다녀온 후로는 등굣길에서 경복이가 오나 찾아볼 정도가 되었다.

우리는 이제 같이 화장실에 가서 서로 기다려 주고, 매점에서 몽쉘통통도 사서 나눠 먹는 사이가 되었다. 매번 경복이가 사서 나눠 주었다.

"괜찮아. 난 내가 사 먹을게."

"아냐, 너무 달고 커."

이런 식으로 항상 나눠 먹고 싶어 했다. 심지어 자기 몫은 늘 남겼다. 몽쉘통통을 반으로 쪼개면 그게 얼마나 된다고. 한입이면 끝나는데 그걸 다 못 먹었다.

친해진 다음 놀란 점은 덩치에 비해 밥을 정말 조금 먹는다는 점이었다. 그런데도 왜 배는 늘 불룩한지 참 이상한데 그냥 집에서 잘 먹나 보다 할 뿐이었다. 나도 밖에서는 많이 안 먹는 척하고 집에 와서는 냄비에 라면 두 개를 끓여 먹을 때도 많기 때문에 다 이해하는데 내 앞에서까지 체면을 차렸다.

"괜찮아, 많이 먹어."

"못 먹겠어."

줄어든 라면은 대개 한두 가닥 정도일까. 그렇게까지 연기할 필요가 있나 싶지만 늘 그래서 포기했다. 뚱뚱한 애들이 남 앞에서 많이 먹는 걸 두려워한다는 건 나도 그랬기 때문에 알지만 경복이처럼 체면을 차리는 애는 처음이었다. 그래도 그냥 그러려니 했다. 자기 자유니까.

그런데 다들 나 같지는 않아서 유독 급식도 안 먹고 매점에서도 새 모이만큼 먹는 경복이의 태도를 싫어하는 애들이 있었다.

애들이라고 해 봐야 세 명이고, 한 명이 우두머리고 두 명은 부하 비슷하게 끌려 다니지만. 최은정이라는 애가 우두머리고 부하들은 심경미, 정재현이라는 이름의 애들인데 셋 다 머리도 염색하고 치마도 아주 짧은 게 날라리 끼가 있다.

최은정은 아무 데서나 치마를 들어 올려 자기 팬티를 보여 주는 노출광에 다른 여자애들 가슴을 만지길 좋아하는 변태다. 심경미는 비쩍 말라 엄청나게 줄인 교복도 헐렁한데 맨날 졸고 있다. 정재현은 무용부인데 길고 마른 몸매에 얼굴만 부처님처럼 하얗고 둥그스름하다.

경복이를 싫어하는 건 최은정이고 나머지 애들은 그냥 따라서 비웃거나 해코지를 할 때 망을 보는 수준인데, 걱정스러운 건 최은정이 하는 짓이 점점 도를 넘어서고 있는 거다. 거기다 경복이와 같이 다니는 내게까지 점점 불똥이 튀게 되었다.

최은정은 경복이한테 욕을 하면서 내게까지 욕을 했고, 경복이 등을 때린 다음 내 뺨까지 치고는 했다. 머리를 때리거나 등을 후려치기도 했다. 누군가에게 맞은 것은 생전 처음이라 실감이 잘 나지 않았다. 내가 맞았다, 맞고 다닌다, 내가? 그러다 그 날이 왔다.

그날은 왠지는 모르겠지만 최은정의 기분이 매우 안 좋았다. 얼굴도 매우 안 좋았다. 누구한테 맞았는지 모르겠지만 오른쪽 눈두덩이 퍼렇게 멍들고 통통 부었다. 게다가 눈꼬리가 올라간 왼쪽 눈은 잠을 못 잤는지 핏발이 선 데다 치뜨고 있어 인상이 매우 안 좋았는데, 매점에 앉아 누구 하나 안 걸리나 하는 표정으로 애들을 노려보고 있었다.

이쯤 되면 짐작하겠지만 최은정이 비단 경복이만 괴롭히는 건 아니었다. 경복이를 가장 괴롭히기는 했지만 말이다. 아니나 다를까, 최은정의 눈에 경복이가 띄었다. 그날도 경복이는 김밥 한 개를 두고 거의 밥알을 세는 수준으로 먹고 있었고, 최은정이 다가와서 접시를 탁 쳐 버렸다. 접시에 가득했던 김밥들이 사방으로 데굴데굴 구르고 바닥에 떨어졌다.

"뭘 그렇게 깨작깨작 처먹어?"

"배가 불러서."

최은정은 다짜고짜 경복이 배를 걷어차더니 쓰러진 애 위로 올라타서 윗도리를 훌렁 들어 올리고는 브래지어를 끌어 내리고 맨 젖가슴을 만지려고 했다.

"야, 이거 뭐가 이렇게 딱딱해?"

경복이가 피하며 비명을 지르자 뺨을 때렸다. 빠져나가자 다리를 잡아당겨서 팬티를 끌어 내리고는 가랑이 사이에 손을 집어넣으려고 했다.

나는 기가 막혀서 최은정에게 소리쳤다.

"그만 좀 해!"

"씨발 년이, 죽으려고 환장했냐!"

최은정이 내 얼굴에 주먹질을 했다. 나는 눈이 멀어 버리는 줄 알았다. 눈알이 터진 걸까? 나는 비명도 고함도 지르지 못하고 바닥에 쓰러졌다.

옆에 누워 있던 경복이를 최은정이 건드렸다. 경복이는 슬픈 눈으로 나를 보았는데 충격을 받은 탓인지 눈이 네 개로 보였다. 최은정은 갑자기 아야! 하고 비명을 지르더니 벌떡 일어나 자신의 얼굴을 감싸 쥐었다.

나는 이미 부어오르기 시작하는 오른쪽 눈으로 보는 것을 포기하고 왼쪽 눈으로 최은정을 쳐다보았다. 최은정의 볼에 보라색 자국 같은 것이 나 있었다. 뭐에 물린 것처럼. 최은정은 경복이를 노려보았다. 그때 수업 시작종이 울렸다.

교실로 돌아간 내게 담임 선생님인 정일식이 물었다.

"얼굴이 왜 그러니?"

나는 말을 하려다가 술 냄새를 맡았다. 위로 뾰족한 두상에 소갈머리가 없는 일식의 눈빛이 정처 없이 흔들렸다. 알코올 중독자라는 소문이 있었는데 사실인 모양이었다. 일식의 시선이 내게 머물렀다가 최은정을 찾았다. 그는 최은정을 교탁 앞으로 불러냈다.

"또 너구나, 너야. 무슨 일이냐?"

최은정이 대답하지 않자 그는 다시 한 번 외쳤다.

"무슨 일이냐고! 어?"

최은정이 여전히 침묵하자 그는 출석부 모서리로 최은정의 머리를 때렸다. 다른 애들을 때리는 최은정이나 학생을 때리는 담임이나 똑같았다.

하교하자 엄마가 눈을 동그랗게 떴다.

"얼굴이 왜 그래?"

"어, 그게."

"혹시…… 맞은 거니?"

"아, 아냐! 설마. 그냥, 넘어진 거야. 사고야, 사고."

아무리 생각해 봐도 내가 잘못한 일은 없으니까 그저 사고에 불과한 일이었다. 엄마와 같이 안과에 가자 머리가 하얗게 센 의사는 내 얼굴과 눈을 이리저리 살핀 다음 말했다.

"안구에는 이상이 없네요. 여자애가 이런 데를 맞아서 오는 건 드문 일인데. 싸우게 생긴 얼굴도 아니고."

그는 엄마를 빤히 쳐다보았다. 엄마가 말했다.

"맞은 거 아니에요. 넘어졌잖아. 그렇지?"

"네에."

의사는 여전히 의심스럽게 엄마를 쳐다보았다. 집으로 돌아오는 길에 엄마는 운전을 하며 투덜거렸다.

"그 의사는 왜 날 자꾸 그렇게 쳐다보는 거니? 내가 널 때리기라도 한 것처럼. 말해 봐. 내가 널 한 번이라도 때린 적 있니? 꿀

밤 한 번 준 적 있냐고."

"아뇨."

"그런데 왜. 하, 나 참."

엄마는 분해했다. 그도 그럴 것이 엄마나 나나 가정 폭력 같은 건 상상조차 하지 못하고 살아왔고, 아빠나 오빠 역시 마찬가지였다. 엄마가 물었다.

"정말 사고 맞지? 학교에서 누가 괴롭히는 거 아니지?"

나는 잠깐 갈등했다. 하지만 최은정 이야기를 하려면 경복이 이야기를 해야 하고, 모처럼 생긴 소중한 친구가 또다시 엄마에게 가차 없는 평가를 받는 것은 싫었다. 나는 고개를 숙이면서 말했다.

"아니요."

엄마의 시선이 느껴졌지만 나는 입을 꾹 다물었다.

최은정은 누구에게 맞은 것일까. 내게는 맞아서 병원에서 처치를 받은 것이 큰 사건이었지만 누군가에게는 일상일 수도 있었다. 만약 매일 이런 일을 당한다면 최은정처럼 악독해질지도 모른다고, 나는 안대를 하지 않은 눈으로 차창 밖을 바라보면서 약간 이해했다.

그날 이후 경복이도 최은정도 한동안 학교를 안 나왔다. 최은정에 대해서는 여러 가지 소문이 돌았다. 아이들은 담임이 출석을 부르고 나가면 여기저기 모여 쑥덕댔다.

"의붓아버지가 그런 거래."

"세상에."

"그래서 경찰에 잡혀가고 엄마는 도망갔대."

"아냐! 내가 들은 소문으로는……."

"알고 지내던 공고 오빠들……."

"돌림빵을 당했다나?"

우연히 근처에서 듣고 있던 내가 물었다.

"돌림빵? 그게 뭐야? 같이 빵 돌려 먹는 거야?"

순간적으로 찬물을 뒤집어쓴 표정으로 아이들이 나를 보았다. 몇몇 아이들이 내 팔을 치며 말했다.

"넌 참 순진하다. 근데 그거 아냐."

"그럼 뭔데?"

"아주 안 좋은 거야."

"최악이지."

"더 최악인 소문도 있어. 글쎄, 어떤 오빠 애를 임신했대."

"세상에! 그럼 애 낳으러 간 거야?"

"아니, 중절 수술하러 갔대."

"나 같으면 죽고 싶겠다."

"자살 시도했다는 소문도 있더라."

그래도 최은정에 대해서는 애들이 많은 말을 했다. 경복이 애기는 아무도 안 했다. 심지어 경복이가 같은 반 애인지도 모르는 애들도 많았다.

그런 식으로 나는 유일한 친구를 잃고 화장실도 혼자 가고 매점에서 몽쉘통통도 하나를 다 먹는 신세가 되고 말았다. 물론 몽쉘통통은 달고 맛있었지만 자주 목이 메는 것은 아마 아무하고도 말하지 않고 혼자 우걱우걱 먹어서이기 때문일 터였다. 맞은 눈도 시커멓게 변했다가 멍이 콧잔등을 따라 내려오며 천천히 원래대로 돌아왔지만 최은정은 돌아오지 않았다.

그러는 사이 한 학기가 훌쩍 지나고 다음 학기가 되어 경복이가 나왔다. 나는 반가우면서도 걱정스러워 눈치를 보다가 결국 묻고 말았다.

"무슨 일 있었어? 왜 학교에 안 나온 거야?"

경복이는 별 대답이 없었다. 최은정은 등교하지 않았는데 애들 말로는 가출을 했다고 했다. 경복이와 나는 다시 일상으로 돌아가서 같이 화장실을 가고 일상적인 수다를 떨고 몽쉘통통도 나눠 먹었다. 새로 자리도 바뀌었는데 정재현이 경복이 뒷자리에 앉게 되었다.

그때부터 경복이는 안 그래도 조금씩 먹던 밥을 더 못 먹게 되었다. 아예 밥을 먹지 않자 걱정하지 않을 수가 없었던 나는 경복이를 추궁해서 겨우 이유를 알 수 있었다. 경복이가 말했다.

"걔가 자꾸 내 의자에 발을 올려놔."

"의자에?"

"정확히 말하자면 의자 밑에 다리 연결 부분이라고 해야 하나. 거기에 수업 시간 내내 발을 올려놔."

"못 하게 하지."

"해 봤지. 몇 번이나 이야기했는데도 매번 똑같아."

경복이도 나도 한숨을 쉬었다. 경복이가 말을 이었다.

"올리고 자꾸 움직여. 엉덩이 아래 발등이 느껴져. 무용을 해서 그런지 발놀림도 섬세하고 유연해서…… 되게 기분 나빠."

"그럼 의자를 당겨 앉으면?"

"그만큼 따라와."

나는 할 말을 잃었다. 듣기만 해도 짜증이 났다.

"걔 도대체 왜 그래?"

경복이는 고개를 저었다. 최은정이 그런 것처럼 정재현이 왜 그러는지 역시 우리는 알 수 없을 것이었다. 경복이가 말했다.

"그러다 어떻게 하는 줄 알아? 아예 의자에다가 자기 발을 턱 올려놓는다니까. 신발까지 신은 채로 말이야."

"미친! 그걸 그냥 놔둬? 아예 신을 벗겨 버리지!"

"벗겨서 던져 버려도 양말을 신은 발을 그대로 얹어 놔."

"그럼 아예 발을 쳐 버려."

경복이는 고개를 절레절레 저었다.

"쳐 봤지. 그래도 올라와. 치면 올라오고, 치면 또 올라오고."

"그래서 수업이 돼?"

경복이는 한 번 더 고개를 저었다. 나는 팔짱을 끼고 하, 하고 한숨을 쉬었다. 그러다가 말했다.

"아예 의자 밑이나 옆에 압정 같은 걸 붙여 놓으면 어때? 강력 접착제나."

"걔 무용부잖아. 발이라도 다치면?"

"자기가 잘못해서 그런 건데, 뭐 어쩌라고."

"그래도 걔의 미래가 달린 일인지도 모르잖아."

"하지만……."

나는 담임에게 말할까 했지만 지난번의 술 냄새가 떠올라 찾아가는 것이 꺼려졌다. 내가 말했다.

"그럼 아예 자리를 바꿀까? 난 화나면 걔 발에 본드 발라 버릴지도 몰라!"

경복이는 키득키득 웃더니 이내 진지한 표정이 되었다.

"정말?"

"정말이야."

경복이는 걱정하면서도 고맙다고 인사를 했다. 우리는 자리를 바꾸었다. 내 자리는 교실 끝자리, 경복이의 자리는 교실 한가운데였다.

그때부터 내가 정재현의 발 냄새를 맡게 되었다. 된장이라도 담그는지 정말 지독한 구린내였다. 나는 짜증을 내며 따졌다.

"하지 마."

정재현은 웃으며 대꾸했다.

"할 건데?"

나는 끈이 없는 단화를 벗겨 내고는 말했다.

"신발 던져 버린다?"

"그러든지."

"양말 벗겨 버릴까?"

"좋을 대로."

커터 칼을 들고 위협해 보기도 했다.

"확 찔러 버릴 거야."

정재현은 명랑하게 웃고는 대꾸했다.

"네가? 못 할 걸?"

"하, 한다! 한다고! 나 정말 한다고!"

"맘대로 해."

정재현이 맞았다. 나는 그럴 깜냥이 없었다. 최은정에게 맞은 것처럼, 정재현의 발을 견디는 수밖에는.

정재현 때문에 밥을 못 먹던 경복이와 달리 나는 폭식을 하게 되었다. 과자를 산더미처럼 쌓아 놓고 다 까먹고 빵까지 먹고는 아이스크림을 욱여넣고 라면을 끓여 먹은 다음 그대로 잠들고는 했다. 엄마는 걱정했다.

"너, 괜찮은 거니? 무슨 일 있어?"

"그냥, 맛있어서."

정재현 때문이라고는 말할 수 없었다. 때리는 것도 괴롭히는 것도 아니고 그저 발을 올릴 뿐이었으니까. 아무리 말해도 나의 불편이 상대방의 마음에 가 닿지 않으니까. 그게 얼마나 끔찍한 일인지 알고 있는 사람은 나랑 경복이뿐이었다.

또 한 주가 시작되어 경복이와 학교에 갔더니 아직 정재현이 오지 않았다. 무용부라서 연습 때문에 나보다 일찍 왔는데 오늘은 웬일인가 했지만 없으니 다행이긴 했다. 계속 안 왔으면 좋겠다, 최은정처럼.

경복이와 나를 괴롭히는 인간은 다 사라졌으면 좋겠다, 그런 생각을 했는데 정말 안 왔다. 다음 날도 그다음 날도. 또 뒷말이 돌았다. 애들이 모여서 수군거렸다.

"우울증 있었대."

"언니가 자살했다나?"

"그 얘기 들었어? 완전 소름."

"뭔데?"

"들어 봐. 언니가 죽고 나서 언니 방에 문이 안 열렸대. 정재현이 울면서 언니, 제발 좀 열어 줘 하니까 문이 스르르 열렸다는 거야, 글쎄!"

"대박. 진짜 무섭다."

"근데 언니는 왜 자살한 거야?"

"집에 무슨 문제가 있다나 봐."

여러 말들이 돌기는 했지만 정재현은 무용 대회가 있으면 수업을 종종 빠지곤 했기 때문에 다들 크게 이상하게는 생각하지 않았다.

그날 하굣길에 심경미가 나를 불러서 깜짝 놀랐다. 따라오고 있다는 것도 몰랐지만 걔의 목소리를 들은 것도 처음이었다. 의외로 가냘프고 상냥한 목소리였다. 가까이에서 보니 빨간색으로 탈색한 단발머리 아래 작은 얼굴이 희고 예뻤다. 심경미가 말했다.

"너 혹시 걔 집에 가 본 적 있어?"

"걔?"

"너랑 맨날 같이 다니는 애."

"아, 경복이?"

심경미가 중얼거렸다.

"걔 이름이 경복이구나. 근데 뭔가 좀 이상해."

"왜? 뭐가?"

"그 집 말이야. 금색으로 번쩍거리는 3층집. 걔네 집."

"어떻게 간 건데?"

"은정이가 간다기에 따라갔어."

나는 눈을 크게 떴다. 나는 숨을 들이마신 다음 물었다.

"최은정이 경복이를 따라갔다고?"

심경미는 고개를 끄덕였다.

"그날 기억하지? 담임한테 출석부로 맞았던 날. 은정이 눈에 멍들었던 날. 은정이가 그날 자기 엄마 남자 친구한테 맞고 독이 올라서 걔한테 분풀이한다고 따라갔었어."

나는 하, 하고 한숨을 쉬었다.

"도대체 왜 그래? 왜 못 잡아먹어서 안달인데? 자길 때린 게 경복이도 아니잖아!"

"그러니까. 나도 너무 심하다 싶어 집에는 들어가지 말자고 했지. 근데 기어이 들어가더니 아직도 연락이 안 돼."

나는 고개를 저었다.

"그렇다고 계속 거기 있을 리는 없잖아."

심경미가 말했다.

"그렇겠지. 근데 그게 끝이 아냐. 지난 토요일에 재현이도 전화가 와서는 경복이가 자기를 집으로 초대했다는 거야. 나보고 같이 갈 거냐고 묻더라고."

"그래서? 같이 갔어?"

"가긴 뭘 가! 난 걔하고 말 한마디 안 해 봤는데. 잠도 쏟아지고 해서 싫다고 하고는 다시 잤어. 근데 오늘 재현이도 학교에 안 나와서 너한테 물어보는 거야. 혹시 아는 거 있어?"

나도 그제야 궁금해졌다. 경복이에게 직접 물어볼 수 있었지만 이미 하교한 다음이었다. 경복이와 하교 후에는 만난 적이 없었다. 서로 휴대폰 번호도 몰랐다. 그런 생각을 하자 우리가 아직 별로 친한 게 아닌 건가, 나만 착각하는 건가 싶어 서운해졌다.

그때 문득 생각났다는 듯 심경미가 물었다.

"넌 걔를 어떻게 생각해?"

"친구지. 왜?"

"난 으스스하더라. 걔 이상하지 않아?"

"이상하다고?"

"어. 피부색도 거무칙칙하고, 몸매도…… 어떨 땐 할머니 같아. 잘 못 걸어 다니고 구부정해. 어떨 땐 너무 빠르고…… 소름 끼쳐. 가끔 보면 눈도 여러 개로 보이고."

"그래? 난 모르겠는데? 네가 예민한 거 아냐?"

심경미는 어깨를 으쓱했다.

"딱히 그렇지도 않아. 잠이 많을 뿐이지. 나 맨날 졸아서 온갖 병원에 다 가 봤거든. 소화가 잘 안 되는 체질이래. 그래서 한약 챙겨 먹고 있어."

나는 하하, 웃기는 했지만 새삼 머쓱해졌다. 경복이와 나를 괴롭히는 최은정 곁에서 눈을 반짝이며 지켜보던 심경미였다. 위협적인 존재는 아니지만 지금처럼 자기 이야기를 늘어놓을 정도의 친한 사이도 아니었다. 같은 반 아이 그 이상 그 이하도 아니었다. 굳이 분류하자면 호감이 가는 아이도 아니었다.

심경미는 정재현과 비슷한 끈 없는 검은 단화 코끝으로 보도블록을 툭툭 차더니 말했다.

"어쨌든 나도 한번 가 보려고, 걔네 집에."

"왜? 너도 초대받았어?"

심경미는 고개를 저었다.

"아니, 그냥 애들이 어떻게 된 건지 물어보려고. 너도 갈래?"

나는 고개를 저었다. 최은정과 정재현을 왜 찾으러 간단 말인가. 거기 있을 리도 없고. 심경미와 나는 인사를 하고 헤어졌다.

다음 날부터 심경미도 학교에 나오지 않았다. 심경미가 나오지 않자 또 뒷말이 돌았다.

"걔는 맨날 학교에서 졸잖아. 왜인 줄 알아?"

"밤마다 술집에 나가서 일한다던데?"

"원조 교제 한다는 소문도 있어."

"원조 교제?"

"돈 많이 번대."

"걔가 마르고 예쁘긴 하니까."

진실이 뭔지는 나만 알고 있었다. 사라진 그 셋은 모두 경복이네 집으로 갔다. 그리고 돌아오지 않았다. 아직 경복이네 집에 있지는 않겠지만 그 뒤로 학교에 오지 않았다. 이 사실에 나도 왠지 무서워졌다.

경복이네 집에서 무슨 일이 벌어지고 있는 거야? 궁금하면서도 경복이에게 차마 물어볼 수가 없었다. 그리고 심경미의 말이 자꾸만 생각났다. 할머니, 구부정, 빠르고, 소름 끼치고, 눈도 많다던 그 말이.

나는 틈이 날 때마다 경복이를 뜯어보았다. 친구라도 상대방이 익숙해지면 자세히 쳐다보지는 않는데 나는 날이 갈수록 경복이를 유심히 관찰하고 있었다. 정말 그런가? 정말? 피부가 좀 검기는 했다. 피지가 많고. 근데 저게 정말 피지인가? 오돌토돌한 검은 점이?

나는 점점 알 수가 없어졌다. 심경미의 말이 맞는 것도 같았다. 굽은 등, 내가 뭘 떨어뜨리기라도 하면 금방 받아 내는 민첩성. 눈은…… 안경 속에도 눈이 있어 네 개로 보이기는 했다. 그것 말고는 아직 잘 알 수 없었다. 심경미가 너무 예민한 거겠지. 그렇게 생각을 했고, 그게 편했다.

그러던 어느 날.

마침내 나도 경복이네 집에 초대를 받았다. 최은정과 정재현과 심경미를 기억하고 있었기에 정중히 거절하려고 했지만 경복이는 몇 번이고 얘기를 했다. 거절하기 힘든 말까지 했다.

"나, 한 달 뒤에 전학을 가. 아마 다시 만나기는 힘들 거야."

거절하라고 마음속의 누군가가 크게 외쳤지만 어느 날 하교 후, 나는 경복이네 집 앞에 서 있게 되었다. 나는 집을 올려다보다가 입을 딱 벌렸다. 심경미가 말한 대로 연한 금빛으로 번쩍거리는 3층집이었다.

2층 주택이나 5층 빌라는 자주 봤어도 이렇게 현대적인 양식의 3층 독채는 처음이었기 때문에 놀랐다. 벽이 무엇으로 만들어진 건지 잘 모르겠지만 굉장히 투명해 보이면서 빛을 받으면 금색으로 빛났다. 유리에 빛이 반사되는 것과는 좀 다른 느낌이었다. 아주 같지는 않지만 그나마 비슷한 걸 대 보자면 보석이나 이슬의 반짝거림과 비슷했다.

안은 보이지 않았다. 경복이는 몇 층에 사는 거지? 나는 집이 몇 층이냐고 물었고, 경복이는 집 전체를 가리키며 전부, 라고 했다. 예상과 달리 부잣집 아이였다.

현관문을 열자 1층이 나왔다. 안으로 들어선 나는 어? 하다가 그대로 입을 벌린 채 멍하게 서 있었다. 1층을 가득 채우고 있는 것은 집에 흔히 들어찬 가구와 가전제품이 아닌 둥근 공들이었다.

아니, 공이라기엔 바닥에 닿을 듯 아래에 떠 있는 것도 있지만 천장 가까이 높이 있는 것도 있고 크기도 색도 제각각이라 풍선이라고 말하는 것도 정확하지 않았고 비눗방울이라기엔 견고해 보여서, 그냥 둥근 구체라고 하는 것이 맞을 것 같았다.

새하얀 벽과 공간에 가득 차 있는 형형색색의 빛나는 구체들. 그 외에는 아무것도 없었다. 이게 대체 뭐지? 여기가 어디야? 나는 눈앞에 있는 유난히 아름답고 탐스러운 색깔의 구체에 손을 뻗었다. 그 구체는 마치 유혹하는 듯 반짝거렸다.

거기 비친 내 모습은 정말 아름다웠다. 그래, 난 사실 이렇게 예쁜 얼굴일지도 몰라. 다른 아이들이 나를 둘러싸고는 박수 치고 환호했다.

'우와! 너는 세상에서 제일 예뻐! 사랑스러워! 최고야!'

그때 경복이가 날카롭게 외치는 소리를 듣고 퍼뜩 정신을 차렸다.

"만지면 안 돼!"

나는 깜짝 놀라 동작을 멈췄다. 경복이의 말대로 내 손이 막 구체에 닿으려던 참이었다. 나는 억울하다는 듯 중얼거렸다.

"왜 안 되는데?"

경복이는 그건, 하더니 말했다.

"내가 원하지 않으니까. 넌 만질 수 없어."

나는 경복이를 다시 보았다. 자기 집이라서 그런지 굉장히 당당했다. 맞는 말이었다. 경복이 집이니까 구체도 당연히 모두 경복이 것이었다. 주인이 만지지 못하게 하면 만지지 말아야지. 나는 순순히 손을 들고는 경복이를 따라 금빛 계단으로 갔다.

계단을 올라가자 지금까지의 환상적인 풍경이 모두 거짓이었다는 듯 바로 현실 풍경이 턱 나왔다. 우리 집과 별다를 것도 없었다. 아니, 그보다 낡고 휑한 풍경이었다. 나무 문에 나무 가구들, 나무 계단. 사람이 살고 있지 않는 것처럼 어둑어둑하고 살풍경했다.

내가 다소 생소한 기분으로 둘러보는데 경복이가 내 팔을 잡아끌었다.

"내 방으로 가자."

경복이의 방으로 갔다. 역시나 나무로 되어 있지만 책상이 있고 책장이 있고 침대가 있고 벽에는 아이돌 포스터가 붙어 있는 여중생의 방. 경복이는 교정기를 낀 이를 환하게 드러내며 예전에 잠깐 말했던 펜팔 친구와 주고받은 편지를 꺼냈다.

경기도 광주에 사는 우리보다 두 살 많은 고 1 오빠의 편지는 충분히 흥미로웠다. 우리는 꺄아거리며 오빠의 편지를 계속 읽었다. 나는 이미 오빠가 있는데도 우리 오빠만 아니면 오빠란 소리만 들어도 설렜다. 그냥 멋있잖아, 오빠.

우리는 아이돌 그룹의 CD를 크게 따라 부르며 막춤을 추었다. 어찌나 열심히 춤을 췄는지 빠른 음악에 맞춰서 춤추는 경복이의 팔다리가 여러 개로 보일 지경이었다. 우리의 춤은 계속될 기세였다. 위층에서 뭔가가 크게 쿵쾅거리는 소리가 나기 전까지는.

경복이도 나도 동시에 춤을 멈췄다. 나는 헉헉거리며 경복이에게 위에 뭐가 있냐고 물었다. 경복이는 어깨를 으쓱했다. 방금 전과 아주 다른, 무슨 껍질에라도 들어간 것 같은 무표정. 처음 보는 얼굴이었다. 다시 둔탁하게 발을 구르며 소리치는 목소리 같은 것이 들렸다.

"뭐야, 대체?"

나는 거실로 나갔다. 따라 나온 경복이는 뭔가 먹을 거냐고 물으며 부엌으로 갔지만 나는 나무 계단으로 향했다. 어느새 따라온 경복이가 내 등을 잡았다. 그러곤 말했다.

"올라가지 않는 게 좋을 거야."

"왜?"

"모르고 안 보는 게 좋은 것도 많아, 이 세상에는."

이상했다. 그제야 여기에 온 이유가 생각났다. 단지 경복이가 이사를 간다고 해서만은 아니었다. 사라졌던 아이들, 최은정과 심경미와 정재현이 어디로 가 버렸는지 궁금했다. 그 애들이 사라졌다고 아쉬울 것은 하나도 없었지만, 오히려 후련하고 심지어 기쁘기까지 했지만 그래도 궁금했다. 혹시 경복이는 알고 있을까? 내가 말했다.

"경복아, 너 혹시 최은정⋯⋯ 봤어?"

"봤어."

나는 더 이상 물어보기가 좀 무서워졌다. 봤는데, 지금은 어디 있는데? 혹시 저 위에 있어? 그런 거야? 나는 그대로 우뚝 서 있었다. 경복이도 내 등을 잡은 채 가만히 서 있었다. 경복이가 물었다.

"뭐 먹을래?"

우리는 나무 서랍장이 있는 부엌으로 가서 나무 식탁에 앉았다. 경복이는 찬장에서 기다란, 열 명은 먹어도 될 것 같은 기다란 식빵이 들어 있는 비닐봉지와 크리미 땅콩잼, 딸기잼 병과 나무 숟가락과 나무 접시를 꺼내더니 식탁에 올려놓았다.

그러더니 빵 봉지와 잼 뚜껑을 열어 숟가락으로 빵 양쪽에 잼을 펴 바른 피넛버터 젤리 샌드위치를 만들어서 접시에 담아 내 앞에 놓았다. 먹어야 될 것 같아서 먹는데 달고 뻑뻑한 땅콩잼과 끈적거리는 딸기잼을 씹을수록 왠지 멍해지는 것 같았다.

뿐만 아니라 경복이의 팔이 왠지 더 많아진 것 같았다. 팔이 세 개가 되더니 네 개가 되었고 경복이는 샌드위치를 만들기만 할 뿐 하나도 먹지 않았다. 접시 위에는 젤리 샌드위치가 수북하게 쌓여 갔다. 나는 졸린 눈을 계속 비비며 물었다.

"너는 왜 안 먹어?"

"배가 불러서."

"아까부터 아무것도 안 먹었잖아."

"안 먹어도 늘 배가 부르거든."

경복이의 배 부분은 불룩했다. 경복이가 자리에서 일어나는데

다리가 두 개가 아니라 네 개였다. 경복이는 네 개의 다리와 네 개의 손으로 3층으로 올라가는 나무 계단을 기어가면서 나를 쳐다보았다.

“궁금하면 올라와 볼래?”

나는 멍한 머리로 갈지 말지 계속 고민했다. 하지만 경복이가 기어가면서 남긴 금색 실이 반짝거리면서 나를 유혹했다. 1층에서 본 구체처럼.

따라와.

와서 나를 만져 봐.

네가 늘 상상하던 걸 보여 줄게.

나는 어느새 일어나 3층으로 난 계단을 오르고 있었다.

올라가자마자 환한 햇살과 함께 썩는 냄새가 진동해서 나는 저도 모르게 입을 틀어막았다. 피라미드 모양의 유리 천장 여기저기에 반투명한 고치 같은 것이 매달려 있었다. 가느다란 금빛 실로 둘둘 만 것 같은 형체들은 언뜻 봐도 대여섯 개가 넘었는데, 완전히 썩어서 심한 냄새를 풍기는 것에서부터 갓 만들어진 것처럼 깨끗한 것들도 있었다.

가장 가까이에 있는 고치를 본 나는 저도 모르게 비명을 질렀다. 심경미였다. 원래도 창백하던 피부가 백짓장처럼 변한 채로 입을 벌리고 다물지 못하고 있었지만 분명 심경미였다. 살아 있는지 죽었는지는 알 수 없었지만 살아 있다면 입도 벙긋할 수 없을 정도로 마비되어 있었다.

근처 고치에 매달린 보랏빛 얼굴은 정재현, 그리고 저 멀리 시커멓게 썩은 것처럼 보이는 고치 안의 흐물흐물한 얼굴은 아마도 최……. 그때 경복이가, 아니 경복이의 얼굴을 단 무언가가 기어오면서 물었다. 이제 말을 하는데도 스슷 하는 소리가 많이 섞였다. 점점 사람의 목소리가 아닌 동물의 소리가 되어 갔다.

"내가 뭐처럼, 스슷, 보이는데?"

나는 뭐라고 대꾸해야 할지 알 수 없었다. 괴물, 이라는 말이 목구멍까지 올라왔지만 그랬다가는 다른 애들처럼 될 것 같았다. 대신 이렇게 말했다.

"어쩌다가…… 그렇게 된 거야?"

경복이는 여러 개의 눈으로 나를 가만히 쳐다보더니 물었다.

"내 눈이, 스스슷, 보여?"

"어? 어……."

"몇, 스슷, 개?"

"하나, 둘…… 여덟 개인가?"

"내 눈을, 스스슷, 잘 바라봐. 스슷, 그리고 맞혀 봐."

"뭘?"

"스스슷, 진실을."

나는 경복이 말대로 두 줄로 난 눈들을 가만히 들여다보았다.

여덟 개의 홑눈은 두 줄로 늘어서 있었다. 앞눈 줄은 살짝 앞으로 굽고, 뒷눈 줄은 약간 뒤로 굽어 있었다. 까맣게 빛이 나는 눈들을 보고 있자니 각기 다른 시간과 공간들, 사건들이 펼쳐졌다.

첫 번째 눈에서는 임부가 코를 골며 벌린 입 동굴로 화려한 색깔의 거미 한 마리가 기어 들어갔다. 임부의 배가 점점 불러 오기 시작했다. 만삭인 그녀는 병원에 가서 아기를 낳았다. 태아는 팔과 다리가 네 개였고, 눈도 네 개였다. 산모는 울고 남편은 낙담했다.

둘은 어쨌거나 아기를 키우지만 하루도 싸우지 않는 날이 없었다. 남편은 집을 나가고 아내는 아기를 키우다가 자살했다. 혼자가 된 아기는 엄마를 먹고 살아남았다. 그때부터 인간들을 사냥하기 시작했다.

나는 부르르 떨다가 다시 다른 쪽 눈을 들여다보았다.

두 번째 눈에서는 한 남자가 실험실에서 일하고 있었다. 실험실에는 배에 붉은 무늬가 있고, 다리에 노란색과 검은색의 선명한 무늬가 있는 거미가 있었다. 남자는 그것을 무당거미라고 부르면서 배 끝의 실젖에서 나오는 실을 연구했다. 화학 실험 중 독한 약에 거미가 튀어 올라 남자를 물었다. 남자는 집으로 돌아가 아내와 함께 잤다.

아내의 배가 불러 왔다. 아내는 아기를 낳지만, 그 아기는 도통 젖을 먹지도 자지도 않았다. 엄마는 아기가 벽에 붙어 파리를 빨아 먹고 있는 것을 보고는 기절했다. 부부는 몇날 며칠을 심하게 다투고 아내는 가출해 버렸다. 홀로 남은 남자는 아기를 방치하지만 아기는 죽지 않고 저 혼자 살아갔다.

나는 세 번째 눈, 네 번째 눈을 계속해서 보았다. 마침내 여덟 개의 눈 안을 모두 들여다보았다. 여덟 개의 진실 혹은 이야기. 어떤 것이든 인간이던 부부가 우연이나 사고로 절반은 거미인 아이를 낳게 되고, 그 아이가 가정에 파국을 몰고 오는 이야기였다.

아기는 몇 번이나 버림받거나, 죽임을 당할 위기에 놓이거나, 실험실로 가거나, 자기가 죽지 않기 위해서 부모를 죽였다. 왠지 모르게 아이가 불쌍하고 안쓰러워 눈물이 났다. 경복이가 말했다.

"스, 나는, 스스, 괴물이, 슷, 아니야. 스슷, 거미는, 슷, 해충을 잡아먹는, 스슷, 이로운 벌레지. 스슷, 난 내가 좋아, 스스슷, 그러니까 울지 마."

고개를 끄덕이며 눈물을 닦는데 문득 목소리가 들렸다.

"스스스슷, 그래서, 슷슷, 몇 번?"

"모, 모르겠어."

"슷, 슷, 말해."

"모른다고!"

"스슷, 틀리면, 슷슷슷, 잡아먹는다?"

이 무슨 팔지선다형 문제란 말인가. 나는 까만 여덟 개의 눈을 가진 거대한 거미와 마주 서 있었다. 도무지 몇 번인지 알 수 없었다. 거미가 대가리를 들자 아래에 달린 두 개의 날카로운 독니가 앞뒤로 움직이며 천천히 내려오기에 나는 다급히 외쳤다.

"이, 이 번! 아니, 삼 번인가?"

대가리가 멈추었다. 나는 물었다.

"맞아?"

거미가 대꾸했다.

"슷, 슷, 전부, 스슷, 맞거나, 스스슷, 모두 틀렸어."

"그게 무슨 말이야?"

"스슷, 나는, 스스슷, 다, 스슷, 볼 수 있어, 스스슷, 보여 줄 수도, 스슷, 있고, 슷슷슷. 여덟 번째의 눈으로 모두, 스슷, 다."

다 볼 수 있다고? 여러 개의 현실을? 나는 새삼 거미는 눈이 사람처럼 두 개가 아니라 여덟 개나 되니까 그럴지도 모른다고 어렴풋이 짐작했지만 아직도 제대로 이해하지 못했다. 그러니까 거미가 보여 준 현실이 다 실제로 있을 수도 있다는 건가?

하지만 누구나 알듯이 현실은 그저 하나일 뿐이다. 지금 거미로 변한 경복이와 내가 마주 서서 서로를 바라보고 있는 이 세계. 나는 경복이, 아니 거미 인간의 눈에 비친 여덟 개의 나를 쳐다보며 물었다.

"그런데 넌 어디서 온 거야?"

거미는 여덟 개의 팔 중 하나를 들어 온실 뒤편을 가리켰다. 뒤에는 비닐로 된 문이 나 있었다. 저기? 저기서 왔다고? 산과

연결되어 있나? 산에서 온 건가? 나는 천천히 걸어 그 문으로 다가갔다. 그 문은 그저 평범한 문처럼 보였지만 열자마자 당혹스러웠다.

문 밖의 풍경은 예상한 것과 너무나 달랐다. 끝없는 어둠 속에서 빛나는, 수많은 거미의 알처럼 둥그런 우주들이 끈이 달린 것처럼 이 집과 연결되어 있었다. 거미 인간이 말했다.

"슷, 슷, 슷, 나는, 슷, 저기에서, 스슷, 왔어. 이곳, 슷, 저곳, 스슷, 넘나들 수 있지."

"여러 우주를 넘나드는 존재라고? 그런 게 대체 가능하기나 한 거야?"

나는 황당해하며 반문했지만 이내 납득해 버렸다. 하긴 거미 인간이라는 것 자체가 애초에 말이 안 되는 존재잖아. 하지만 지금 내 눈앞에 버젓이 존재하고 있으니까 아니라고 부정할 수도 없었다.

나는 다시 여러 우주들을 보았다. 그러자니 어지러워져서 하마터면 거기로 떨어질 뻔했다. 얼른 정신을 차리고 안쪽으로 들어와 여러 개의 우주로 통하는 비닐 문을 닫았다. 아직도 얼떨떨했다. 내가 물었다.

"그런데 왜, 왜 나를 만나러 온 거야?"

거미 인간이 말했다.

"스슷, 만나러, 슷, 온 게, 슷, 슷, 아니라, 슷, 네가, 스스슷, 발견한 거야. 슷, 너는, 스슷, 다른 애들이, 슷, 보지 않는 곳을, 스슷, 보니까."

나는 고개를 저었다.

아냐, 나는 그저 친구 집에 놀러 왔을 뿐인데.

나는 천천히 뒷걸음질을 쳤다. 다행히 거미 인간은 따라오지 않았다. 나는 계단들을 구르듯 달려 내려가 1층의 구체들을 피해서 현관문을 열었다. 마침내 밖이었다.

한참을 달리다가 뒤돌아보자 연한 금빛으로 된 3층집은 홀연히 사라지고 없었다. 그곳에는 나무 계단으로 올라가는 등산로 입구가 있을 뿐이었다.

며칠 뒤, 학교에 갔더니 담임이 나를 불렀다. 정일식과 이야기하는 것은 그때 매점에서 최은정이 경복이를 괴롭힐 때 끼어들었다가 맞은 이후로 처음이었다. 지난번과 달리 그에게서 술 냄새가 아닌 싸한 남성 화장품 냄새가 났다. 담임이 물었다.

"혹시 최은정 본 적 있니?"

나는 흠칫 놀라 고개를 숙였다. 그러자 일식이 말했다.

"말하기 힘들다는 건 안다. 너한테 미안하다. 선생님이 너무 늦게 알았어. 어머님이 걔를 보시고 콕 집어서 주시해 달라고 하시지 않았더라면 하마터면 놓칠 뻔했다. 불러서 주의를 주자마자 안 보이니까 혹시나 해서 말이다."

일식은 뾰족한 머리 아래 이마에 주름살을 지으며 나를 보았다. 나는 일식이 주의를 주는 모습을 상상했다. 출석부 모서리로 최은정의 머리를 내리치던 그의 불쾌하게 일그러진 얼굴이 새삼 떠올랐다. 담임이 말했다.

"어디론가 가출했겠지만, 그렇게 내내 널 괴롭혀 왔으니 혹시 최근에 찾아왔나 해서. 집 근처까지 따라왔었다며. 이제 괜찮은 거지?"

나는 작게 쓴웃음을 지었다. 그러니까 담임은 날 통해서 가출 학생을 찾으려는 건가? 담임이 혼잣말처럼 중얼거리는 소리가 귓가에 들려왔다.

"허어, 참 큰일이네. 셋 다 언제 돌아오려나."

나는 입술을 깨문 채로 가만히 서 있었다. 그래서 나더러 뭐 어쩌라는 건가. 그는 나보다 경복이가 더 많은 괴롭힘을 당한 건 아는 건가? 때문에 경복이가, 아니 그 거미 인간이 자기 나름의 방식으로 모든 괴롭힘을 끝내고 감쪽같이 사라져 버린 것도. 내가 말했다.

"저어, 선생님. 경복이는 왜 안 찾으세요?"

일식은 의아한 표정으로 나를 쳐다보았다.

"그게 누구냐?"

나는 말문이 막혔다. 경복이의 성도, 번호도 생각나지 않았다. 아무리 떠올리려 애를 써 봐도 기억나는 것은 경복이라는 이름뿐. 일식은 교무실 한구석의 출석부 꽂이로 가더니 우리 반 것을 가져왔다. 최은정의 머리를 내리치던 바로 그 출석부였다. 그는 출석부를 펴더니 손가락으로 짚어 내리면서 중얼거렸다. 경복, 경복이라.

몇 번이나 출석부를 훑은 담임이 마침내 나를 보았다.

"그런 애는 우리 반에 없는데. 뭔가 잘못 안 거 아니냐?"

나 역시 함께 출석부를 보았기에 아무런 대꾸도 하지 못했다. 복도를 천천히 걸어가는데 다리가 후들거렸다. 경복이가, 처음부터 없었다고?

경복이가 없다면, 최은정과 정재현에게 괴롭힘을 당했던 건 나.

나는 처음부터 끝까지 혼자였을 뿐.

그렇다면 내가 본 건 대체 누구였을까.

아니, 뭐였을까.

그러자 문득 뭔가가 북받쳐 올라와 나는 저도 모르게 울음을 터뜨렸다.

눈물을 닦고 교실로 들어와서 습관적으로 가운데 자리에 앉으려던 나는 가방을 챙겼다. 그러곤 왼쪽 창가 맨 끝 자리로 갔다. 여기가 원래 내 자리였다.

끼익 하고 걸상을 밀고 앉자마자 앞자리의 아이가 돌아보았다. 약간 갈색 머리에 희고 붉은 얼굴에는 여드름이 난 통통한 아이였다. 이런 애가 앞에 앉았던가? 같은 반 아이지만 모든 아이의 이름을 알 수는 없었다. 명찰에는 윤지언이라고 쓰여 있었다. 지언이 말했다.

"왜 여기 앉는 거야?"

새된 목소리였다. 내가 말했다.

"어? 그게…… 여기가 원래 내 자리였으니까."

그 애는 의아하다는 표정으로 뚫어져라 나를 보았다. 마침내 그 애가 말했다.

"그럴 리가. 그 자리는 학기 초부터 내내 비어 있었는데. 우리 반은 다른 반보다 인원이 한 사람 적잖아."

나는 멍청한 얼굴로 그 애를 보았다. 지언이 어깨를 으쓱했다.

"아무튼 그 자리에 앉으려면 조심하는 게 좋을 거야. 가끔 열린 창문으로 거미가 들어와서 기어 다니더라고. 처음에는 깜짝 놀랐어."

거미라고? 나는 창밖으로 시선을 던졌다.

반쯤 열린 틸트 창문 근처 빨간 열매가 조롱조롱 달린 마가목에 화려한 빛깔의 무당거미가 거미줄을 치고 있었다. 나는 그 거미를 가만히 바라보았다. 그러자 예전에 경복이, 어쩌면 내 상상 속의 친구가 했던 말이 한 마디 한 마디 귓가에서 다시 되살아났다.

"얘는 3층으로 집을 짓는다는 거 알아? 첫 번째 층에는 미끼를 걸어 놓지. 유혹하는 거야, 먹이를. 한가운데인 두 번째 층에는 자기가 살아. 거기에 몰래 숨어 있지. 마지막 층에는 잡은 먹이들을 숨겨 놨다가 하나씩 먹지. 다음에는 지나치지 말고 잘 살펴봐. 이 금빛 집, 얼마나 예쁘고 무시무시한지…….”

하늘은 잔뜩 흐렸고 곧 비가 올 것 같았다. 비가 오면 저 연한 금빛 집에 물방울들이 방울방울 예쁘게 걸릴 것이다. 먹이들을 유혹하듯 대롱대롱 반짝반짝.

나는 역시 사람 친구 사귀는 데는 소질이 없는 것 같다.

데빌라

1.

14세기 중세 이탈리아.

갓 태어난 자매를 환영하는 사람은 아무도 없었다. 부유한 가죽 염색업자인 야고보는 주저하면서 딸들을 데리고 성당으로 갔다.

세례명은 안젤라와 카타리나. 토마스 신부는 잠든 두 아이의 보드라운 이마에 십자가를 긋더니 흠칫 놀랐다.

"쌍둥이……로군요."

노신부는 탐탁지 않은 얼굴로 돌아섰다. 야고보는 고개를 끄덕일 뿐이었다. 여태 딸만 22명을 낳은 아내가 이번에는 쌍둥이

자매를 낳았다. 야고보는 입맛이 썼다.

야고보는 고아원에 들러 돈 몇 푼을 찔러 주며 안젤라를 버렸다. 감정이 있어서라기보다 둘 중 하나를 버렸다고 하는 것이 옳으리라. 데리고 돌아간 것은 카타리나뿐이었지만, 아이들이 차고 넘치는 집이라 어머니 몬나조차도 안젤라를 금세 잊어버렸다.

카타리나는 여섯 살이 되던 어느 날 새벽에 성자들로 둘러싸인 옥좌에 앉은 예수의 모습을 보았다. 소녀는 자신의 운명을 확신했다. 수녀가 되는 것이었다. 아버지는 다른 딸들처럼 시집이나 가기를 원했기 때문에 반대했다.

카타리나는 고집이 셌다. 아버지는 화가 나서 딸을 지하 창고에 가두었다. 그녀는 사방에 당장 먹을 수 있는 저장 음식이 가득한데도 손 하나 까딱하지 않고 단식하며 사흘을 기도하다가 실신했다.

카타리나를 풀어 준 것은 1년 후에 태어난 여동생 보나벤투라였다. 날 때부터 병약했던 소녀는 항상 보살핌을 받았고 자기 주장도 해 본 적이 없었기에 당당히 제 목소리를 내는 언니를 동경했다. 보나벤투라는 한밤중에 창고 문을 열고 실신해 있던 언니를 깨워, 젖 먹던 힘을 다해 부축해서는 뒷문까지 데리고 가서 말했다.

"언니가 원하는 곳까지 갈 수 있기를 바랄게."

"고마워."

그녀가 필요로 하는 곳은 멀지 않았다. 바로 집 뒤에 있는 유아 세례를 받은 성당이었다. 제대 앞에 무릎을 꿇고 앉아 기도를 드리던 토마스 신부는 출입문이 열리는 소리에 돌아보았다. 잿빛 머리카락과 눈동자를 가진 하늘하늘한 어린 소녀가 빛을 발하며 서 있었다. 이 밤중에 출현한 것은 천사인가, 악마인가. 그는 성호를 그으며 물었다.

"너는 누구냐?"

카타리나는 자기 이름을 말했다.

*

안젤라가 태어난 지 1년도 지나지 않아 시에나에 흑사병이 창궐했다. 열병에 시달리던 아이들이 하루에도 몇 명씩 죽어 나갔고, 화장터의 매캐한 연기가 감도는 가운데 지저분한 하층민들 거리에는 시체와 쥐 떼만 즐비했다. 안젤라가 처음으로 배운 것은 죽음이었다.

두 번째로 배운 것은 노동이었다. 앞가림을 하게 되자 하루에 17시간씩 일했다. 거리에 서서 꽃을 팔거나 음식점 바닥 청소를 하고 있을 때면, 너무나 작고 가냘픈 아이를 보지 못한 사람들이 치거나 밟기도 했다. 그제야 아이의 존재를 발견한 그들은 연민을 담은 표정으로 작은 빵을 주기도 했지만 정말 가난한 사람들은 머리나 볼을 쓰다듬어 주었다.

여섯 살이 되던 무렵, 안젤라도 흑사병에 걸렸다. 며칠이나 심하게 앓아누웠지만 전염될 것이 무서웠던 원생들이나 원장 그 누구도 아이를 손끝 하나 건드리지 않았다. 아예 구석에 놓고는 가끔 상태를 보며 시체 치울 생각이나 하고 있었다.

피나는 기침을 하며 죽나 보다 가슴 두근거리던 소녀는 숨이 막히는 것을 깨닫고 정신을 잃었다. 기절한 상태에서 눈앞이 환해지는 것을 느꼈다. 폭포수처럼 강렬한 흰빛이 자신을 온통 감쌌다. 그러다 온몸에 쑥 스며들었다.

소녀는 순간적으로 자기 몸에 흐르는 혈관과 세포 하나하나를 다 느낄 수 있었다. 자신은 굉장한 생명력을 지니고 있다는 걸 깨달은 안젤라는 쿨럭 기침을 했다. 그러자 천천히 열이 내렸다. 다음 날 아침이 되자 말짱하게 나았다.

병을 앓고 난 안젤라는 묘하게 여자 태가 났는데, 우연히 거리를 지나다가 소녀를 눈여겨본 사람이 있었다. 살베스트로 데 메디치는 권력자답지 않게 민중 편에 서서 신임과 존경을 한 몸에 받는 사내였다.

그에게는 비밀이 있었다. 바로 어린 소녀를 좋아하는 것이었다. 뚱뚱한 인형 같은 귀족 소녀는 싫었다. 들꽃처럼 생명력 넘치는 거리의 소녀들이 좋았다. 그들은 동전 몇 푼으로 손쉽게 얻을 수 있었다.

비밀이 들통날까 먼 곳으로 나온 살베스트로의 눈에 안젤라가 들어왔다. 마차 안에서 그녀를 지켜본 그는 감탄을 금치 못했다. 보라, 저 퇴비 속에 피어난 한 송이 장미를. 얼마나 아름다운가! 나부끼는 새빨간 곱슬머리는, 분홍빛 뺨은, 자그마한 얼굴은, 작지만 탄탄한 몸은, 섬세한 발목뼈와 더러운 맨발은…….

탄식한 그는 마차를 탄 채 미행했다. 어두워질 무렵, 고아원으로 들어가는 안젤라를 보며 작게 환호했다. 그날 밤 비밀스러운 거래가 이루어졌다. 소녀는 푹신한 마차 뒷좌석에 탄 채 반쯤 잠든 상태로 말발굽 소리를 들으며 자신이 꿈을 꾸고 있다고 착각했다.

2.

수도원에서 1년을 지낸 카타리나는 일곱 살에 정결 서원을 했다. 그 후 8년은 고행을 반복하는 시기였으나 본인에게는 그렇지 않았다. 오롯이 자신을 봉헌한 그녀는 암굴에 틀어박혀 탈진할 때까지 기도를 드리고, 안에 꾸민 십자가의 길 14처를 돌며 예수의 마지막 수난과 죽음을 기억하고 구원의 신비를 묵상하고는 했다.

그녀를 밖으로 끌어낸 것은 집에서 온 전갈이었다. 토마스 신부에게서 딸이 그곳에 있다는 소식을 들은 아버지는 보나벤투라가 이른 나이에 죽자 편지를 보냈다. 창고 탈출을 도와주었기에 둘을 특별한 사이라고 여긴 모양이었다.

카타리나는 장례식에 참석했다. 야고보는 그녀가 돌아가는 길을 막았다. 그는 막내가 된 카타리나도 다른 딸들처럼 부유한 남자에게 시집가기를 바랐다. 그녀는 또 단식 투쟁을 하며 의지를 결연히 했다.

열흘이나 굶고 기도를 드리자 이번에는 몬나가 나섰다. 딸이 수녀가 되기를 포기할 때까지 다락방에 가두고 하녀 일을 시켰다. 설상가상으로 카타리나가 신청했던 참회의 수녀회도 입단을 거부했다. 수녀회의 수녀들은 나이와 재산이 많은 여자들로 카타리나의 젊음과 미모를 질투했다.

사춘기를 맞은 카타리나가 심부름 때문에 거리를 돌아다니자 소년들이 추파를 던졌다. 몸은 여자 태가 물씬 났다. 이 몸이 사라져 버렸으면! 카타리나는 하루에도 몇 번이고 그런 생각을 했다.

어느 날 심부름을 마치고 돌아오던 카타리나는 골목에서 습격당해 축사에 끌려갔다. 온몸에 지푸라기와 돼지 분뇨를 뒤집어썼다. 치마를 들어 올리고 다리를 더듬는 손길을 느꼈다. 몸부림칠수록 건초 속으로 파묻힐 뿐이었고 목까지 졸렸다.

숨이 막힌 채 울고 있을 때였다. 밖에서 누가 부르는 소리가 들렸고, 위에 올라타고 있던 비쩍 마른 소년은 가요, 하고 몇 번 대꾸하더니 그녀의 하얀 배에 가래침을 찍 뱉고 갔다. 카타리나는 비틀비틀하며 축사에서 나왔다. 어떻게 집까지 돌아왔는지 알 수 없었다.

그 일은 카타리나의 몸과 마음에 상처와 분노를 남겼다. 이 몸은 욕정의 배설구일 뿐인가. 현실의 내가 그렇게 더럽고 미약하다면 이 몸을 버리고 누군가에게 의탁하고 싶다. 이 세상에서 가장 힘센 누군가에게. 그것은 신이었다.

깨달음을 얻은 새벽, 소녀는 길고 풍성한 갈색 머리를 싹둑 자르며 하느님 외의 다른 사람과 결혼하지 않을 것을 맹세했다. 신의 힘이 자신에게 거하기를 원하며 며칠씩 굶고 기도를 드리던 그녀의 몸은 약해져 천연두에 걸리고 말았다.

이는 전화위복이 되었는데, 수포와 농포로 덮인 피부에 병적으로 마른 카타리나를 확인하고 나서야 수녀회의 허가가 떨어졌던 것이다. 또한 딸이 죽기는 바라지 않았던 몬나까지 포기시킬 수 있었다.

다음 해 열여섯이 된 그녀는 참회의 수녀회에 입회했으며, 몸에서 벗어나기 위해 본격적으로 단식을 시작했다. 그녀는 빵과 생야채, 물만 아주 조금씩 먹고 마셨다. 배가 고파 이틀에 한 번 한 시간씩 잘 수 있었고 여러 번 탈혼 상태에 빠졌지만, 토마스 신부에게 읽고 쓰는 법을 배우며 고행을 계속해 나갔다.

5년간 고독의 시기를 마친 그녀는 스물한 살이 되던 해 예수와 약혼하였다.

*

살베스트로의 저택에 도착한 안젤라는 호화로운 건물에 눈을 비볐다. 그녀는 그날부터 그곳에서 살게 되었다. 하녀가 단장해 준 안젤라는 어둡고 신비한 분위기를 풍겼다. 이미 이곳에 살고 있던 열 명이 넘는 소녀들에게서는 볼 수 없는 것이었다. 다른 소녀들도 아름다웠으나 어린애답게 유치하거나 천박한 느낌이었다. 배우지 못해 무식하기도 했다.

안젤라는 달랐다. 마치 알기도 전에 이해하는 것처럼 모든 것에 초연했고 말수도 적었다. 살베스트로는 그녀를 총애했다. 발가벗은 채로 그의 품에 안긴 수많은 밤, 그녀는 그를 통해 부유한 자들의 세상살이에 대해 알게 되었다.

어느 날.

자신의 무릎을 베고 누운 안젤라의 빨강 고수머리를 부드럽게 어루만지던 살베스트로는 손길을 멈추었다. 딱딱한 것이 만져졌던 것이다. 구름 같은 머리칼을 헤집어 보자 솟은 부분이 있었다. 어디에 맞은 건가 싶어 물어보았으나 소녀는 고개를 저을 뿐이었다. 별일 아니라고 생각한 살베스트로는 머리를 다듬어 주고는 잊어버렸다.

그로부터 1년 후, 안젤라가 일곱 살이 되던 해였다.

새벽, 찢어지는 비명에 잠옷 바람으로 달려간 살베스트로는 하마터면 넘어질 뻔했다. 소녀의 헝클어진 머리칼 사이로 뾰족하고 거무스름한 뿔이 두 개 솟아 있었다. 두 손에는 뿔이 살을 찢고 나오면서 흐른 피가 잔뜩 묻어 있었다. 초록색으로 빛나는 두 눈은 고통과 환희로 번쩍거렸다.

악마를 방불케 하는 모양새에 달려온 하인들은 성호를 그으며 기도했다. 살베스트로 역시 오싹하기는 마찬가지였다. 그는 점점 안젤라를 멀리하게 되었고, 급기야는 저택에서 내쫓듯 누군가에게 보내 버렸다.

마차로 달려간 그녀는 우르비노에서 한 사내를 만나게 되었다. 그는 귀족 구이단토니오였다. 동맹을 맺으려고 교황 친척인 콜론나 가문의 여자와 결혼한 그는 독특한 여자들을 수집하는 취미가 있었다. 때문에 비밀 전갈을 받자마자 안젤라를 성으로 불러들였다.

구이단토니오는 더욱 남다른 미적 취향을 갖고 있었는데 이를 몰래 즐기는 것을 넘어 널리 인정받길 원했다. 그의 계획은 전국에서 수집한 여자들을 교육시켜서 특별한 클럽을 여는 것이었다. 그는 여러 전문가를 불러 그들을 훈련시켰다.

미의 첫째 조건은 청결이었다. 툭하면 흑사병이 창궐했으니 나중에 그들이 만나게 될 사람들을 생각하면 당연한 일이었다. 구이단토니오는 자신의 집 별채에 이들을 두고 '학교'라는 별칭으로 부르며 각기 방을 하나씩 주었다. 방마다 큰 욕조가 하나씩 있었는데 여기에 물을 받아서 아침마다 목욕을 하는 게 일과의 시작이었다.

향기롭고 따뜻한 물로 목욕을 마치면 재단사를 통해 제각기 맞춘 옷들 중 하나를 골라 입도록 했다. 저마다 몸에 맞춰 열 벌도 넘는 화려한 드레스가 준비되어 있었다. 옷을 고르는 게 두 번째 일과였다.

다음으로 구두를 고르고, 머리를 단장하고, 가방을 고르고, 가벼운 식사 예절도 배웠다. 몸가짐이나 태도, 인사하는 법, 대화하는 법에 대해서도 배웠다. 춤 선생님이 사교댄스의 기본에서부터 관능적인 댄스까지 여러 가지 춤도 알려 주었다.

춤을 잘 추는 이들, 특히 아찔한 춤을 잘 추는 이에게는 발가벗은 몸에 돋보일 반짝거리고 아주 작은 옷, 즉 장신구를 고를 기회가 주어졌다. 장신구에 달린 보석은 루비, 사파이어, 에메랄드 등으로 다양했다. 자신에게 어울리는 것을 골라 착용할 수 있었다.

음유 시인에게 배우는 것은 달콤한 사랑의 말을 읊조리는 법이었다. 예를 들어 이런 시.

> 그대는 나의 심장 속에 들어 있는데 작은 열쇠는 사라졌다오.
>
> 그곳에서 영원히 사는 수밖에.

음유 시인은 이 시를 읊으며 독일의 무명씨가 지은 시라고 했다. 여기에 애절하게 감상을 담아서 읊어야 했다. 그대는 누구든 될 수 있었고, 중요한 건 누구나 그 상대가 자신이라고 생각할 만큼의 절절한 감정 표현이었다.

이 모든 것들을 배우는 데 진심은 필요 없었다. 상대를 단숨에 파악하고 원하는 대로 행동하고 말하는 건 안젤라가 세상에서 가장 잘하는 일이었다. 타고난 외모는 꾸밀수록 더욱 빛났다.

교육이 끝나자 '학교'는 '숙소'가 되었다. 8년간 교육받은 안젤라는 열다섯이 되던 해에 오픈한 클럽에 진출하게 되었다. 군데군데 횃불이 켜지고, 피처럼 붉은 융단 벽과 바닥이 1마일도 넘게 나선형으로 뻗은 클럽의 이름은 아프로디지아. 사랑과 미의 여신인 아프로디테의 행위라는 뜻이었다.

검은 우단이 드리워진 열두 개의 응접실 가운데 안젤라의 방이 있었다. 구이단토니오는 신화에 나오는 반인반수의 그림과 조각상으로 가득한 응접실 한가운데 당당하게 서 있는 그녀를 보자마자 이렇게 외쳤다.

"데빌라!"

머리에 두 개의 뿔이 달린 그녀에게 더없이 잘 어울리는 예명이었다. 이렇게 안젤라, 아니 데빌라는 응접실의 안주인이 되었다. 흑사병 때문에 성행위를 엄격히 금지하는 사회 분위기 속에서도, 귀족과 부자로 이루어진 소수 회원제로 운영되는 클럽 아프로디지아는 3년 만에 우르비노의 명물이 되었다.

3.

아버지가 돌아가시고 혁명으로 인해 가족들이 시에나에서 추방되었다는 소식을 듣고서도 카타리나는 개의치 않았다. 어떻게 하면 하느님에 대해서 더 알고 가까워질 수 있을까에 몰두했다. 토마스 신부와 열띤 토론을 벌이는가 하면, 신부를 통해 소개받은 가파리니 신부에게 신학과 성서에 대한 강의도 들었다. 새로운 신부님들을 많이 알게 되었으며, 프란치스코 수도회 관구장과 아우구스티노 수사들, 다른 수녀회 수녀들과도 교류를 시작했다.

타오른 그녀의 열정은 꺼질 줄 몰랐다. 밤낮으로 사람들에게 편지를 썼다. 신과 믿음에 대해, 그리고 세상에 대해. 글을 배운지 몇 년 되지 않았고, 정식 교육을 받지도 못한 그녀였지만 열정이 보상해 주고도 남았다.

전국 각지의 사람들이 그녀의 명성을 듣고 편지를 보내오거나 방문하기도 했다. 그들은 하류층, 상류층, 귀족, 예술가, 정치가에 이르기까지 실로 다양했다. 그녀는 누구의 방문도 거절하지 않고 모든 사람들과 대화를 나누었다.

대화를 하면 자신도 몰랐던 마음속 깨달음을 끌어낼 수 있었다. 그리고 즐거웠다. 자신을 존중하고 인정하는 사람들과 지치는 줄도 모르고 몇 시간씩 이야기를 했다. 미처 다하지 못한 말은 글로 남겼다.

2년 후.

카타리나는 하느님의 뜻을 완전히 받들기 위한 의식으로서의 미사를 보게 되었다. 그녀는 생살을 뜯어 먹고 피를 빨아 마시는 자신에게 햇살처럼 인자한 미소를 던져 주는 예수의 모습을 황홀하게 바라보았다. 환시가 알려지자 카타리나를 보고자 하는 신도들의 방문이 끊이지 않게 되었다. 그녀는 거절하지 않고 모두 만나 하느님의 복음을 전파했다. 그것이 사명이자 기쁨이었다.

그러던 어느 날.

흉측한 소문이 퍼졌다. 시에나의 성녀 카타리나가 밤이 되면 탈혼하여 우르비노로 날아가 음탕한 요부가 된다는 것이었다. 말도 안 되는 소리였으나 소문이란 것은 언제나 진실 여부보다는 그런 소문이 났다는 자체에서 근거를 갖게 마련이었다.

명예는 물론 순결에 치명타를 입은 카타리나는 암자에 틀어박혀 사순절부터 예수 승천일까지 55일간을 빛도 보지 않고 기도를 드리며 절식했다. 그녀의 명성은 되살아났고, 소문은 자신이 왔던 허공으로 도로 흩어져 버렸다.

절식 후유증 때문인지 그 뒤로 제대로 먹지 못했고 억지로 조금이라도 먹으면 소화하지 못하고 전부 토했다. 하루에 한 번은 음식을 섭취하라는 고해 신부의 말에 따르려고 노력했지만, 아무것도 먹지 않는 게 나았다.

음식을 먹으면 온몸이 두들겨 맞은 것처럼 아프고 퉁퉁 부었기 때문에 그녀는 한 스푼의 허브와 물로 버텼다. 유일한 자양분은 미사 시간에 먹는 작디작은 성체 빵뿐이었는데도, 그녀는 왕성하게 활동을 했다.

*

아프로디지아는 일하는 하인을 모두 소경으로 뽑았을 정도로 보안이 치밀했다. 경비 역시 삼엄했다. 그래도 어디선가 이곳을 알고 찾아와 돌을 던지거나 여자를 납치하려거나 불을 놓고 달아나는 치들이 있었기에 구이단토니오는 관리하는 데 있어 신중을 기했다.

대리석 사슴 두 마리가 좌우에 앉아 있는 옥좌에서 구름같이 풍성한 빨강 고수머리로 뿔을 가리고 있던 데빌라는, 손님들이 간청해야 내려와 머리를 걷고 두 개의 거무스름하고 안쪽으로 휘어진 뿔을 보여 주었다.

뿔을 본 손님은 만져 보거나 핥아 보기도 하고, 심한 축은 자기 배나 허벅지를 찌르거나 은밀한 곳에 넣어 달라고 애원하기도 했다. 평소 다른 사람들 위에서 군림하던 남자들이 이곳에 오면 복종했다. 그녀의 지배를 받고 싶어 했다.

그렇게 전희가 끝나면 대개 교접이 이루어졌지만 간혹 불능인 자도 있었다. 그럴 때면 그녀는 아찔한 춤을 한바탕 선보이고 최음 효과가 있는 허브를 탄 술을 대접해서 넋이 나가게 만들었다. 데빌라는 숭배의 대상이었다. 무서울 정도로 아름다운 그녀의 인기는 클럽 내에서 최고였다.

어느 날.

방문한 귀족 청년이 데빌라의 얼굴을 뚫어져라 보더니 놀란 표정을 지었다. 자신의 얼굴을 그런 식으로 바라보는 남자들의 시선에 익숙한 그녀에게 청년은 외쳤다.

"당신의 아름다움은 정말…… 성스럽군요! 마치 성녀 카타리나 같아요. 정말 닮았어!"

청년은 자기 입을 막았다. 창녀와 성녀가 같은 얼굴이라니. 그의 발견은 성녀에 대한 추문으로 이어졌지만, 워낙 믿기지 않는 이야기라 결국 사라지고 말았다. 다른 손님들도 추문에 잠깐 관심을 갖기는 했으나 비쩍 마른 성녀와 풍만하고 아름다운 창녀는 누가 봐도 다른 사람이었다. 성녀는 수도원에 틀어박혀 봉사할 때나 나왔고 우르비노까지 온 적도 없었다.

한편 세상사에 관심이라고는 없던 데빌라에게 호기심이 생겼다. 성녀 카타리나에 대한 것이었다. 그녀는 손님들에게 카타리나에 대해 물어보았다. 카타리나를 본 사람들은 없었으나 소문을 들어 잘 알고 있었다. 기적에 대한 일화를 들려주기도 했다.

일하는 소경 중 하나에게 묻자 소경은 눈물을 흘리며 언젠가 시간이 날 때 꼭 성녀를 방문하고 싶다고 했다. 옷자락이라도 만지면 눈을 뜰 수 있을 거라고 장담하면서. 성녀는 자체가 하나의 종교였다.

무엇이든 받아들이고 이해하는 데빌라도 이번에는 이해하기가 힘들었다. 아무것도 안 먹고 기도만 드리며 영적 힘으로 살아간다고? 그건 죽을 날을 기다리는 게 아닌가? 사람은 먹기 위해 살고 또 살기 위해서는 먹어야 한다. 다른 생명을 취하면서 자신의 생명을 연장해 간다. 생명체들은 그렇게 이어져 세상을 이루는 것이었다.

데빌라가 보기에 카타리나는 신(神)이 아닌 무(無)를 믿고 있는 것 같았다. 세상과의 합일이 아닌 세상에서 사라지는 게 목표인 사람이 이해가 되지 않아 처음으로 누군가를 만나고 싶어졌다. 만나서 물어보고 싶었기 때문이었다.

그러던 차에 데빌라는 카타리나가 피렌체에 방문한다는 소식을 들었다. 그녀는 구이단토니오에게 간청했다. 데빌라가 뭔가를 요구하는 것은 처음이었으나 구이단토니오는 단칼에 거절했다. 눈에 띄는 그녀의 외모를 걸고넘어지며, 클럽에 예약한 손님들과 단골들은 어떻게 하냐는 것이었다.

몇 번 더 애원해 보아도 그는 반대할 뿐이었다. 급기야는 따귀를 때리며 너를 교육시키는 데 들어간 돈이 얼마인 줄 아냐고 그걸 다 갚기 전에는 여기서 한 발도 못 나간다고 하며 응접실에 가두더니 문을 잠가 버렸다.

충격을 받은 데빌라는 자신의 처지를 알게 되었다. 자신은 구이단토니오의 노예이자 남자들의 신기한 장난감일 뿐이었다. 데빌라는 처음으로 탈출을 원했다. 세상에 관심도 없고 자유롭다고 여겼기에 틀어박혀 있던 이곳이 감방처럼 느껴졌다.

분노해서 벽을 두드리는데 목소리가 들렸다.

"누구야?"

데빌라는 주먹질을 멈추고 대답했다.

"안젤라야. 사람들은 데빌라라고 부르지만."

벽 너머에서 가볍게 웃는 소리가 들렸다.

"나는 아트라라고 불러."

데빌라가 아트라, 하고 따라 하자 아트라가 말했다.

"너에게는 뭐가 있어? 나한테는 날개가 있어, 재처럼 검은 날개. 그래서 아트라야."

데빌라는 잠시 말문이 막혔다. 날개가 있는 사람. 본 적은 없지만 놀라지는 않았다. 새에게도 나비에게도 날개가 있는데 사람이라고 없으란 법 있나? 순간적으로 납득한 그녀는 대답했다.

"내게는 거무스름한 뿔이 있어."

"그런데 왜 갑자기 벽을 두드린 거니?"

잊고 있었던 분노와 열망이 되살아났다. 그녀는 상황을 설명했고 이야기가 끝나자 아트라가 말했다.

"나라도 만나고 싶겠다. 왜 쌍둥이들은 재수 없다고 한 명을 버린다잖아. 혹시 너와 카타리나가 쌍둥이는 아닐까?"

쌍둥이인데 한 명은 성녀, 한 명은 창녀. 기가 막힌 운명이었다. 데빌라가 조용히 생각에 잠기자 아트라가 말을 이었다.

"구이단토니오 그 작자는 제 손으로는 우리를 풀어 주지 않을 거야. 그래서 난 날개를 쓰는 연습을 하고 있어. 어떻게 하면 이걸 이용해서 나갈 수 있을지 말이야. 아, 이런…… 가 봐야 돼!"

아트라의 목소리가 사라졌다. 데빌라는 벽에 기대 아트라의 말을 곱씹어 보았다. 날개 쓰는 연습이라. 날개는 날아가기 위한 것이다. 그렇다면 뿔은? 뿔을 가진 동물들은 그걸로 뭘 하던가? 그녀는 대리석으로 만든 사슴뿔을 어루만져 보았다. 뿔로 자신의 건강과 아름다움을 뽐내고, 싸우거나 방어를 한다.

데빌라는 자신의 뿔을 만졌다. 벨벳 같은 털로 덮인 뿔은 탄탄하고 따뜻했다. 안에 흐르는 피가 맥동하며 혈관이 하나하나 느껴졌다. 감각을 집중하자 희미한 녹색 빛이 나더니 부드러워졌고, 잎맥처럼 여러 갈래로 나뉘진 채 한들한들 흔들렸다. 그 상태로 조금씩 늘리거나 줄일 수 있었다.

때마침 그녀를 단장해 주기 위해 소경이 들렀다. 데빌라는 소경의 얼굴과 몸 여기저기를 뿔로 간질여 보았다. 소경은 발작적으로 웃으며 무슨 말이든 들어줄 테니 제발 관두라고 했다. 데빌라는 뿔로 간질이던 것을 멈추고 나가게 해 달라고 했다.

부자들이 옥좌에 뿌렸던 금화를 치맛자락에 쓸어 담은 채 아프로디지아에서 탈출한 그녀는, 카타리나가 도착하기 하루 전 마차를 타고 피렌체에 도착했다. 그녀는 여관을 잡고 성녀의 출현을 기다렸다.

4.

시에나에서 한 발짝도 나간 적이 없었던 카타리나는 스물일곱에 처음으로 피렌체로 가게 되었다. 여행이라고 할 수는 없는 것이, 또다시 창궐한 흑사병에 걸린 사람들을 돕기 위한 것이었기 때문이었다. 그녀가 도착하자 고열에 시달리며 피를 토하던 환자들이 말을 걸거나 손을 잡아 주는 것만으로 병세에 차도를 보이는 사례가 늘어 갔다.

그에 비례해 성녀의 이름은 점점 높아져 갔다. 카타리나 역시 달콤한 명예를 마음껏 즐기면서 자신의 일에 최선을 다했다. 몸도 제대로 돌보지 않을 정도였다. 어차피 육신은 그녀에게 중요한 것은 아니었기 때문이었다. 중요한 것은 오직 정신, 사람들이 고귀하게 여기는 자신의 정신뿐이었다.

깊은 밤.

누군가 카타리나의 숙소 창문을 두드렸다. 대답하자 밖에서 여자의 목소리가 들렸다.

“성녀님을 만나고 싶어서 우르비노에서 왔습니다. 얼굴을 뵐 수 있을까요?”

성녀는 당황했다. 시간이 늦었기도 하고 종일 환자들과 있었기에 혹여 병을 옮기면 어쩌나 걱정도 되었다. 목소리는 젊고 건강했고 이 시간에 멀쩡히 돌아다니는 걸 보면 환자도 아닌 것 같았다. 하지만 흑사병이 어떻게 전염되는지는 알지 못했다. 카타리나가 말했다.

“내일 아침에 오십시오.”

창문 밖에서는 대답이 없었다. 여자는 아침에 오지 않았다. 카타리나는 잠시 여자를 기다리다가 환자들을 돌보러 갔다.

다음 날 밤에도 여자는 찾아와 같은 말을 했다. 카타리나는 거절하고 아침에 오라고 했지만 여자는 그럴 수 없다고 했다. 여자는 또 찾아왔다. 다음 날도, 또 그다음 날 밤도. 다섯 번째 되던 날 여자는 이렇게 말했다.

“그럼 손이라도 한번 내밀어 주시지 않겠어요?”

카타리나는 방 안에 있던 맑은 물로 여러 번 헹군 손을 창문 너머로 내밀었다. 잠시 후, 손을 잡는 감촉이 느껴졌다. 작고 부드러운 손이었으나 차가웠다. 섬뜩한 기분에 손을 놓은 성녀는 창문을 열었다.

마주친 것은 10cm도 넘는 거무스름한 뿔이었다. 놀란 성녀는 뒤로 넘어질 뻔했다. 여자가 고개를 들자 초록으로 반짝이는 눈동자와 타오르는 듯 빨간 머리가 구름처럼 넘실거리는 것이 보였다.

강렬한 녹색과 빨강의 대비에 거무스름한 뿔. 악마다! 카타리나는 뒷걸음질 쳐 방의 촛불 옆에 놓여 있던 십자가를 들고는 외쳤다.

"물러가거라, 이 악마야!"

"저는……."

"물러가라고 했다!"

악마의 얼굴에 체념의 빛이 떠올랐다. 정말 인간 같았다. 피로가 극에 달하니 악마의 시련이 닥치는 건가. 성녀는 가슴이 두근거리면서도 기뻤다. 예수와 같은 고난을 겪을 수 있는 자격이 자신에게 주어졌다고 여긴 것이다.

한편으로는 마음이 편하지 않기도 했다. 악마라는 건 저렇게 친숙한 얼굴로 나타나기도 하는가? 묘하게도 익숙한 얼굴이었다. 또 보면 어디서 봤는지 알 수 있으려나……. 카타리나는 악마를 보고 싶어 하는 것을 깨닫고 자기 뺨을 세차게 때렸다. 이렇게 미혹에 빠지는 것이로구나!

카타리나는 로사리오를 꺼내 들고 한 알씩 돌리며 기도에 집중하려고 애썼다. 밤이 새도록.

*

데빌라는 먼발치에서 카타리나를 지켜보았다. 빈민굴 임시 수용소의 침대에 누워 있던 흑사병 환자들은 카타리나가 손을 잡기만 해도 큰 소리로 열이 내렸다, 병이 다 나았다 환희에 찬 고함을 질러 댔다.

데빌라가 보기에 그들은 누구든 사람의 손길만 닿아도 감격할 지경으로 버림받았다. 아마 자신이 가도 행복해하지 않을까? 아닐까? 뿔이 있어서? 저들마저도 나를 괴물로 여기려나.

지저분한 사람들 사이를 하얀 옷을 입고 돌아다니는 성녀는 단연 돋보였다. 이목구비는 볼 수 없었지만 굉장히 수척한 몸이라는 건 알 수 있었다. 언제 쓰러져도 이상하지 않을 몸인데도 환자들의 숭배를 받을수록 더욱 환한 미소를 지어 보이면서 힘을 내는 것 같았다.

데빌라는 카타리나를 찾아갔다. 다른 사람들의 눈에 띄지 않게 한밤중에 갔다. 성녀는 깨어 있었지만 창문을 열어 주지 않았다. 다섯 번이나 찾아갔지만 마찬가지였다. 데빌라는 체념하며 손이라도 한번 잡아 달라고 했다. 성녀가 희고 마른 손을 내밀자 데빌라는 그 손을 잡고 마음속으로 말을 걸었다. 인사와 그리움을 담아.

그러고 있자니 뿔에서 느낌이 왔다. 뿔이 쑤욱 하고 커 버리는 느낌이었다. 카타리나가 짧은 비명을 지르면서 손을 뿌리치더니 창문 밖으로 고개를 내밀었다. 그러더니 데빌라의 뿔을 보고는 안으로 들어갔다.

데빌라는 고개를 들이밀고 방 안을 보았다. 십자가를 내밀며 외치는 카타리나가 보였다. 손을 뻗으면 닿을 수 있을까. 뿔을 내밀면 닿을 수 있을까. 조금 멀었지만 낮보다는 훨씬 가까웠다.

카타리나의 얼굴은 자신과 닮았다. 머리칼을 없애고 눈동자를 잿빛으로 물들이고 얼굴에서 핏기와 살을 빼내면 카타리나의 얼굴이 될 것 같았다. 누가 언니일까, 혹은 동생일까. 그녀는 그리운 시선으로 카타리나를 보았다. 자신에 대해 이야기할까도 생각해 보았지만 카타리나는 이렇게 외치고 있었다.

"물러가거라, 이 악마야!"

카타리나는 데빌라와 이야기할 생각이 전혀 없어 보였다. 데빌라는 포기하고 물러났다. 소원대로 만나기는 했지만 대화는커녕 악마 취급만 당할 뿐이었다. 데빌라는 실망감과 함께 허무함을 느꼈다. 만나면 뭐가 있을 거라고 기대한 것일까.

데빌라는 이리저리 배회했으나 곧 날이 밝아 왔고, 자신을 품어 줄 곳은 아프로디지아밖에 없다는 것을 사람들의 비명 소리로 깨닫고 마차에 올랐다.

5.

그 뒤 카타리나는 여러 곳을 돌며 권력가와 상류층 인사들을 만나 십자군 원정을 추진했다. 학자들에게도 서한을 보냈다. 피사에 갔을 때는 신자들이 우러러보는 미사 도중에 십자가에 못 박힌 예수상 앞에서 기도를 드렸다.

그때 예수의 상처 부위에서 다섯 줄기의 피가 흘러나왔다. 그 피는 빛나는 금으로 바뀌어 그녀에게 닿으려 했다. 그녀는 황홀경에 빠졌고, 그 뒤로는 상처를 입은 것처럼 몸이 한층 쇠약해졌지만 명성은 더욱 높아져 갔다.

기적에 힘입어 카타리나는 그해 내내 피사에 머물면서 성지 회복을 위한 십자군 설교에 온 힘을 다했다. 그 후로도 각지를 돌아다니며 여러 환시를 보고 복음을 설파했다. 스물아홉이 되던 해에는 교황 그레고리오 11세를 알현하고 귀환을 설득했다.

교황의 로마 귀환은 이미 이전 교황 우르바노 5세 때부터 골치를 앓아 온 일이었다. 그 이전의 교황 클레멘스 5세는 세력 갈등에 휘말려 교황청을 로마에서 프랑스 남부 아비뇽시로 옮겼다. 일단 교황청이 프랑스 국왕에게로 넘어가 버린 이상 교회의 올바른 통치는 불가능하게 되었다. 교황이 로마에서 사라지자 이탈리아 내부의 정치적 긴장은 더욱 높아졌다.

때문에 그레고리오 11세의 과제는 교황청을 로마로 옮기는 것이었지만 이는 쉽지 않았다. 스웨덴의 성녀 비르지니는 물론 카타리나까지 아는 모든 귀족과 부자와 정치인을 동원해서 교황을 돕고 나섰다.

결국 그레고리오 11세는 로마 귀환에 성공했지만 이듬해 서거했다. 새로운 교황을 세우기 위한 선거가 열렸다. 로마인들의 바람대로 이번에는 나폴리 출신의 대주교가 우르바노 6세로 선출되었다.

하지만 우르바노 6세는 아직도 대부분을 차지하는 프랑스 출신의 추기경단과 대립했다. 이 추기경들은 우르바노 6세 교황 선출이 무효라고 주장하며 자신들이 선출한 클레멘스 7세를 대립 교황으로 내세웠다. 둘 간의 분열과 불화가 심해지자 카타리나는 다시 우르바노 6세를 지지하고 나섰다.

하지만 클레멘스 7세가 프랑스 아비뇽으로 돌아가 새로운 교황청을 세우는 등 대립은 더욱 전투적으로 변해만 갔다. 이미 교황의 로마 귀환으로 크게 힘을 쓴 바 있는 카타리나는 완전히 지쳐 버렸다.

더 이상 카타리나가 좌지우지할 수 있는 영역이 아니었다. 카타리나는 교회 정치에 환멸을 느꼈다. 그래, 말 그대로 정치였다. 믿음의 영역이 아니라 속물적인 힘과 힘의 대결. 신이 아닌 인간을 위한 일이었다. 자신이 나서서 영향력을 보이려고 했던 것 역시 정치에, 힘의 과시에 지나지 않았나 싶어 카타리나는 모두 관두었다.

서른두 살이 되어 고향으로 돌아온 카타리나는 수도원에 틀어박혔다. 전처럼 탈진하도록 기도를 드리거나 묵상도 하지 않고 말 그대로 스스로를 고립시켰다. 더 이상 사람들을 만나고 싶지 않았다. 그들에게서 어떤 것도 보고 싶지 않았다. 자신을 성녀라고 추켜세우면서 힘을 실어 주는 그들의 기대에 찬 눈망울과 마주하고 싶지 않았다.

그러는 사이 자신의 몸에서 점점 힘이 빠져나가는 것을 느꼈다. 카타리나는 그것이 하느님의 비호 아래 원하는 만큼 남자들도 감히 어떻게 할 수 없는 권력을 가져 보았기 때문인가, 아니면 오랫동안 먹지 않아도 버텨 주던 몸이 이제 더 이상은 무리라는 신호를 보내는 것인가 생각해 보았다.

답은 알 수 없었다. 카타리나는 이제 편지도 쓰지 않고 방에 틀어박혀 자신에 대한 것들을 써 내려갔다. 물론 후세에 남길 것을 대비해서였다.

*

데빌라는 아프로디지아에 오기는 했지만 들어가고 싶지는 않았다. 감옥으로 다시 들어갈 죄수가 또 있을까. 망설이고 있던 차에 눈에 띄지 않는 검은 마차에 탄 구이단토니오가 도착했다.

데빌라를 본 구이단토니오가 말했다.

"갈 곳이 없었나 보군. 어쩌지? 이제 데빌라 네 자리는 없다."

"……그렇군요."

서운할 건 없었다. 구이단토니오는 애원할 것을 기대했는지 표정이 바뀌었다.

"어디로 가려는 거지?"

"모르겠어요."

"그렇겠지. 단, 네 부채는 아직 남아 있어. 무슨 일이든 해서 갚도록 해. 그 꼴로 하녀 일이라도 할 수 있을지 모르겠다만, 이제 내 알 바는 아니지."

데빌라는 한숨을 쉬었다. 이제 데빌라도 끝인가. 나는…… 악마가 아니다. 성녀도 아니지만. 나는 누굴까? 안젤라. 엔젤. 천사. 뿔이 달린 천사도 있나? 나한테는 왜 뿔이 있을까?

돌아서는 데빌라의 귀에 구이단토니오가 중얼거리는 소리가 들려왔다.

"추악한 괴물 같으니라고. 아무도 너를 좋아하지 않을 걸? 비명이나 지르지 않으면 천만다행이지. 나나 되니까 너를 거두어 준……."

그녀의 뿔에서 희미하게 녹색 빛이 났다.

'나는 악마도 괴물도 아니야!'

그녀의 뿔이 여러 갈래로 나뉘며 꼿꼿하게 섰다. 그녀는 화가 나는 가운데서도 뿔을 부드럽게도 단단하게도 할 수 있다는 것을 처음으로 깨닫고 놀라면서 감탄했다. 그녀가 외쳤다.

"나를 잘도 이용해 먹었지!"

무시무시한 모양새로 한발 한발 다가오는 안젤라를 보며 뒷걸음질 치던 구이단토니오가 외쳤다.

"괴물이다!"

"나는 괴물이 아니야!"

창처럼 단단한 뿔이 그의 이마에서 뒤통수까지 단번에 꿰뚫었다.

주르륵 흘러내린 뇌수와 피가 발끝을 적실 즈음에야 정신이 든 안젤라는 닫혀 있는 아프로디지아의 철문을 보고는 쓰러져 있는 구이단토니오의 허리춤에서 열쇠 자루를 꺼냈다. 열쇠는 열세 개였다. 입구와 모든 응접실들의 열쇠. 그것들을 보고 있자니 어릴 적 '학교'에서 교육받던 시절 음유 시인이 알려 준 시가 떠올랐다.

그대는 나의 심장 속에 들어 있는데 작은 열쇠는 사라졌다오.

그곳에서 영원히 사는 수밖에.

"그대의 머리는 내가 꿰뚫어 버렸는데 열쇠 뭉치는 여기 있다오. 이곳에서 영원히 풀려날 수 있게."

시를 비틀어 읊은 안젤라는 씁쓸하게 웃었다. 아트라가 떠올랐다. 그녀를 보고 싶었다. 안젤라는 문의 구멍에 열쇠를 넣고 돌렸다. 들어가자 소경들이 그녀를 맞이했다. 그녀는 소경들에게 열쇠를 나눠 주며 모든 방들의 문을 연 다음 가고 싶은 곳으로 가라 했다. 손님이 올 때만 열리던 문들이 열렸다. 여자들이 하나둘 밖으로 나왔다.

머리칼과 눈동자와 피부색이 수시로 변하는 여자, 고드름처럼 투명한 여자, 물고기 꼬리를 푸득거리며 기어 나오는 여자, 다리와 팔 한쪽이 없는 여자, 몸집이 어마어마하게 큰 여자, 요정처럼 작은 여자, 반신이 뱀인 여자…… 죽은 구이단토니오의 수집품들.

안젤라는 아트라가 나오길 기다렸다. 뭔가가 푸드득 하고 안쪽에서 나오더니 안젤라의 팔을 휙 하고 낚아챘다. 그녀는 놀라기도 전에 아트라의 등에 올라타 하늘로 날아오르고 있었다. 백금 빛 머리를 한 아트라의 날개는 검고 부드럽고 힘찼다. 아트라가 외쳤다.

"시에나로?"

안젤라도 외쳤다.

"시에나로!"

시에나에 도착한 그들은 인적이 드문 숲에서 기다리다가 카타리나를 방문하기로 했다. 카타리나는 대외 활동으로 바쁜 시기였다. 그들은 숲에서 지내는 시간이 길어졌다. 아트라는 새들에게서 날아다니는 법을 배웠고, 안젤라는 사슴들을 쫓아다니며 뿔을 어떻게 쓰는지 배웠다. 종일 돌아다니고 밤이 되면 깊은 잠을 잤다. 어디에도 누구에게도 결박되지 않은 자유로운 상태였다.

그들은 짐승들처럼 숲과 융화되어서 살아갔다. 숲 자체가 되었다.

6.

카타리나는 낡은 나무 책상에 앉아 힘없이 펜을 놀리고 있었다. 살날이 얼마 남지 않았다 싶어 병자 성사도 미리 받아 두었다. 아직 죽을 수는 없었다. 그녀에게는 마지막 과제가 남아 있었다.

창문을 똑똑 두드리는 소리가 들렸다. 수도원 안은 수녀와 허락받은 성직자들만 드나들 수 있었기에 카타리나는 의심 없이 창문을 열었다가 혼비백산하여 넘어졌다. 뿔 달린 여자가 서 있었다.

악마였다! 생의 최후를 남겨 두고서 악마라니. 목소리가 들렸다.

"당신이 성녀인가요?"

아트라는 안젤라와 함께 고개를 내밀고는 물었다. 백금색 머리카락과 하얗고 장밋빛을 띤 피부는 천사 같았지만 등 뒤에 시커먼 날개가 달려 있었다. 이제 악마가 둘이구나. 아트라의 질문이 카타리나에게는 이렇게 들렸다.

'당신은 성녀인가요?'

그렇게 들린 탓은 얼마 전부터 그런 생각이 들었기 때문이었다. 생명이 꺼져 가는 지금 그녀는 버림받은 기분이 들었다. 교리에 따르면 죽고 난 다음에는 천국으로 갈 것이고, 성녀인 자신은 연옥 같은 곳에서 시간을 낭비할 필요가 없다.

하지만 정말 그런가? 나는 선한가? 선하다는 것은 무엇인가? 정신의 아름다움인가?

사랑과 자비를 실천해 왔다. 정신으로 이 모든 것을 할 수 있다고 믿었다. 평생 믿어 왔다. 하지만 그렇게도 버리려고 했던 몸이 자신을 떠나려고 하자 그것의 의미를 깨달았다. 몸이 사라진다는 것은 곧 죽음이라는 것을.

죽었는데 영혼도 없고 무(無)이면, 아무것도 없으면 어쩌나? 카타리나는 두려웠다. 자신이 평생 무를 지향하며 숭배해 왔다는 건 인정할 수 없었다. 때문에 그런 걱정을 하는 자신이 성녀가 맞나, 하고 스스로를 질책하고는 했다.

방으로 들어온 아트라와 안젤라는 성녀의 방을 둘러보았다. 안젤라는 물병 옆에 놓여 있는 자그마한 유리병 안에 든 허브 잎들을 보며 놀라워했다.

"아프로디지아에서 쓰던 건데! 환각을 일으키는 것도 있고, 진정시켜 주는 것도 있네."

카타리나가 물었다.

"당신들은 누구십니까?"

아트라와 안젤라는 서로를 보며 빙긋 웃더니 각자 이름을 말했다. 새까만 날개를 단 여자와 거무스름한 뿔이 난 여자. 스스로가 악마인지도 모르는 악마들. 결국 나는 악마들에게 지는 건가. 성녀가 아니었구나. 평생을 추구했지만 아닌 거구나.

아득한 절망감에 빠져 있는 카타리나에게 안젤라가 말했다.

"언니, 아니면 카타리나. 우리는 쌍둥이일 거예요."

그제야 카타리나는 안젤라의 얼굴을 자세히 보았다. 머리카락도 눈동자도 색깔이 다르지만 이목구비는 거의 같았다. 어떻게 이런 일이 있을 수가 있을까. 이 존재는 대체. 안젤라, 어쩌면 그녀는 천사인가. 나를 데려가 줄 천사일지도.

천사가 어떤 얼굴인지 누가 알겠는가. 하느님이 어떤 방식으로 일하시는지 도대체 누가 알겠는가. 카타리나는 고개를 주억거렸다. 안젤라가 말했다.

"왜 그렇게 슬픈 얼굴을 하고 있죠?"

카타리나는 한참 뒤 입을 열었다.

"나는 며칠 뒤에 죽을 거예요. 생명이 얼마 남지 않은 게 느껴지니까. 죽는 게 두려운 건 아니에요. 혹시 죽고 나면 모든 것이 무……."

카타리나는 얼른 말을 이었다.

"무, 무아지경 속에 끝나더라도 그건 어쩔 수 없죠."

카타리나는 안젤라를 보았다. 친숙한 얼굴이었기에 말할 용기가 났다. 이 얼굴은 생명력이 넘쳐 보였다. 마치 자신이 추구하던 내면의 아름다움이 밖으로 드러난 것만 같았다.

"정말 무서운 건 말이죠, 죽기 전에 성 프란체스코처럼……."

카타리나는 말을 하다 말고 멈췄다. 신심이 깊은 이에게 저절로 발현되는 것을 두고 의심하면 안 된다. 카타리나는 안젤라를 보았다. 이 천사는 주님의 뜻을 받들어 자신을 도우러 온 것인지도 모른다. 카타리나가 외쳤다.

"스티그마타가 안 나타나는 거죠! 사람들이 의심할 거예요. 내가 실은 성녀가 아니었구나, 하면서 말이죠."

카타리나는 말을 이었다.

"알아요, 성녀라는 건 내가 스스로를 부르는 게 아니라 남들이 부르는 거라는 걸요. 그렇지만 나는 성녀로 남고 싶어요. 죽어서도 존중받고 싶어요."

아트라와 안젤라는 고개를 끄덕이다가 동시에 물었다.

"성흔이 뭐죠?"

카타리나는 양손과 발, 옆구리를 가리키며 설명해 주었다. 예수가 십자가에 못 박히며 창에 찔린 흔적을 오상 혹은 성스러운 상처라고 부른다고. 설명을 들은 안젤라가 말했다.

"그거라면 내가 할 수 있어요."

카타리나는 놀란 표정을 지었다. 안젤라는 눈을 감고는 자신의 힘과 신경을 뿔에 집중했다. 희미한 녹색 빛이 나자 뿔이 여러 갈래로 갈라져 한들한들 흔들리기 시작했다. 안젤라가 물었다.

"성흔을 받을 준비가 되었나요?"

카타리나는 결심한 듯 오른쪽 무릎을 꿇고 왼쪽 무릎은 세운 채로 양팔을 벌렸다.

"부탁합니다."

뿔을 부드럽게 만들었다가 단단하게 만들었다가 하는 연습을 하면서, 어느 정도면 살을 단숨에 꿰뚫으며 못과 창에 찔린 상처처럼 만들 수 있을까 가늠해 보던 안젤라가 말했다.

"자, 그럼 이제."

카타리나는 잿빛 눈동자를 크게 떴다. 안젤라의 갈라진 뿔 중 하나가 은은한 녹색으로 빛나며 가느다란 창처럼 뻗어져 나와 자신의 손바닥을 푸욱 찌르며 뚫는 것이 보였다. 순식간에 일어난 일이었다. 고통은 뒤이어 한꺼번에 몰려왔다. 카타리나는 왼손에 뿔이 꽂힌 채로 으으으윽, 하면서 다른 손으로 입을 틀어막았다.

눈을 감은 채로도 보이는지 안젤라가 말했다.

"손을 떼세요. 이번에는 그 손이에요."

카타리나가 고통을 참으며 손을 내리자 녹색으로 빛나는 창이 카타리나의 오른손을 손바닥부터 손등까지 한 번에 꿰뚫었다. 카타리나는 초인적인 인내심을 발휘하며 고통을 참았다. 참는 건 평생 해 온 일이었지만 몸이 약해진 탓에 마지막 힘까지 쥐어

짜야 했다.

이어 뿔이 양쪽 발등을 차례로 관통했다. 바닥에 피 웅덩이를 만드는 지경이 되고서도 카타리나는 숨이 붙어 있었다. 아트라는 자매를 안타까운 시선으로 바라보았지만 말을 하거나 끼어들지 못했다. 지금 자매는 서로가 원하는 것을 주고받고 있었다.

남은 것은 옆구리였다. 이것을 마지막으로 카타리나의 목숨은 끊어지게 될 것이었다. 이만하면 되지 않았나 싶어 안젤라가 물었다.

"그만할까요?"

카타리나는 어금니를 꽉 깨물며 도리질을 쳤다.

"마지막까지, 어서!"

안젤라는 뿔 여러 가닥으로 굵은 기둥을 만들어 카타리나의 옆구리를 꿰뚫었다. 불거져 나온 갈비뼈 아래에서 새빨간 피가 울컥울컥 뿜어져 나와 낡은 수도복을 적시며 바닥으로 흘러내렸다.

카타리나는 단말마의 비명을 내지르며 그대로 기절했다. 안젤라는 자신의 뿔을 거두어들이고는 다섯 개의 상처를 훑어보았다. 손과 발에 난 상처는 구멍이 뚫리며 찢겨 못에 박힌 것 같았고, 옆구리의 상처는 굵게 패여 창으로 찌른 것처럼 보였다.

카타리나가 부탁한 일을 완수한 안젤라는 열린 창문으로 아트라와 함께 날아갔다. 멀어지는 수도원을 돌아보는데 아트라가 말했다.

"기분이 어때?"

안젤라는 잠시 할 말을 잊었다. 무슨 말을 해야 할까, 이 기분을 어떻게 설명해야 할까, 한참을 고민하다가 마침내 말했다.

"방금 전 일어난 일을 하려고 지금까지 살아온 것 같아."

안젤라는 아트라의 등에 푹 하고 엎어졌다. 아트라가 비명을 지르듯 외쳤다.

"안젤라! 안젤라!"

대답은 들려오지 않았다.

*

카타리나의 방에서 끔찍한 비명 소리가 났다. 놀란 수녀들과 수사들이 달려왔다. 카타리나는 다음 날 선종했다. 죽기 전날 성흔이 발현된 성녀의 장례식은 국장 수준으로 성대하게 치러졌고, 그 뒤로도 그녀는 길이길이 추앙받았다. 여러 세대에 걸쳐 교황으로부터 시성이 되고, 로마의 수호자, 이탈리아의 첫 수호자, 간호사의 수호자가 되는가 하면 최종으로 교회 박사 칭호를 받았다.

새롭고도 낯선 당신의 이웃

1.

내가 사는 곳은 지은 지 30년 된 주공 아파트다. 동 수는 총 15개. 승강기가 없는 5층 건물은 대부분 방충망과 창틀에 녹이 슬고, 칠한 지 오래된 외벽은 푸르스름하게 곰팡이가 피어 있다. 밤에 보면 수많은 눈과 피부가 썩어 가는 거대한 괴물들이 도사린 채로 잡아먹으려고 기다리고 있는 것 같아 으스스하다. 인근 건물이라고는 마트와 학교뿐일 정도로 거리가 썰렁해서 그렇게 보이는지도 모른다.

집 안은 방과 베란다가 각각 두 개씩이고, 좁은 거실과 화장실이 전부다. 현관문 옆에 쪽창이 있는 방은 안방 크기의 절반이다. 안방은 그나마 크지만 퀸 사이즈 침대, 책상과 데스크톱을 두니 꽉 찼다. 안방 창문과 연결된 앞 베란다는 회색 시멘트가 그대로 드러났고 구석구석 곰팡이가 피었지만 빨래대가 설치되어 있어 거기에 빨래를 말린다. 남향이라지만 앞에 나무가 울창해서 볕이 잘 들지 않아 빨래를 며칠씩 널어 둬야 한다.

냉장고와 전기밥솥, 옷장으로 비좁은 거실을 지나 미닫이문을 열면 뒤 베란다에는 싱크대와 가스레인지, 세탁기가 놓여 있다. 창문은 환기할 때만 열고 단열을 위해 장판을 붙이고 은박지를 덧대어 놓았다. 구석의 세탁기가 있는 공간은 그저 파 놓은 구멍이라서 시멘트 벽과 보일러 관, 수도관이 그대로 보인다. 빨래를 넣으려고 가면 뭔가가 나올 것처럼 두려운 공간이라 꼭 필요할 때를 제외하고는 가지 않는다.

때문에 요리도 설거지도 해가 지기 전에 다 해치우고 시간이 오래 걸리는 음식은 하지 않는다. 하얀 타일을 깐 욕실도 처음에는 나 하나 들어가면 꽉 차는 공간이라 폐쇄 공포증을 일으켰지만 이제는 익숙하다. 장점은 청소가 빨리 끝난다는 것 하나다.

여기 살고 있는 이유는 어머니와 언니 때문이다. 아, 정정하겠다. '때문'이 아니라 '덕분'이다. 때문은 부정적 의존 명사로도 쓰인다. 덕분은 긍정적 명사다. 부동산 투자에 관심이 많은 언니는 이 아파트에서 버스로 일곱 정거장 거리인 병원에 다녔다. 동료에게서 이곳이 재개발될 거라는 이야기를 들은 언니는 간호사로 일해서 번 돈을 영혼을 다해 끌어모으고도 모자라자 고향의 부모님에게 지원 사격을 부탁했다. 부모님도 신축 아파트의 집값은 지금보다 최소 네 배 이상일 거라는 이야기에 여윳돈을 투자했다.

때마침 내가 상경해 대학원에 진학하면서 언니와 같이 살게 되었다. 대학원은 전철로 편도 한 시간 반, 왕복 세 시간이 걸렸지만 대학원 근처에 자취방 하나 구하기가 불가능할 정도로 모아 둔 돈이라고는 없었으므로 불평할 처지는 아니었다. 문창과 대학원이었기에 읽어야 할 과제는 많아서 그것들을 읽다 보면 학교에 도착해 있곤 했다.

석사 과정을 수료할 무렵, 언니가 결혼을 하게 되었다. 언니는 인근 동네에 있는 지은 지 5년 된 아파트에 신혼살림을 차렸다. 집은 형부가 사 놓은 곳이었다. 나는 고향에 돌아가기 싫었다. 태어나서 한 번도 혼자 살아 본 적이 없어 혼자 살아 보고 싶기도 했다. 나는 석사 논문을 쓰겠다며 1년 이상 걸린다고 시간을 부풀렸다.

결혼이라는 거사로 이 집의 공동 투자자들이 다 지쳐 버려서 세입자를 들이는 성가신 일을 하고 싶지 않다, 로 의견이 모아진 덕에 이 아파트는 나의 차지가 되었다. 게다가 그들은 갹출해 관리비에 용돈까지 주었다. 석사 논문을 완성할 때까지만, 이라는 단서가 붙었지만 일단 통과하면 박사 과정에 들어가면 될 일이었다.

그 무렵 재개발에 대한 본격적인 담론이 시작되어 단지 주민들이 위원회까지 구성해서 시와 협상을 하고 곳곳에 현수막을 달았다.

우리는 오래된 아파트의 재개발을 원합니다!

- 주공 아파트 x단지 재개발추진위원회

이런 식의 현수막이 단지 곳곳과 인근 도로변에 붙었다. 나는 현수막을 볼 때나 소식을 들을 때마다 언니나 어머니에게 보고했다. 단지에서 나와 걸어서 버스 정류장을 네 개 정도 지나면 하천이 보이곤 했다.

가끔 허물이 나타날 수 있습니다! 발견 시 신고 바랍니다.

- 하천정비소

따위의 기묘한 현수막이 곳곳에 걸려 있는 것 빼고는 다른 하천과 별다를 것도 없는 곳이다. 답답할 때마다 나가서 하천을 따라 걷다 보면 이런저런 생각도 나고 앞으로의 계획도 서곤 했다.

낡은 아파트에 돌아오면 모두 제자리였다. 문예창작과 대학원 석사 수료를 한 27세의 백수. 그게 내 현실이었다. 더군다나 학교를 다니면서 등단도 하지 못했다. 가끔 최종심에 언급되기는 했지만 공모전과 신춘문예에서도 몇 번이나 낙방한지 몰랐다.

과연 내가 소설가가 될 수 있나? 가망이 있나? 아무것도 이루지 못했으니 이대로 돌아가는 게 맞나? 하고 고민할 무렵, 대학원 동기 중 하나가 예술 고등학교 시간 강사 자리를 소개해 주었다. 시급은 셌지만 주 1회뿐인 수업이었다. 그래도 그게 어딘가 싶어서 당장 수락했다. 심지어 예고는 대학원보다도 가까웠다.

고등학생들을 가르치는 일은 아니었다. 중학생 영재반, 학교 입장에서 보자면 예비 지원자들을 훈련시키는 과정이었다. 영재반이라고는 해도 부모님 손에 끌려온 중 2 아이들에게 의욕이 있을 리 없었다.

글쓰기 방법을 가르친 후 시간을 주며 스스로 써 보라고 하고 걷어서 집에 와 읽어 보면 '블루 락 슈팅스타' 등 이름도 생소한 애니메이션 다음 화 이야기를 쓰질 않나, 좋아하는 아이돌 그룹의 팬픽을 쓰질 않나, 참으로 다양한 헛소리들로 가득했다.

그렇게 두 달 전부터 매주 한 번 일을 하고, 나머지 시간은 걱정만 하면서 대부분의 시간을 하천을 걸으며 보내고 있다. 가족들이 보내 준 돈과 아르바이트 비용을 합치면 관리비와 생활비는 나왔지만 밥은 하루 두 끼만 먹는다. 새벽까지 책을 읽다가 오전 10시쯤 기상하는 게 대부분이라 아침은 건너뛰기 일쑤였고, 점심은 과일 두세 개, 저녁은 김치에 김이나 계란 프라이 혹은 라면을 먹는다. 영 우울할 땐 맥주 한 캔 추가.

장을 보고 생필품을 사기 위해 일주일에 두세 번 마트에 들르는데, 마트 직원은 나더러 고등학생이냐고 묻곤 한다. 한번은 맥주를 살 때 주민 등록증을 보여 달라는 이야기도 들었다. 주민 등록증을 보여 주자 직원도 어이없는 표정을 지었다. 층 없이 단발에 밋밋한 이목구비, 하얀 얼굴이라 동안이란 말을 자주 듣는 편이다.

복도에서 마주치는 다른 호수 주민들도 '학생'이라고 부른다. 나는 맨 꼭대기 층인 505호에 산다. 승강기가 없으니 무거운 택배를 시키면 택배 직원들이 욕을 하며 문 앞에다 택배를 던졌다. 특히 생수 같은 것. 무거운 택배를 들고 올라오면 화가 나기도 하겠지만 생수병이 찌그러진 채로 문 앞에 내동댕이쳐져 있는 걸 보면 기분이 좋지는 않다. 궁리하던 나는 브리타 정수기로 바꿨다. 배수관이 오래된 탓에 물맛이 이상한 거 같지만 배탈 난 적은 없다.

아랫집에는 정신적으로 장애가 있는 것 같은 아이와 부부가 산다. 아이는 문간방에서 지내는지 오후 2시가 되면 「파란 나라」를 20번 연속해서 틀거나, 단지 뒤 공원으로 난 쪽창을 열고 그곳에서 노는 애들에게 상스러운 욕을 내뱉는 소리가 들려오곤 한다.

305호에 사는 사람들은 젊은 부부로 맞벌이를 하는지 평일도 주말에도 낮에는 집에 없는 것 같다. 205호에는 할머니가 살고, 105호에는 초등학생 하나와 부부가 산다. 혼자 사는 사람은 할머니와 나뿐이다.

그래서 다른 이들보다 조금 더 마음이 가지만 205호 할머니는 정신이 온전치 않은 것 같다. 계단을 올라갈 때마다 마주치는 할머니는 벽에 붙어 서서 아래를 보고 있다. 165cm인 나보다 머리 하나는 작은 할머니는 매번 빨간 꽃이 수놓아진 분홍 뜨개 스웨터에 발목까지 오는 검은 벨벳 치마 차림이다. 할머니는 다짜고짜 팔을 붙들고 누가 들을세라 바짝 붙어서 속삭이곤 한다.

"학생, 봤어? 그자들, 저 밖에 있어. 감시하고 있다고. 우리를 다 알고 있어. 고장 난 사람들을 수리하려고 호시탐탐 노리고 있다고."

"누가요?"

"그자들. 이 아파트 주인들."

주인들은 우리가 아닌가? 뭐 나는 주인은 아니지만 가족이다. 몇 번을 물어봐도 도돌이표로 할머니는 그자들이라고만 할 뿐이다. 웬만하면 소설 소재로라도 써 보겠지만 이건 뭐. 할머니가 치매인가 의심할 수밖에 없는 상황이다.

치매에 걸리면 환각을 보고 환청을 듣는다고 했다. 시간과 공간이 뒤죽박죽으로 섞이고 냄새를 잘 맡지 못하거나 감각이 무뎌진다고도 들었다. 기억을 잃어버려 먹는 것도 씻는 것도 자꾸만 잊어버린다고 한다.

전에 치매에 걸린 노인에 대한 소설을 써 보려고 자료를 읽어서 그 정도는 안다. 나를 붙들 때마다 할머니에게서는 오랫동안 씻지 않은 것 같은 냄새와 지린내가 섞여서 나곤 한다. 나는 1층 계단참에서 할머니가 복도에 서 있는지 아닌지 살펴보고 올라가지만 들킬 때가 많다. 할머니는 종일 그곳에 서 있는 것 같다.

가족들 중 누군가가 돌봐야 하지 않을까? 할머니의 상태가 염려되지만 내가 개입할 일은 아니다.

하루는 저녁 산책 후 집으로 돌아왔는데 내가 사는 열 입구에 소방차가 서 있었다. 2층 뒤 베란다 창문에서 검은 연기가 뭉게뭉게 피어올랐고 205호 앞에 모인 사람들이 수군대고 있었다.

"무슨 일이에요?"

복도에서 마주칠 때마다 아이가 시끄러워서 미안하다며 사과를 하는 405호 아주머니가 대꾸했다.

"학생, 아니 글쎄, 205호 할머니가 가스레인지에 국을 올려놓고 깜빡했다나 봐. 냄비가 시커멓게 타도록 몰랐다고. 나이가 팔순도 넘으신 거 같은데 저렇게 혼자 사셔도 되나 모르겠네."

다행히 불이 나지는 않았다. 들여다보니 자개농 등의 낡은 세간살이 사이에 할머니가 앉아서 웅크리고 있었다. 귀를 기울이자 작지만 또렷한 목소리가 들려왔다. 할머니는 같은 말을 반복하고 있었다.

"나는 치매가 아냐. 나는 고장 나지 않았어. 나는 치매가 아냐. 나는 고장 나지 않았어……."

그 뒤로도 나는 할머니와 복도에서 마주치곤 했지만, 할머니가 채 속삭이기도 전에 현관문이 열리고 어떤 단발머리 여자가 나와 할머니를 정중하게 데리고 들어가곤 했다. 딸인가 싶었지만 여자와 눈이 마주쳤을 때 자리에 못 박힌 듯 멈춰 서고 말았다.

나를 응시하던 눈의 홍채가 푸르스름하게 빛나더니 마치 세포분열을 하듯 검은 동공이 두 개로 나뉘었다. 여자는 두 개의 눈동자로 나를 바라보고 있었다. 온몸에 소름이 쭉 끼칠 무렵 여자는 문을 닫아 버렸다.

그자의 정체는 대체 뭘까.

그 뒤로는 205호 할머니를 보지 못했다.

2.

주말.

수업을 마치고 돌아와 보니 화재 사건 때처럼 205호 부엌 창문이 모두 열려 있고 안에서 사람들이 비닐봉지에 넣은 짐을 밖으로 던지고 있었다. 나는 무슨 일인가 싶어 수업 자료와 과제로 무거운 가방을 고쳐 메며 그 광경을 지켜보았다.

궁금한 것은 경비 아저씨도 마찬가지인 모양이었다. 60대 정도로 보이는 경비 아저씨가 아래쪽에서 봉지들을 들어다 쓰레기장으로 가져가는 남자에게 물었다.

"무슨 일입니까?"

경비 아저씨와 비슷한 또래로 보이는 남자가 말했다.

"아, 이 집 할머니가 요양원에 들어가신다고 해서 의뢰받고 온 특수 청소 업첸니다. 의뢰인이 다 버려도 된다고 해서요."

경비 아저씨가 말했다.

"의뢰인이 누군데요?"

"딸이라고 하던데요."

"아, 집 정리중이구만."

경비 아저씨는 심드렁하게 고개를 끄덕였다. 여자를 직접 보았던 나는 흠칫 놀랐다. 두 개이던 눈동자가 떠오르면서 소름이 끼쳤다. 할머니가 치매로 요양원에 입소하셨나, 하면서도 괜찮은 건가? 하는 염려가 교차된 채로 나는 집으로 올라왔다.

소란은 계속되었다. 왕복 두 시간 거리 외출을 한 나는 피곤해서 씻자마자 일단 드러누웠다. 깨어난 것은 밤 8시. 주위는 조용하고 어두웠다. 배가 고파 전기밥솥에 들어 있던 밥을 먹은 다음 더부룩해서 밖으로 나왔다.

입구를 지나는데 낮은 시멘트 담이 둘러진 쓰레기장에 할머니의 세간살이로 추정되는 것들이 재활용 쓰레기봉투에 담긴 채 버려져 있었다. 군데군데 부서진 가구며 소형 가전들도 있었다. 주인도 없고 버려도 상관없는 세간살이라니 소중히 할 턱이 없지. 나는 씁쓸함을 느끼며 단지를 나섰다.

걷다 보니 하천이 나왔다. 산책이나 운동을 하는 사람들이 많았다. 이런저런 일들을 생각하는데 언니에게서 전화가 왔다. 전화를 받자 언니가 말했다.

[뭐 해? 바쁘니?]

"아니, 산책 중."

[돈은 있어?]

"카드 들고 나왔어."

[우리 병원으로 좀 올래?]

"무슨 일 있어?"

언니는 잠시 침묵했다가 말했다.

[와 보면 알아.]

나는 대로변으로 올라와 택시를 잡아탔다. 언니가 다니는 병원은 원자력 치료로 유명한 병원이었다. 도착해서 연락하자 언니는 본관 건물로 들어와 안정실로 오라고 했다. 불 꺼진 복도를 지나 팻말이 붙은 병동에 들어가자 텅 빈 침대들 가운데 환자복을 입고서 앉아 있는 언니가 보였다.

"언니야?"

"어, 왔어?"

"무슨 일인데?"

언니의 목에는 베이지색 테이프가 붙어 있었다. 언니가 말했다.

"3주 전에 건강 검진 했는데 갑상선 수치가 이상하다고 해서 조직 검사를 했어. 어쩌면 종양이나 암……."

언니의 눈가가 발그레해졌다. 암이라니. 이제 겨우 서른인데. 결혼한 지 1년도 안 되었는데. 나 역시 눈가에 눈물이 솟았다. 언니가 말을 이었다.

"아, 또 최악의 경우를 말해 버렸네. 병원에서 일하니까 어쩔 수가 없어. 사람 죽는 걸 여러 번 보니까 이런 식으로 마음의 대비를 하는 게 습관이 되어 버려서."

같이 살면서 3교대 하는 언니의 모습을 보았기에 얼마나 힘들게 일하는지 알았다. 잘 모르는 사람들은 시급이 세서 좋은 직장인 줄 알지만 낮과 밤이 바뀐 삶을 자주 살면 사람이 피폐해진다. 거기다가 매일 아픈 사람을 돌보지 않는가. 내가 말했다.

"괜찮은 거야?"

언니가 어깨를 으쓱했다.

"몰라. 마취도 하고 해서 보호자가 데리고 가야 한다더라."

"형부는?"

"야근."

아내가 아픈데 너무하단 생각이 들었지만 귀찮아하는 것처럼 보일까 봐 잠자코 있었다. 결혼 후 언니는 통 연락이 없어서 그저 바쁜가 보다 했다. 부부 생활이 어떤지, 둘의 사이가 좋은지 전혀 알지 못했고, 미혼이기에 어떤 관심을 가져야 하는지도 몰랐다. 한마디로 무심했나 싶어 나는 언니의 핼쑥한 얼굴을 미안한 마음으로 바라보았다.

간호사가 와서 언니에게 퇴원 절차를 알려 주었다. 동료인 모양으로, 서로 별거 아닐 거라는 말을 주고받으며 웃었다. 그제야 겨우 안심이 되었다. 언니가 옷을 갈아입는 것을 돕고 안정실에서 나와 병원 입구에서 택시를 잡았다.

차창에 기대 어두운 밤거리를 물끄러미 바라보는 언니는 피곤해 보였다. 내가 말했다.

"괜찮아?"

"좀 어지러워."

언니가 물었다.

"건강 검진 해 봤어?"

"아니."

4대 보험 가입이나 복지가 보장된 직장에서는 한 번도 일해

본 적이 없었다.

"피 검사라도 해 봐."

"왜?"

"그게 제일 간단하니까. 갑상선 수치 봐 달라고 이야기하고."

"비싸지 않나?"

"돈 없으면 줄게. 엄마도 갑상선 안 좋잖아. 유전인가 봐. 혹시나 암이라도 갑상선은 조기에 발견하면 예후가 좋은 편이니까. 꼭 해, 응?"

"알았어."

내가 물었다.

"엄마한테는 말했어?"

"아서라. 안 들어도 오디오지 않냐? 외식, 배달, 가공 식품. 쓰레기 3총사만 먹고 다닌다고 잔소리 바가지로 할 건데 뭐. 맞벌이하면서 나만큼 집밥 많이 해 먹고 반찬 잘하는 사람이 어디 있다고. 너도 알지?"

"알지. 같이 살 때도 언니가 다 요리했잖아."

"넌 하나도 안 하고. 지금은 어떻게 먹어? 청소는?"

"과일 먹고, 달걀이나 삶아 먹고. 청소야 뭐 먼지가 굴러다니니까 해야지."

언니는 웃었다.

"미니멀 라이프? 그것도 하나의 방식이지."

내가 물었다.

“형부는? 맞벌인데 집안일은 해? 요리나, 청소나.”

언니는 차창 밖으로 시선을 돌렸다.

“그 얘긴 다음에 할까?”

어느새 언니네 아파트 앞이었다.

우리는 엘리베이터를 타고 올라갔다. 손잡이를 잡고 유리에 기대 있던 언니가 올라가는 숫자를 보다가 말했다.

“참, 너 논문은? 잘 써져?”

“그 얘기도 다음에.”

언니와 나는 서로를 보며 웃었다.

집에 들어오자 언니는 곧바로 침대에 누웠다. 언니가 말했다.

“졸리다. 자고 나면 괜찮아질 거야. 너도 가 봐.”

“어…… 좀 더 있는 게 낫지 않을까? 형부 올 때까지라도.”

“잘 건데 뭐.”

언니는 모로 돌아누웠다. 여기까지 왔으니 뭐라도 도움이 되고 싶은데 집은 깔끔하게 정리가 되어 있었고, 빨래 바구니에는 빨래가 몇 개 없었으며, 싱크대는 깨끗했다. 거실을 서성이다가 “그럼 갈게.” 하고 말했지만 고른 숨소리만 들렸다. 나는 조용히 문을 닫고 나왔다.

언니네 아파트와 내가 사는 아파트는 하천으로 연결되어 있었다. 걸어서 한 시간 30분 정도의 거리였다. 나는 이런저런 걱정을 하며 걸었다. 처음에는 언니에 대한 걱정이었지만 점차 자신에 대한 걱정으로 변질되었다. 이제 20대도 끝나 가고 있었다. 수심에 잠겨 걸어가던 나는 앞서 걸어가는 사람을 보다가 멈춰 섰다.

분홍 뜨개 스웨터, 발목까지 오는 벨벳 치마 차림에 맨발. 저 뒷모습은…… 205호 할머니? 요양원에 가셨다고 들었는데 어떻게 된 걸까? 설마, 어제부터 여기에? 누가 버리기라도 한 건가? 할머니 집에서 봤던 여자가 떠올랐다. 눈동자가 두 개이던 그 사람. 나는 주저하다가 따라가 말을 걸었다.

"할머니?"

할머니는 들리지 않는 모양으로 절뚝거리면서도 계속 걸어갔다. 밤 시간, 많은 사람들이 주변을 스쳐 지나갔지만 아무도 할머니를 신경 쓰지 않았다. 신경 쓰는 사람은 오직 나뿐이었다. 나는 어정쩡하게 거리를 두고 따라갔다. 할머니는 하천을 따라 난 길을 계속 걷다가, 문득 방향을 바꾸어 터널로 들어섰다.

유난히 길고 안쪽 전등마저 깨져 있어 어두운 터널이었다. 하필 이런 델 들어가나 싶어 주저하면서도 따라가는데, 할머니가 갑자기 소리 없는 비명을 지르는 사람처럼 두 손을 머리 위로 들어 올리고 부들부들 떠는 게 보였다. 그러다 바닥에 픽 하고 쓰러졌다.

엎드린 채 발작적으로 경련하던 할머니는 뒤통수부터 점점 갈라지기 시작하더니 꼬리뼈까지 몸이 완전히 반으로 나뉘었다. 그 몸을 뚫고 뭔가가 꾸물꾸물 나왔다. 나온 것은 또 다른 할머니였다. 나는 비명이 터지려는 입을 틀어막았다.

피와 점액질로 뒤덮인 새로운 할머니는 갈라진 몸을 천천히 벗고 나오더니 그대로 섰다. 내가 선 곳에서는 뒷모습만 보였다. 벌거벗은 그 모습을 기겁해서 쳐다보는데 인기척이 느껴졌다. 돌아보니 그 여자였다.

여자는 할머니에게 다가가더니 가지고 온 검고 긴 코트로 몸을 덮어 주고 신을 신긴 다음 부축해서 터널을 빠져나갔다. 나를 스쳐 지나가던 할머니는 눈을 뜨고 주변을 두리번거렸다. 할머니의 눈동자는 두 개였고 홍채는 푸른색이었다.

그들은 나는 물론 다른 사람들을 전혀 신경 쓰지 않았다. 다른 이들 역시 무심히 쳐다보며 지나칠 뿐 관심을 두지 않았다. 저들이 기묘해 보이는 건 나뿐이란 말인가. 나는 그들이 멀어져 가는 모습을 멀거니 보다가 주변 벤치에 털썩 주저앉았다.

얼마나 앉아 있었을까. 하천 정비 차량이라고 적힌 하얀 1톤 트럭이 지나가는 소리에 정신이 들었다. 산책을 하며 자주 본 차량이었는데, 그 차량이 할머니가 나왔던 터널로 들어갔다. 나는 후들대는 다리를 일으켜 터널로 다가갔다.

트럭에서 내린 흰 옷을 입은 사람 둘이 할머니의 허물을 들어 올려 기다란 검은색 비닐에 넣는 것이 보였다. 그 비닐은 꼭 슈트 케이스 같았다. 나는 눈앞이 어질해졌다. 헛것을 본 게 아니었다.

3.

내가 본 게 도대체 뭘까? 할머니에게 무슨 일이 일어난 걸까? 그 여자의 정체는? 그러다가 픽 웃음이 났다. 왜 내가 그들에게 신경 써야 하지? 남의 일인데. 하지만 잊으려 해도 자꾸만 할머니의 모습이 떠올랐다.

홀로 살던 할머니의 모습이 나의 미래처럼 느껴졌기 때문일지도 몰랐다. 결혼도 출산도 하지 않는다면 이 아파트에서 혼자서 늙어갈지도 몰랐다. 여기가 아니더라도 어디에서라도. 그땐 등단은 했을까? 책은 썼을까? 그 집은 내 집일까? 여전히 가족의 도움을 받아서 사는 곳일까? 나는 아무것도 이루지 못하고 어딘가에서 홀로 늙어 죽는 게 아닐까. 세상 어느 곳에도 내 흔적을 남기지 못하고 삭제되는 게 아닐까. 2층 할머니처럼.

지금까지 어렴풋 느끼던 불안들이 하나로 엮여 폭발하자 머리가 지끈지끈 아파 오기 시작했다. 아파트로 돌아왔지만 205호의 불은 꺼져 있었고, 문은 굳게 닫혀 있었다. 집에 들어온 나는 냉장고를 열어 보았다.

집에 오자마자 냉장고를 열어 보는 건 나의 오랜 습관이었다. 집에 와서 아무도 없을 때면 늘 허전해서 냉장고를 열어 봤으니 아마 초등학교 고학년 때부터일까. 그 시절 실직한 아버지는 직장을 구하러 다녔고 어머니는 보험 회사에, 언니는 중학생이라서 학교에서 늦게 돌아오고 나 혼자 집을 볼 때가 많았다.

냉장고 안에는 이스라엘산 스위티가 있었다. 어젠 너무 시어서 먹다 말았지만 지금은 이것밖에 없었다. 씻어서 껍질을 벗기고 과육을 입에 통째로 밀어 넣으니 눈물이 날 정도로 시면서 머리가 더 아파 왔다. 나는 꾸역꾸역 반쪽을 먹고는 버렸다.

암에 걸릴지도 모르는 언니의 모습과 할머니가 허물을 벗고 나오는 광경, 여자의 눈동자 두 개가 뒤죽박죽 섞여 머리는 더욱 아파 왔다. 나는 샤워 후에 타이레놀을 먹고 침대에 누웠다. 벌써 10시 반이었다. 두 시간 동안 많은 일이 있었다. 피곤해서인지 금방 잤다.

눈을 뜬 것은 누군가 문을 두드리는 소리 때문이었다.

쾅쾅.

딩동딩동.

아직 잠이 덜 깬 채로 누워 있는데 또다시 누가 문을 두드렸다.

쾅쾅쾅.

딩동딩동딩동.

벨도 연신 눌렀다. 누굴까? 불쑥 그 낯선 여자가 떠올라 나는 이불 속으로 파고들었다. 설마 그자는 아니겠지? 다시 한 번 문을 두드리고 벨 누르는 소리가 나더니 조용해졌다.

시계를 보니 아침 10시. 누굴까? 살그머니 외시경을 보았지만 아무도 보이지 않아 빠끔 문을 열어 보았다. 가끔 택배 기사나 우편배달부가 문을 두드릴 때도 있어 안내장이 붙어 있나 보았지만 아무것도 없었다.

가슴이 쿵쿵 뛰었다. 갑자기 불안해지면서 뭐라도 해야겠다는 생각이 들어 일단 언니에게 전화를 걸어 보았다. 언니는 자고 나니 많이 좋아졌다고 했다. 형부와 드라이브를 나와서 차를 한 잔 마시고 있다고 했다.

다행히 두통은 사라졌다. 일요일이었지만 딱히 할 일은 없었다. 나도 믹스 커피를 한 잔 마시고는 학생들이 낸 과제를 훑어보았다. 400자 원고지에 빼곡한 글씨들은 제각각이었다. 하나씩 꼼꼼하게 읽어 보았다.

나는 아이들에게 스스로 생각하고 글 쓰는 습관을 길러 주려고 노력 중이었다. 그게 내가 하는 일의 유일한 의의라는 생각이 들어서였다. 토요일까지 반납하고 뭔가를 배우러 온 아이들에게 살아오면서 내가 배운 것 중 한 가지라도 쓸 만한 걸 알려 주고 싶었다.

과일로 점심을 때우려고 냉장고를 열자 스위티가 보여 입 안에 침이 고였지만 입맛은 없었다. 아이들의 글에 문법이 틀린 부분을 모두 체크하고 조언을 달고 나자 늦은 오후였다. 점심은 건너뛰기로 하고 다시 낮잠을 잤다. 피곤했다.

저녁에는 간단히 간장계란비빔밥을 먹고 일치감치 책을 들고 침대로 들어갔다. 침대에 앉아 있으니 눕고 싶어졌고, 눕고 나니 잠이 왔다. 겨우 일어나 불을 끄고 누웠다.

다시 눈을 뜬 것은 누군가 문을 쾅쾅 두드리는 소리 때문이었다. 사방은 어두웠다.

쾅쾅쾅.

딩동딩동.

대답하지 않자 소리는 더 거세졌다.

쾅쾅쾅쾅.

딩동딩동딩동.

안방에서 나가자 거실에 한 줄기 빛이 들어오는 것이 보였다. 외시경에서 들어오는 가느다란 빛이었다.

나는 살금살금 문에 다가갔다. 다시 문을 두드리는 소리와 함께 벨소리가 났다. 가까이 가 보니 얇은 철문이 흔들거리고 낡은 자물쇠는 덜거덕거려 금방이라도 떨어질 것처럼 보였다. 소리가 격렬하게 고막을 울렸다.

외시경을 보는데 밖의 사람이 눈을 들이밀었다. 눈동자는 한 개였지만 크고 검었다. 나는 악 하고 소리를 지를 뻔했다. 누구지? 밖의 사람은 저벅저벅 걸어 내려갔다. 아래층 사람인 모양이었다. 귀를 기울이자 문이 쾅 닫히는 소리가 났다. 소리가 멀었다. 1층?

1층에서 왜? 알 수 없었다. 가슴이 쿵쾅거렸다. 자물쇠를 도어록으로 바꿀까. 월요일 아침에 업자를 불러야겠다 싶었다. 기분 탓인지 다시 잠자리에 들었는데도 목 부분에서 맥박이 고동쳤다. 만져 보니 열도 나고 부어 있는 느낌이 들었다.

감기가 오려는 건가? 나는 감기에 걸리면 항상 편도선부터 부었다. 아직 봄이고 이제 여름인데 감기라니. 스트레스를 받아서 그런 건지, 어제 먹은 스위티가 이상해서인지 알 수 없었다.

다음 날.

일어난 것은 아랫집에서 나는 노랫소리 때문이었다. 아랫집 아이가 「파란 나라」를 듣는 시간이니 오후 2시쯤일 터였다. 방음이 전혀 안 되어 근처에서 노래를 트는 것처럼 선명하게 들려왔다.

"파란 나라를 보았니. 꿈과 사랑이 가득한. 파란 나라를 보았니. 천사들이 사는 나라……."

노래가 끝나자 아이는 쪽창 문을 열고 공원에서 노는 애들에게 쌍욕을 퍼부었다. 대개 무시하던 아이들과 달리 오늘 노는 애들은 마주 욕하며 대거리를 했다. 아래층 아이는 광분해 나가서 죽인다고 했지만 정말 나갈 생각은 없는지 이내 잠잠해졌다.

목을 만져 보니 더욱 부어 있었다. 병원에 가서 피 검사를 해 보라던 언니의 말이 떠올랐다. 인터넷으로 찾아보았더니 갑상선이 있는 쪽이었다. 언니에게 전화해 보니 야간 근무라고 했다. 사정을 이야기하니 언니도 꼭 진료를 받아 보라고 했다.

가장 가까운 종합 병원인 언니네 병원에서 초음파를 해 보았지만 갑상선이 비대해져 있는 것을 빼고는 종양이나 덩어리는 보이지 않는다고 했다. 항진이나 저하 등 기능 이상이 온 것일지도 모르니 피 검사를 하고 가라고 했다. 갑상선 호르몬 수치가 이상하면 정밀 검사를 받아 보라는 연락이 갈 거라고 했다. 결과를 들으려면 일주일 이상 걸린다고 했다.

집에 와서 기사를 불렀다. 작업은 간단했다. 최신식 도어 록으로 교체하고 나니 그만큼 안심이 되었다. 피 검사에 도어 록에, 하루 만에 2주일 치 식비를 썼다. 그만큼 돈이 많이 들긴 했지만 건강과 안전이 제일이었다.

집에 가만히 있는데도 달리기를 하고 있는 것처럼 가슴이 두근두근 뛰고 목은 더 부어오르는 것 같았다. 이 방에서 저 방으로 거실에서 부엌으로 왔다 갔다 하며 집에서 시간을 보냈다. 작은 집에서 그러고 있자니 쳇바퀴를 도는 햄스터가 된 기분이었다.

으악! 하고 소리를 지르고 머리를 쥐어뜯고 싶을 정도로 갑갑하면서도 나가고 싶지는 않았다. 왠지 몹시 불안했고, 무언가 잘못되어 가는 느낌이었다. 하지만 그게 뭔지 알 수가 없어 두려웠다.

피곤함을 넘어 노곤해지자 침대에 누웠다. 아무것도 하고 싶지 않았다. 책도 읽고 싶지 않았고 글을 쓸 기력도 없었다. 기진맥진한 상태로 침대에 기대어 앉아 눈을 감고 있다가 깜빡 졸았다. 어디선가 기계음이 들렸다.

[열렸습니다.]

나는 잠결에 의아해하다가 눈을 번쩍 떴다. 도어 록 스위치가 스르륵 닫히는 소리와 함께 기계가 말했다.

[닫혔습니다.]

나는 방에서 튀어나와 도어 록을 살폈다. 문이 저 혼자 열렸다가 닫힌 것이었다. 뭐지? 하루 만에 오작동? 나는 기사가 문에 붙이고 간 연락처로 전화를 걸었다. 방금 전 이야기를 했더니 기사가 대꾸했다.

[아, 그거 처음에는 한두 번 그럴 수도 있어요. 여러 번 오작동하면 교체해 드릴게요.]

나는 그러겠다며 전화를 끊었지만 더욱 불안해졌다. 중요한 순간, 이를테면 문 두드리는 사람이 문을 쾅쾅 두드리고 있을 때 도어 록이 열리면 어쩌나 싶었던 것이다. 아마도 1층에서 올라온 것 같지만 가서 확인해 보고 싶지도 않았다. 올라올 이유가 없다고, 두드리는 모양새로 보아 있더라도 분명 좋은 이유는 아닐 거다 싶어서였다.

아니나 다를까, 저녁 무렵 또다시 요란한 소리가 났다.

쾅쾅쾅쾅쾅.

딩동딩동딩동딩동딩동.

세게 문을 두드리며 연달아 초인종을 눌렀다. 이번에는 부엌에서 식사 준비를 하고 있었기에 거실에 불이 켜진 것도 보이는 모양이었다. 밖에서 여자 목소리가 났다.

“계세요? 계시죠? 105호에서 왔어요.”

나는 마지못해 문 앞에 서서 물었다.

“무슨 일이신데요?”

“물이 새서요.”

무슨 말이지? 누수라면 보통 윗집이나 아랫집에서 새는 걸 텐데, 105호라면 205호에서 새는 것일 터였다. 나는 문을 열었다. 붉은 갈색의 파마머리 아래 중년 여성의 얼굴이 보였다. 화난 표정을 짓고 있어 무서웠다. 내가 말했다.

“왜 그러시는데요?”

“몇 번을 찾아왔는데 이제야 보네요. 학생인가요? 부모님은 안 계세요?”

나는 헛기침을 하고는 말했다.

"제가 여기 주인이에요."

아주머니는 헛웃음을 지었다.

"하! 몇 살인데요? 스무 살? 어쨌거나 학생 집에서 물이 새요. 물이 새서 우리 집 천장이 다 찢어졌다고."

"네? 205호에서 새는 거 아니에요?"

"아니에요. 그 집에는 아무도 없어서 들어가 봤는데 아니에요. 그래서 호수마다 다 찾아다니면서 보고 업자까지 불렀어요. 업자가 밖에 나가서 보더니 505호 앞 베란다 쪽에서 물이 새서 외벽 수도관을 타고 우리 집 천장으로 흘러들어 왔대요."

"그럴 리가."

"못 믿겠죠? 나도 그랬어요. 나와서 봐요."

나는 105호 아주머니와 함께 1층으로 내려가 외벽을 보았다. 과연 우리 집 부엌 쪽에서 외벽을 타고 물이 흘러서 검푸른 곰팡이가 난 것이 보였다. 105호에 가 봤더니 거실 천장 벽지 한가운데가 찢어져 양쪽이 너덜거리고 젖어서 진회색이 된 시멘트가 드러난 상태였다.

아래에는 양동이가 놓여 있었고 물방울이 똑똑 떨어졌다. 양동이 옆에서 초등학생으로 보이는 남자아이가 거실 텔레비전을 보고 있었다.

아주머니가 말했다.

"점점 불룩해지더니 찢어지더라고. 아이가 학교 가 있을 때라

천만다행이긴 했는데 계속 두면 형광등도 누전될까 걱정이고."

"이제, 어쩌죠?"

어린 시절부터 여러 아파트에서 살았지만 혼자 산 것도, 문제가 생긴 적도 처음이었다. 이런 문제가 생기면 어떻게 해야 되는지 전혀 몰랐다. 아주머니가 말했다.

"일단 관리소에 연락해요. 물어보면 수리 업체도 연결해 줄 걸요."

"연락할게요. 수리 업체도 부르고."

"끝나면 알려 줘요, 도배 새로 하게. 도배 값은 청구할 거니까 꼭 주시구요."

"아, 네."

나는 아주머니의 얼굴을 보다가 꾸벅 고개를 숙였다.

"정말 죄송합니다."

아주머니는 잠시 나를 노려보다가 표정을 풀고는 체념한 얼굴로 손사래를 쳤다.

"하도 연락이 안 돼서 좀 화나긴 했지만, 뭐 학생 잘못이겠어. 이렇게 오래된 아파트에 사는 게 잘못인 거지. 진짜 재개발 언제 되나 몰라."

"그러게요. 재개발이 빨리 되어야 할 텐데요."

나는 목례를 하고 집으로 돌아왔다.

"엄마?"

[어, 왜, 딸? 엄마 지금 바빠. 저녁 차려야 해서.]

나는 작게 한숨을 쉰 다음 1층에서 일어난 일에 대해 말했다. 어머니가 말했다.

[그럼 수리비 알아보고 연락 줘. 바로 부쳐 줄게.]

나는 음, 하고 망설이다가 물었다.

"혹시 올라올 수 있어요?"

[왜?]

"어, 그게."

대답이 없자 어머니가 말했다.

[수리 업자만 부르면 되는 거 아냐? 수리하는 거 보고, 돈 주고. 밑에 집 확인해 보고. 그 정도는 할 수 있잖니, 네 나이가 몇인데.]

나는 1층 아줌마가 무섭다고, 업자와 독대하는 일이 두렵다고 할 수 없었다. 어머니가 말을 이었다.

[나도 겸사겸사 가 보고는 싶지만, 네 아빠 밥 차려 줘야 돼. 한두 끼야 내가 차려 놓은 거 먹으면 되지만, 그대로 놔두면 막 사 먹고 술 먹고 몸 아프다고 그런다. 외식 안 좋은 거, 너도 알지? 밥은 잘 해 먹고 있어? 먹을 거 없으면 엄마가 뭐라도 보내 줄까? 젊을 때부터 집밥 잘 해 먹어야 나이 들어서 안 아프다, 알지?]

언니 말대로 잔소리 폭격이 이어질 모양이었다. 내가 말했다.

"나름대로 해 먹고 있어요. 그럼 알아보고 연락할게요."

어머니는 알겠다고 했다. 나는 얼른 전화를 끊었다.

4.

이제 관리소에 갈 차례였다.

단지 끝에 있는 관리 사무소는 빨간 벽돌로 된 단층 건물이었다. 언니가 이사 가며 혼자 살게 되었다고 신고할 때를 제외하고 방문한 것은 처음이었다. 나는 닫힌 철문을 열고 들어갔다.

대기 공간을 지나자 바로 관리 사무소였다. 안내 데스크가 보였다. 뒤에 칸막이로 나누어진 두 개의 공간이 있었지만 아무도 없었다.

"저기요? 누구 계세요?"

대답은 들려오지 않았다. 아무도 없는 건가 싶어서 대기 공간으로 나왔는데, 누군가 벽 속으로 사라지는 것이 보였다. 언뜻 경비원 아저씨 복장처럼 보였기에 나는 외치면서 따라갔다.

"저기요!"

복도가 끝나는 곳 옆에 연한 노란색 벽과 같은 색으로 칠해진 문이 있었다. 은색의 동그란 손잡이가 없었더라면 하마터면 지나칠 뻔했다. 문을 열자 아래로 뻗은 계단이 보였다. 등도 없어 어둠 속에서 빛나는 건 초록색 비상구 표시뿐이었다.

나는 주변을 둘러보며 망설이다가 내려가기로 결심했다. 문을 열어 놓은 채로 한발 한발 내려갔다. 한 층을 내려왔는데 문이 없었다. 왜 이렇게 깊은 지하실을 만든 거야? 나는 내려갔다. 세 층을 더 내려오자 어둠은 한층 짙어졌고, 그만 올라갈까 할 때 문의 손잡이가 보였다.

나는 문을 열었다. 철문을 끼익 하고 열자마자 사방에 울리는 굉음에 압도되고 말았다. 들어서자마자 놀라운 광경이 펼쳐졌다. 나는 수도 없이 죽 늘어서 있는 것들을 어떻게 받아들여야 할지 알 수 없었다.

이건 도대체…… 뭘 위한 거지?

때마침 주머니에 넣어 둔 휴대폰 전화벨이 울려 화들짝 놀랐다. 전화를 받으니 언니였다. 언니는 자기가 전화를 걸어 놓고도 한동안 말이 없었다. 불길한 예감이 들었다. 주변이 시끄러워서 고함을 질러야 했다.

"언니야!"

[어? 아. 주연아, 나 있잖아…… 아무래도 갑상선…….]

"뭐라고? 갑상선 뭐?"

[암이라고, 암! 너 어디야? 왜 그렇게 시끄러워?]

언니 역시 고함을 질렀다. 나도 외쳤다.

"암이라고? 진짜야?"

뭔가 서늘한 기분이 들어 앞을 보니 엔진들 사이에서 내게 다가오는 사람이 보였다. 205호 여자였다. 다른 방향에서 경비원 아저씨도 다가오는 것이 보였다. 분위기가 심상치 않았다. 이 수많은 것들이 뭘 위한 것이든 내가 알면 안 되는 게 분명했다.

나는 뒤돌아 달리기 시작했다. 따라오는 발걸음 소리가 울렸다. 나는 계단을 올라갔다. 조용한 곳으로 올라오자 무척 빠른 속도로 뒤따르는 소리가 났다. 나는 달리고 또 달렸다. 관리소에서 나와서 집을 향해 달렸다.

서둘러 올라온 나는 얼른 문을 닫았다. 도어 록이 신속하게 자동으로 잠겼다. 따라 올라온 자들이 문을 쾅쾅 두드렸다. 105호 아주머니가 두드린 것과는 비교도 되지 않게, 문짝이 떨어져라 계속해서 쾅쾅쾅 두드려 댔다.

쾅쾅쾅쾅쾅쾅쾅.

딩동딩동딩동딩동딩동딩동딩동.

저러다 문이 부서지지 않나, 초인종이 고장 나지 않나, 나는 두려워하면서 문을 쳐다보았다. 소리가 그쳤다. 그들 중 누군가가 말하는 소리가 났다.

“숨어야 소용없어. 다음은 당신 차례야.”

205호 여자의 목소리 같았다. 여자의 목소리를 들은 건 처음이었다. 성별이 모호할 정도로 낮고 중성적인 목소리는 차가웠다. 이마에서 식은땀이 났다. 무슨 뜻일까? 할머니 다음으로 내가 당할 거란 뜻인가?

그들이 할머니에게 한 일이 대체 뭘까? 할머니와 나의 공통점이라고는 혼자 사는 여자라는 것뿐이었다. 할머니도 관리소 지하에 있는 것을 본 걸까? 위치로 봤을 때 그것들은 이 아파트 단지 지하 전체에 퍼져 있었다. 그게 의미하는 바는 뭘까?

설마. 나는 불안해하며 집 안을 왔다 갔다 했다.

그때 전화벨이 울려 놀랐다. 어머니였다. 어머니가 말했다.

[그래, 누수는? 관리인한테는 말했고?]

"그게."

[참, 언니가 암 같대. 어쩌니? 너도 목이 부은 거 같다면서? 병원에는 가 봤어?]

"아, 네. 피 검사하고 결과 기다리는 중이에요."

[조심해야 해. 엄마도 너 낳고 얼마 안 돼서 갑상선에 결절이 생겨서 수술한 적이 있어. 약한 몸을 물려준 건 미안하지만 대비해서 나쁠 건 없잖니.]

"어, 네에."

어머니가 말하는 소리가 들려왔다.

[목소리가 왜 그러니? 괜찮은 거니?]

"그게, 지하실에서, 지하에서……."

[지하실? 아파트 지하실? 거기에는 왜 갔는데?]

"아파트 지하실에 간 게 아니라, 간 건 관리소에 갔는데, 그런데……."

어머니가 말했다.

[갔는데? 업자는 소개해 줬어?]

"관리인은 못 만났어요. 아, 만나긴 했는데 말을 못 했어요."

[왜?]

나는 침묵했다. 이걸 말할까 말까 몇 번이나 고심한 끝에 나는 마침내 입을 열었다.

"실은요…… 관리소 지하에서요……."

[지하에서?]

"로켓 엔진을 본 것 같아요."

[로켓 엔진?]

"네."

어머니는 한동안 침묵했다. 그러더니 저편에 있는 아버지에게 말하는 소리가 들려왔다. 이내 아버지가 전화를 받더니 말했다.

[주연아.]

"아, 네."

[그거 아닐 거다. 로켓 엔진이 뭔지 아니? 로켓에 달려 있는 거다. 그게 왜 거기에 있겠니? 난방기구나 수도관일걸. 잘못 본 거 아니냐?]

나는 아니라고, 분명 무척 거대한 엔진을 본 것 같다고 반박하려고 막 입을 여는데 어머니가 다시 전화를 받더니 말했다.

[혹시 꿈꾼 걸 말하는 건 아니지? 상상한 이야기나? 애가 쓸데

없이 상상력만 풍부해 가지고. 밥은 잘 먹고 있는 거지? 밥을 제때 먹어야 돼. 밥을 안 챙겨 먹으면 사람이 이상해진다, 너.]

나는 그만 말문이 막혔다. 당당하게 하려던 이야기들이 부모님의 말처럼 한낮 망상처럼 느껴졌다. 그래, 그게 현실일 리가 없어. 현실이어서도 안 되고. 내가 말했다.

“어, 식사는 하셨어요?”

[저녁? 먹는 중이야. 시장에서 사 온 싱싱한 도다리에 쑥을 넣고 도다리쑥국을 끓였더니 아버지도 어찌나 맛있게 잡숫는지. 이따가 산야초 효소를 넣고 두릅 장아찌 만들려고. 두릅이 정말로 싱싱해서…….]

나는 네, 아니요 하는 대답만 하며 평소처럼 어머니의 말을 듣다가 이만 끊겠다고 했다. 어머니는 전화가 끊어진 줄 알았는지 통화가 끝나자마자 아버지에게 말하는 소리가 들렸다.

[혼자 둬도 괜찮은가? 언제 한번 날을 잡아서 올라가 보든가 아니면 택배라도…….]

전화가 끊어졌다. 귓가에 쟁쟁 울리던 어머니의 목소리가 사라지자 사방이 고요해졌다. 정말 내 상상일 뿐인가. 그러기를 진심으로 바랐다. 나는 세수를 한 번 하고 안방으로 들어갔다.

심호흡을 하고 책상에 앉아 할 일을 하려고 애썼다. 이번 주말 수업 준비도 하고, 소설 구상도 하고, 습작도 하려 했다. 모두 집중이 되지 않아 결국 포털 사이트를 열어 웹 서핑을 했다. 정신을 차리니 '로켓 엔진' 사진들만 화면에 가득했다. 로켓 엔진은 저마다 달랐지만 공통점도 있었다. 아무리 사진을 봐도 관리소 지하에서 본 건 분명 로켓 엔진들이었다.

나는 곰곰이 생각해 보았다. 아파트 단지 전체에 달려 있는 로켓 엔진이 의미하는 바는 뭘까. 이 단지 전체가 어쩌면…… 로켓이라는 뜻인가? 너무 황당해서 발작적으로 웃음이 터졌다. 그게 뭐야, 말도 안 돼. 여긴 그저 오래된 아파트일 뿐이다.

하지만 사실이라면?

불안한 기분에 휩싸여 있다가 어두워 시계를 보았더니 9시였다. 아직도 누수 문제는 해결되지 않았다. 인터넷으로 검색을 해서 누수 업체를 불러 수리해야겠다 싶었지만 시간이 늦었다. 내일 처리하는 게 좋을 것 같았다.

눈이 빠질 듯이 아프고 피곤해서 손까지 떨렸다. 갑자기 배에서 꼬르륵 소리가 났다. 생각해 보니 저녁 준비를 하다가 불려 나가 먹지 못했다. 아침부터 피 검사를 하고 도어 록을 바꾸느라 먹은 게 하나도 없었다.

냉장고는 텅 비어 있었다. 경비 아저씨나 205호 여자를 만날까 봐 밖에 나가고 싶지 않았지만 장을 보러 마트에 가는 수밖에 없었다.

조심스레 문을 열어 주변을 살폈다. 그때 4층 문이 닫히는 소리가 들렸다. 누가 나온 모양이었다. 타다닥 가벼운 발소리가 사라지고 나자 나는 문을 열고 내려왔다가 앞서 가는 아이를 보았다. 키가 작아서 초등학생처럼 보였다.

혹시 아랫집 아이? 매일 쪽창으로 쌍욕을 하던? 이 시간에 부모님도 없이 혼자서 어딜 가는 거지? 나는 호기심에 아이를 뒤따랐다. 아이는 공원 어귀에서 사라져 버렸다. 공원이라고 해도 벤치가 서너 개 있고 나무가 울창할 뿐 별것 없는 공터였다.

순간적으로 당황한 상태에서 주변을 살폈다. 아, 찾았다. 공원 구석에 아이가 서 있었다. 아이가 두 손을 위로 들더니 별안간 앞으로 푹 하고 쓰러졌다.

"얘!"

나는 반사적으로 외치며 빠른 걸음으로 다가갔다. 불과 서른 발자국도 되지 않는 거리였다. 아이가 엎어진 채로 부들부들 떨고 있는 것이 보였다. 기시감이 느껴졌다. 이틀 전에 하천에서 보았던 할머니의 모습이 떠올랐다.

바닥에 누워 있던 아이의 몸이 갈라지고 나온 새로운 아이가 피와 점액질에 젖은 채로 상체를 일으켰다. 나는 뒷걸음질을 쳤다. 이내 뒤돌아 집까지 전력 질주 했다.

이불을 쓰고 덜덜 떨고 있노라니, 복도를 통해 문이 닫히는 소리가 들렸다. 소리로 보아 아래층 문이 닫힌 것 같았다. 205호 할머니에 이어 405호 아이까지 자기 몸을 가르고 새 몸으로 태어났다. 그리고 다시 돌아왔다. 그렇다면 할머니도 다시 돌아왔을까?

이 사실들이 다 무슨 뜻일까?

관리소에는 로켓 엔진, 다음은 내 차례라고 말하던 낯선 여자와 경비 아저씨. 이제 모든 것이 선명해졌다. 나는 캐리어를 꺼내서 꼭 필요한 것들만 담았다. 재개발이고 뭐고 일단 도망쳐야 했다. 로켓이라면 언제 떠오를지 모르니까. 허물을 벗고 변태를 당할지도 모르니까.

나는 신경질적으로 울고 웃으며 캐리어를 들고 방에서 나왔다. 그때 도어 록에 달린 잠금 버튼이 돌아가며 저절로 문이 열렸다.

[열렸습니다.]

나는 자리에 붙박인 채로 망연자실하게 쳐다보았다. 문을 열고 들어온 것은 205호 여자였다. 여자가 말했다.

"어딜 가는 거지?"

"지, 지, 집에."

나는 말을 더듬었다. 여자의 존재감은 그만큼 위압적이었다. 어디를 보는지 알 수 없었지만 금속처럼 빛나는 흰자위와 푸르스름하게 빛나는 홍채 안 두 개의 검은 동공은 압도적이었다.

"여기가 집이잖아."

"아니야! 여긴, 여긴……."

여자는 나를 응시했다. 네 개의 눈동자가 빙글빙글 돌아가기 시작하더니 눈부시게 흰 빛이 뿜어져 나왔다. 빛은 레이저 빔처럼 내 눈으로 곧장 쏟아져 들어왔다. 눈이 멀어 버리는 것 같았지만 놀라울 정도로 고통도 없고 편안하고 기분이 좋았다.

의식이 아득해지는 가운데 여자가 말하는 소리가 들렸다.

"나는 '고장 난' 자들을 수리하지. 205호도 405호도 내가 다 고쳤어. 여기에 사는 당신들은 말이지, 연구 표본이거든. 우리 행성으로 가져갈."

나는 당장 알아들을 수 있는 말만 물었다.

"뭐, 뭐라고? 고장 났다고?"

"지구 말로는 '질병'이라고 하던가? 당신, 갑상샘항진증에 걸렸어."

5.

정주연의 몸을 가르고 나온 새로운 정주연이 눈을 떴다.

천장이 보였다. 오래된 벽지 뒤로 반짝반짝 빛나는 티타늄 외벽이 보였다. 주연은 자리에서 일어났다. 주연은 좁은 욕실로 들어갔다. 그러자 거울에 비친 자신의 모습이 보였다. 주연은 한동안 그 모습을 물끄러미 바라보았다.

푸르스름한 피가 도는 온몸의 혈관과 희고 얇은 뼈대가 보였다. 네 개의 반짝이는 눈동자가 이쪽을 쳐다보고 있었다. 주연은 그 눈동자를 보며 빙긋 웃었다. 첫 번째 눈동자로는 외면을, 두 번째 눈동자로는 내면을 볼 수 있는 눈이라서 효율적이었다. 반쯤은 지구인이고 반쯤은 외계인인 자신의 존재처럼.

주연은 뜨거운 물로 한동안 샤워를 했다. 아파트의 녹슨 배관에서 나오는 물은 이물질로 가득했지만 대체물이 없어 참았다. 욕실 벽 뒤로도 로켓의 티타늄 벽이 보였다. 수건으로 몸을 닦은 그녀는 운동복으로 갈아입고 밖으로 나왔다.

밖으로 나오자 울창한 수목이 보였다. 주연은 갓 태어난 아기처럼 세상의 모든 것을 빨아들이며 나무들의 형태와 구조에 감탄했다. 그러다 드문드문 보이는 아파트 단지를 보며 인상을 찌푸렸다. 흉악한 외관이었지만 안에 숨어 있는 로켓을 생각하면 효과적인 위장이기도 했다.

지나가는 사람들의 혈관과 장기를 보며 고개를 끄덕이거나 눈살을 찌푸리거나 했다. 금방 죽거나 머지않아 죽을 인간들이 많았다. 이들은 스스로를 만물의 영장이라고 여기고 있지만 이 행성은 이미 바이러스가 접수한 상태였다.

주연은 흐음, 하고는 빈 벤치 하나에 걸터앉아 죽은 지구인 주연의 뇌에서 가지고 나온 최종 원고를 머릿속으로 훑어보았다. 인간의 의식은 수많은 원고를 경쟁적으로 동시에 쓰는 것처럼 작동했다.

새로운 주연은 마지막으로 그녀의 뇌가 쓴 원고, 최종적으로 채택되고 편집된 원고를 읽으며 앞으로 자신이 이 행성에서 살아가면서 취해야 할 행동을 인지하고 기억했다.

그녀는 이제 새롭고도 낯선 지구인들의 이웃이 되었으니까.

천년우물

1.

녹색 가림막이 쳐지는 순간, 보배는 마술쇼를 생각했다. 불룩한 배가 사라지고 한 번도 본 적 없는 아기가 세상에 짠 나타날 예정이다. 고통은 없다. 상자에 든 신체 분리 마술처럼 배와 자신은 보이지 않게 나누어져 있다. 간호사가 말했다.

"괜찮으세요?"

"네에."

간호사가 준비를 했다. 산부인과 전문의와 레지던트 셋이 들어와서 수술을 했다. 보배는 천장을 보고 있는 수밖에 없었다.

아무도 보배에게 말을 걸지 않았다. 의사들은 자신들끼리 보배의 장기를 두고 이러쿵저러쿵했다. 기계가 돌아가고 수술 도구가 찰캉거리는 소리가 들렸다. 울음소리가 났다. 간호사가 와서 말했다.

"무사히 태어났어요. 세상에 나온 충격이 클 거예요. 안정시켜서 보여 드릴게요."

"아아, 네."

간호사가 녹색 수술포로 감싼 아기를 데리고 와서 말했다.

"예쁘죠? 자고 있어요."

보배는 아기를 보았다. 눈을 감은 아기의 얼굴은 작고 희었다. 보배의 눈가에 눈물이 고였다. 보배가 말했다.

"정말 예쁘다."

"축하드려요."

간호사는 아기를 데리고 신생아실로 갔다. 수술후처리가 끝나자 보배는 안정실로 들어갔다. 남은 것은 마비된 아랫배에 두른 복대와 모래주머니. 마취가 풀리고 소변 줄을 빼자 3일째부터는 자리에서 일어났다. 배를 가른 고통이 일시불로 들이닥쳐 눈앞이 캄캄했다. 천국이라던 조리원은 모유 수유 양성소였다. 보배는 수유를 하느라 세 시간 이상 잠들기 힘들었다.

집으로 돌아온 날은 5월 23일이었다. 시댁에 들르기로 한 것은 일주일 후인 5월 30일. 보배는 새벽 수유를 하고 늦잠을 잤다. 눈을 떠 보니 곁에는 아무도 없었다.

"여보? 연후야?"

보배는 거실로 나왔다. 60대 중반의 차순자가 그녀를 보더니 말했다.

"새댁, 일어났어? 배고프지?"

보배는 식탁에 놓여 있던 휴대폰을 보았다. 아기에게 전자파가 갈까 봐 부러 여기 둔 것이었다. 벌써 정오였다. 보배가 물었다.

"애기 아빠랑 연후는요?"

순자는 끓어오르는 찌개 냄비의 뚜껑을 열었다. 보배는 저도 모르게 냄새를 맡으면서 입맛을 다셨다. 구수한 된장 냄새가 좋았다. 모유 수유를 한 뒤로는 늘 배가 고팠다. 순자는 의아한 표정을 짓더니 말했다.

"남편? 아까 본가에 간다고 하던데?"

"그건 그런데……."

분명 자신도 같이 가는 걸로 알고 있었던 보배는 황당했다. 곧바로 기성에게 전화를 걸었지만 연결이 되지 않는다는 안내만 계속 나올 뿐이었다. 보배는 메신저에 메시지도 남기고, 확인하지 않아 문자 메시지도 남기고, 답이 없어 음성 메시지도 남겼지만 기성은 종일 감감무소식이었다.

본가에 가긴 한 건가? 왜 돌아오지 않는 건가. 보배는 젖이 차오를 때마다 유축을 해서 모유 저장 팩에 담아 냉장실에 넣어 두었다. 연락이 안 되어 답답했지만 아빠와 함께 나갔으니 크게 걱정은 하지 않고 밤 10시쯤 잠자리에 들었다.

보배가 잠에서 깬 것은 30분 후였다. 전자시계를 보는 것과 동시에 문이 열리고 희미한 빛이 새어 들어왔다. 기성이 침대 옆에 앉았다. 보배는 돌아누우며 물었다.

"어디 갔었어? 종일 연락도 없고. 연후는?"

보배는 반사적으로 아기 침대를 보았다. 그러다 눈을 비비고 다시 보았다. 유럽산 자작나무로 만든 아기 침대가 보이지 않았다. 어떻게 된 거지? 보배는 잠이 확 깨어 벌떡 일어났다. 그녀는 기성에게 외쳤다.

"연후 어디 있어? 응? 시댁에 있어?"

기성은 대답하지 않고 그녀를 쳐다볼 뿐이었다. 크고 잘생긴 눈에 동정심이 어려 있었다. 보배는 비명을 지르듯 외쳤다.

"연후 어디 있어? 어디 있어? 응? 어떻게 된 거야?"

기성은 보배의 머리를 쓰다듬었다.

"가엾게도……."

"뭐?"

"당신, 또 이러잖아. 연후 이야기."

"또 이런다니? 대체 무슨 말이야?"

기성은 한숨을 쉬더니 그녀의 손을 잡으며 말했다.

"연후는 태명이야. 세상에 태어나지 않았다고. 당신, 유산했잖아."

일순 보배의 사고가 정지한 것 같았다. 방금 자신이 들은 말을 똑같이 따라서 말한 다음에야 겨우 이해했지만, 아직도 어떻게 된 건지 알 수가 없었다.

"말도 안 돼! 여기, 이 배 속에 열 달이나 품고 있었다고! 자연분만을 하진 않았지만 제왕 절개를 했고, 현장에는 내가 있었어. 태어나자마자 힘차게 우는 소리도 들었고 수술 포에 감싸인 모습도……."

보배는 잠시 쉬었다가 외쳤다.

"분명 태어났어! 당신이야말로 도대체 무슨 소리를 하는 거야?"

기성이 말했다.

"연후란 애는 없어. 모두 당신 상상일 뿐이야. 기억 안 나? 병원에서도 의사가 상상 임신이라는 증상이 있다고 했잖아. 상상 출산도 가능한 일이라면서."

보배는 기가 막혀 하다가 양쪽 가슴에서 젖이 핑 도는 느낌에 아사면 잠옷 윗도리 단추를 빠르게 풀어 헤쳤다.

"자꾸 왜 그래, 무섭게? 여길 봐. 상처 난 거 보이지? 제왕 절개 자국이 크게 나 있잖아. 이것 봐. 젖이 흐르는 걸 보라고."

보배는 젖꼭지에서 나오는 끈적거리는 연한 노란빛을 띤 모유를 손가락 끝에 묻혀 기성에게로 내밀었다. 기성이 말했다.

"그것도 상상 출산 증상 중 하나라고 그랬어. 배에 상처는 제왕 절개 자국은 맞는데, 죽은 아기를 꺼내느라 그런 거고. 연후가 작지는 않았지. 30주였으니까."

보배는 기가 막혔다. 기성이 도대체 왜 이러는 걸까? 연후는 있어. 몇 시간 전에 품에 안고 젖을 먹였다고. 여전히 받아들이지 못하는 보배의 표정을 보던 기성이 말했다.

"그렇게 못 믿겠으면 이모님이라도 부를까?"

"뭐? 순자 할머니?"

기성이 고개를 끄덕였다.

"응, 아직 안 주무실걸. 그분이라도 괜찮다면 데리고 올게. 어쨌거나 당신은 이럴 때 도움받을 친정어머니나 언니도 없으니까."

그건 사실이었다. 부모님들은 모두 돌아가셨다. 보배는 외동딸이었다. 보배는 마지못해 고개를 끄덕였다. 분명 순자가 연후를 데리고 와서는 놀랬지! 하고는 장난이었다고 말할 거라고 짐작했다. 숨겨 뒀던 아기 침대도 가지고 오고, 침대 주변에 널려 있던 수유 쿠션이나 가제 수건, 딸랑이, 기저귀, 속싸개 등의 아기용품도 모두 제자리로 돌아올 거라고 믿으며 기다렸다.

하지만 순자는 홀로 방에 들어왔다. 보라색 뜨개 모자를 쓴 그녀는 조심스럽게 보배의 손을 잡으며 말했다.

"새댁, 힘들지?"

"네, 아뇨, 그런 게 아니고요, 연후는요?"

순자의 주름진 눈 속 맑은 눈동자가 흔들렸다. 살짝 눈물이 고이는 것도 같았다.

"딱하기도 하지. 그래, 아기를 낳는다는 게 쉬운 일이 아니야. 우리 때도 그랬지만 한두 번 유산하는 건 흔한 일이고."

보배가 말했다.

"물론 임신도 출산도 쉬운 건 아니죠. 하지만 저는 유산하지 않았어요."

순자가 보배의 손을 쓰다듬었다.

"그래, 그렇게 생각하는 게 편해. 아기는 죽지 않았다고. 저 하늘나라에서 행복하게 살고 있을 거라고."

보배는 순자의 손을 뿌리치며 외쳤다.

"이 할머니가 노망이 났나! 왜 자꾸 헛소리를 해요? 우리 연후가 왜 죽어! 어? 무슨 개소리를 이렇게 정성 들여서 해?"

순자가 황망히 쳐다보는데 밖에 있던 기성이 들어오더니 말했다.

"이모님, 괜찮으세요? 이 사람이 진심으로 하는 말은 아닐 겁니다. 아시죠? 요즘 많이 힘들어하는 거."

순자가 일어섰다.

"알지. 잘 좀 위로해 줘요. 나는 딸이 없어 놔서 이런 건 통 힘들어. 도움이 되고 싶었는데 미안하네."

"아닙니다."

차순자가 나가고 나자 부부는 단둘이 남았다. 기성을 노려보던 보배는 갑자기 웃었다.

"됐어. 이 정도면 감쪽같았어. 속은 척할게. 서프라이즈! 그런 거지? 그래, 연후는 지금 어디 있는데?"

기성은 길게 한숨을 쉬더니 옷장에서 점퍼를 꺼내 입고는 뒤돌아서 말했다.

"자꾸 그러면 나도 힘들어. 나 바람 좀 쐬고 올게."

그는 밖으로 나가 버렸다. 보배는 어이가 없다는 표정으로 그 모습을 쳐다보다가 침을 삼켰다. 그러다가 출산 때 병원에서 받은 아기 예방 접종 수첩이 생각나서 서랍을 뒤져 보았다. 없었다. 없어? 그것까지 숨겼나? 보배는 두근두근 뛰는 가슴을 진정하며 출산했던 대학 병원에 전화를 걸어 보았다. 업무 시간은 이미 끝난 뒤였다.

그래도 출생 등록까지는 없앨 수 없겠지 싶어 그녀는 노트북을 열고 정부 24 사이트에 들어가 주민등록 등본을 발급해 보았다. 하지만 나오는 것은 남편과 자신의 이름뿐, 아들의 이름은 보이지 않았다. 보배는 눈앞이 캄캄해지는 것 같았다. 분명 출생 신고를 했다며 신고서도 보여 주었던 기성이었다.

도대체 어떻게 된 거야? 기가 막힌 보배는 내키지 않았지만 하는 수 없이 시어머니에게 전화를 걸었다. 3대 독자인 남편에게는 전화를 걸어 볼 형제나 남매가 없었기 때문이었다. 시어머니 역시 자고 있었는지 한참 후에야 전화를 받았다.

[그래, 보배냐? 이 밤에 무슨 일이냐?]

"저어."

보배는 어렵게 말을 꺼냈다. 이야기가 끝나자 시어머니가 말했다.

[그러지 말고, 입원을 하는 게 어떻겠니.]

“네?”

[네 병이 점점 깊어지는 것 같아서 말이다. 애비 말로는 상상임신이니 뭐니 가벼운 증상이라고 하지만 내 보기에는 그거 정신병 같아서. 치료가 필요해 보이네.]

보배는 귓불이 달아오르고 눈앞이 캄캄했다. 어떻게 끊었는지 모르게 전화를 끊고 나자 세상에 홀로 남은 기분이었다. 이럴 리가 없었다. 사실이 아니야. 시댁 식구들이 한패로 짜고서 자신에게 거짓말을 하고 있었다.

보배는 한동안 멍하게 침대에 앉아 반대편 화장대 거울에 비치는 자신을 쳐다보았다. 허리까지 오는 생머리가 부스스해서 시어머니 말대로 좀 미친 여자처럼 보였다. 그러다가 뭔가가 떠올라 침대 아래 서랍을 뒤졌다.

서랍에는 보배가 중학생 때 돌아가신 부모님이 남기고 간 물건이 있었다. 보배의 손바닥보다 조금 더 큰 오래된 구리 상자는 언뜻 보기에 가보처럼 보이지 않았다. 보배는 달칵 하고 잠금쇠를 열어 안의 내용물을 확인했다.

처음 봤을 때처럼 오래된 종과 작은 망치가 들어 있었다. 종을 원망스럽게 쳐다보던 보배는 그 아래 뭔가가 있는 것을 발견했다. 꺼내 보니 하얀 종이에 쓴 유서였다.

나의 사랑스러운 딸, 보배야.

앞으로 어찌 될지 몰라 유언을 남긴다.

통일신라시대에 성덕 대왕 신종 주조를 지휘한 주종박사 박종일이라는 분이 계신다. 그분이 세 번의 실패 끝에 종을 주조하면서 더 이상 실패하면 멸문지화를 당한다는 소리에 누이가 자신의 아들 중 하나를 바치겠다고 하였다.

다행히 아들은 살아남았지만 한번 신에게 바쳐졌으니 살아서 그 업을 벗어나기 힘들어, 주종박사 밑에서 신명을 받드는 사람으로 살아가게 되었다. 그분이 우리 조상의 친인척이시다. 천교라는 이름처럼 그분의 실력과 안목은 대단했다고 한다. 그분은 음성서에 드나들면서 보관된 동서고금의 악기들을 관찰하고 연구하다가 구석에 처박혀 녹슬고 있던 고대 악종을 발견하셨다.

춘추 전국 시대 말기에 만들어진 박종인데, 뿔 막대로 쳐 보았더니 소리가 크고 울림의 여운이 꼬박 하루를 갔다. 다음 날 전날이 한 번 더 반복되었다. 시공을 초월하는 신의 악기라 생각되어 비밀리에 후대에 남기셨고, 가보로 이어져서 내려왔다. 나는 어머니로부터 물려받았다.

보배야, 애비는 이것을 너에게 전하고 급한 용무를 보러 간다. 훗날 네가 나를 이해할 날이 올 것이라고 믿는다. 이해하지 못하더라도 천수를 누리고 행복하게 살기를 바란다.

너를 세상에서 가장 아끼는 아버지가.

이런 물건이었구나. 보배는 편지를 접다가 다시 펼쳤다. 같은 부분을 몇 번이고 다시 읽었다. 종을 치면 그날이 한 번 더 반복된다는 구절이었다. 이 종의 능력은 어쩌면 지금 자신에게 필요한 게 아닌가? 아기가 자고 일어나니 없다고, 심지어 자신이 정신병이라고 몰아세우는 이 상황. 다시 하루가 주어진다면 바로잡을 수 있을지도 모른다.

보배는 반신반의하며 종을 꺼냈다. 종은 고리에 봉황이 두 마리 장식되어 있었다. 종 부분은 중간이 양쪽으로 세 줄로 된 돌기들이 있을 뿐 투박한 편이었다. 보배는 고리 부분을 한 손으로 들었다. 꽤 무거워서 위팔 근육에 힘이 팍 들어갔다.

다른 손으로 돌기가 없는 가운데 부분을 뿔이 달린 조그만 나무망치로 쳤다. 뎅- 하고 울림이 긴 종소리가 이어졌다. 보배는 시계를 보았다. 밤 11시 55분. 종소리는 사라지지 않으며 계속 이어졌다.

2.

"연후야!"

비명을 지르며 깨어난 보배는 잠시 눈을 깜빡이며 천장을 보다가, 서둘러 부부 침대 옆에 놓여 있는 아기 침대를 보았다. 다행히 연후는 엎드린 채로 천사처럼 잠들어 있었다. 보배는 안도의 한숨을 쉬었다.

보배는 잠든 아기의 보드라운 머리를 조심스레 쓸어 넘기고는 한동안 쳐다보았다. 그런 다음 부엌으로 가서 물을 한 잔 마시다가 식탁 위에 놓여 있는 휴대폰을 열어 알림을 확인하고 껐다가 갑자기 다시 액정을 확인했다. 5월 30일?

설마. 꿈이라도 꾼 거겠지. 보배는 거실의 100인치 텔레비전을 켰다. 날짜를 확인하자 5월 30일이라고 나왔다. 기계가 다 같이 고장을 일으킨 게 아니라면 오늘도 5월 30일일 터였다. 유언이 진짜였어. 그런 게 정말 가능한 건가.

혹시 시댁에 가야 한다고 강박적으로 생각한 나머지 너무 생생한 꿈을 꾼 건 아닐까. 처음 만났을 때부터 시부모님은 이상했다. 기성은 그들에게 거두절미하고 이렇게 말했다.

"이 사람이 바로 '그 사람'이에요."

'그 사람'이 무슨 뜻인지는 알 수 없었다. 그 뒤로 몇 번이나 물어보았지만 기성은 그저 웃으면서 처음 만났을 때처럼 보배가 자신이 찾아 헤매던 '그 사람'이라고만 설명했다. 하지만 그 단어를 들었을 때의 시부모님들의 표정이란.

시아버지는 하얗게 질렸고, 시어머니는 눈꺼풀을 1초마다 한 번씩 깜빡이는 바람에 실신이라도 할 것 같았다. 시어머니는 겨우 정신을 차리고는 보배에게 잠깐 나가 달라고 했다. 자신들끼리 할 말이 있다면서.

보배는 하는 수 없이 밖으로 나가 화장실에 다녀왔다가 고급 일식집의 창호지 너머로 격하게 토론하는 소리를 들었다. 장차 시아버지와 시어머니가 될 사람들이 나직하면서도 빠른 소리로 따지는 바람에 무슨 이야기인지 제대로 파악하기도 힘들었다. 알아들은 거라고는 기성의 목소리뿐이었다. 기성은 이렇게 말했다.

"친구는 가까이, 적은 더 가까이 두라고 하니까요."

적이라니. 설마 자신을 두고 하는 말은 아니겠지, 하면서도 결혼을 끝까지 반대하던 시부모님을 보면 의심스러웠다. 하지만 기성은 고집을 부려 이 결혼을 성사시켰다. 보배도 그의 외모와 재력에 자석처럼 끌렸다.

때문에 시댁과의 관계는 내내 좋지 않았기에 가고 싶지 않았다. 만성적으로 피곤하기도 했다. 자신은 매일 젖이 찼다 비었다 하는 저장소 같은 상태라 집에서만 왔다 갔다 해도 어지러울 때가 있었다. 비틀거릴 때마다 순자 할머니는 이렇게 말하곤 했다.

"모유, 그게 다 하얀 피야. 애기 엄마는 종일 피를 흘리고 있는 부상병 같은 신세라고. 얼마나 힘들어!"

순자 할머니는 죽은 남편이 퇴역 군인이라서 그런지 군인에 비유해서 이야기할 때가 많았다. 순자는 안방 옆방에서 잠들어 있었다. 보배는 연후가 칭얼거리는 소리를 듣고 침실로 달려가 아기를 안아 올렸다.

밤에는 순자의 손을 빌리지 않으려고 했다. 순자는 나이보다

체력이 좋았지만 목소리나 행동도 커서 기성을 깨울 것이 분명했기 때문이다. 조리원에서 나와서 초반에 기성이 그것을 두고 싫은 소리를 하며 보배 얼굴에 속싸개를 던진 적도 있었다.

이제 제법 능숙하게 수유를 마친 보배는 연후를 내려놓고 침대에 비스듬히 앉아 헝클어진 자신의 옷매무시를 바로 하다가 옷깃 사이로 늘어진 가슴과 튼 살로 가득한 배를 보고 한숨을 쉬었다.

기성은 다른 게 없는데 자신은 빛나던 시절의 외모를 다 잃어버린 것 같았다. 그래도 부자랑 결혼을 해서 다행인가. 다시 돈 들여서 관리하면 괜찮아지려나. 보배는 폴란드 구스 이불에 몸을 푹 파묻고 나른하게 몸을 뒤척이다 도로 잠이 들었다. 그 뒤로 매일 그렇듯 두세 번 수유를 더 한 다음 곯아떨어졌다.

*

번쩍 하고 눈을 뜬 시각은 아침이었다. 보배는 기시감을 느끼며 주변을 둘러보았다. 곁에는 아무도 없었다. 또? 아기 침대 쪽을 보았다. 사라지고 없었다. 아기용품 역시 누군가 공들여 치운 것처럼 하나도 없었다. 이럴 리가 없어, 이건 장난도 뭣도 아닌 끔찍한 짓거리야.

얼른 부엌으로 간 보배는 된장찌개를 끓이고 있는 차순자의 뒷모습을 보았다. 어제와 같은 옷, 같은 자세. 차순자가 뒤돌아 보기도 전에 그녀는 휴대폰으로 기성에게 전화를 걸었다. 받지 않았다. 메시지를 남기려던 보배의 손이 떨려 왔다.

어제와 같은 행동을 하고 싶지 않았다. 보배는 시어머니에게 전화를 걸었다. 시부모님 역시 약속이라도 한 것처럼 아무도 전화를 받지 않았다. 그녀는 몇 번이고 전화를 걸고 메시지를 남겼지만 두 시간이 넘도록 답이 없었다.

얼이 빠진 하루를 보내는 동안 기성에게서는 연락 한 통 없었다. 마음이 놓이지 않으니 잠도 오지 않았다. 보배는 거실에서 서성이며 저물어 가는 밖을 봤다. 볼 때마다 감탄하던 경치였지만 지금은 그저 물에 불이 켜져 있구나 싶었다.

밤 10시쯤 되어서야 현관 센서 등이 켜지더니 기성이 안으로 들어섰다. 어둠 속에 서 있던 보배를 보고 기성은 깜짝 놀라며 억! 하는 소리까지 냈다. 보배가 말했다.

"연후는? 지금까지 어디 있었어? 뭘 하다 온 거야?"

"어……."

남편의 얼굴을 비춘 센서 등이 꺼졌다. 크고 잘생긴 눈 옆에 붉은 핏방울이 점점이 튄 모습이 머릿속에 잔상으로 남았다. 피? 그녀는 달려가서 남편의 얼굴을 붙들었다. 키가 20cm는 더 큰 남편의 몸이 구부러졌다가 긴 팔이 그녀의 손을 쳐 냈다.

"뭐야? 왜 그래?"

"이거 뭐야? 피 아냐?"

그녀는 기성의 얼굴을 붙들고 거실 등의 스위치를 눌렀다. 하지만 언제 닦았는지 피는 말끔히 사라지고 없었다. 보배는 두 눈을 깜빡거렸다.

"연후는?"

기성이 보배의 두 손을 떼어 놓으며 말했다.

"내일 같이 병원에 가 보자."

"무슨 병원?"

"알잖아. 어머니도 많이 걱정하셔. 정 힘들면 입원 치료를 받는 건 어때?"

말투는 다정했지만 시선은 얼음처럼 차가웠다. 보배는 온몸이 덜덜 떨렸다. 미친 사람으로 만드는 건 일도 아닌 거구나. 보배는 뒷걸음질 치면서 고개를 저었다. 기성은 한숨을 쉬더니 말했다.

"언제까지 그럴 거야? 나도 힘들어. 바람 좀 쐬고 올게."

기성은 나가 버렸다. 시각을 보니 어제와 같은 시간이었다. 절망한 표정을 짓고 있던 보배는 안방으로 돌아왔다.

그리고 침대 밑에서 구리 상자를 꺼냈다. 청동 종과 망치를 보며 두 눈을 깜빡거렸다. 종이 어떤 식으로 어떻게 작용하는지는 몰라도 하루를 되돌리는 힘이 있는 건 사실이었다. 이제 이 힘을 어떻게 사용할지는 자신에게 달렸다.

보배는 종을 친 다음 시계를 보았다. 내일까지는 5분이 남았다. 뎅- 하는 종소리의 여음이 귓가에 울렸다.

3.

"헉!"

보배는 숨을 삼키며 자리에서 일어났다. 온몸이 식은땀으로 흥건했다. 보배는 벌떡 일어나 주변을 보았다. 속옷만 입고 잠들어 있는 기성, 아기 침대에 엎드린 채 자고 있는 연후. 그녀는 달려 나가 식탁에 놓인 휴대폰을 집어 들었다.

5월 30일. 또 오늘이다. 정말 종에 신이 깃든 건가? 그녀가 알기로 30일이 벌써 세 번째 반복되고 있었다. 이제 어떻게 해야 하지? 휴대폰을 쥐고 있던 보배는 네일아트도 한 지 오래된, 거스러미가 일어난 자기 손을 보았다.

기성에게 청혼을 받던 날이 떠올랐다. 그들이 처음 만난 곳인 강남대로 A 클럽. 보배는 회색 모피 안에 은색 튜브톱 미니 드레스를 입고 반짝반짝 빛나는 해골 클러치, 10cm 하이힐을 신고 핑크와 보라색 LED 직사각형들이 겹쳐진 통로를 또각또각 걸어 안으로 들어섰다.

실내에는 공격적인 붉은 레이저 조명이 내리꽂고 전자 음악이 결말부로만 터지고 있었다. 홀을 가로지르는 동안 몸을 쓰다듬는 손길들. 돌아보면 어두워도 잘 보이도록 상표만 커다랗게 쓴 명품 모자와 옷을 입은 남자들이 어깨와 허리를 끌어당겼다. 보배는 애프터 클럽을 다니면서 진짜 부자들은 상표가 보이지 않는 옷을 즐긴다는 사실을 터득했다.

보배는 그들을 뿌리치고 기성이 알려 준 테이블 번호를 찾았다. 디제이 박스가 바로 보이는 20번 테이블에 앉자마자 샴페인 걸들이 주둥이에 분수형 폭죽을 꽂은 샴페인과 양주, 시시각각으로 불빛이 변하는 LED 명판을 줄줄이 들고 왔다.

명판에는 'VIP 보배 님'이라고 적혀 있었다. 불꽃 튀는 술병 열차는 열 병이 넘어 보였다. 생전 처음 보는 사람들이 입을 모아 외쳤다. 기성의 클럽 친구들 같았다.

"내 아를 낳아 도!"

가운데 자리에 앉아 있는 맞춤 정장을 입은 기성이 검은 벨벳 케이스에 든 반지를 꺼내 보배의 왼손 약지에 끼워 주며 말했다.

"결혼하자."

보배는 반지를 물끄러미 쳐다보았다. 반지는 술병의 불꽃에 시시각각으로 다른 색깔의 빛을 산란하며 반짝였다. 엄지손톱만 한 크기며 투명한 색깔이며 세심한 세공까지, 최상급 다이아몬드였다. 훌륭한 반지였다. 인생을 걸어도 될 만큼.

그런 시절이 있었는데. 보배는 방에서 나와 집 안을 둘러보았다. 한강이 보이는 56평 아파트. 대리석 바닥에 100인치 텔레비전이 걸려 있는 거실, 외제 냉장고와 식기 세척기와 오븐과 바가 있는 주방, 최신형 드럼 세탁기와 건조기가 있는 세탁실, 갖가지 명품 옷과 가방과 신발과 액세서리로 즐비한 널찍한 드레스 룸, 반짝반짝 빛나는 욕실 두 개.

친척 집에서 눈칫밥을 먹으며 살다가, 돈 냄새가 물씬 풍기는 기성이 반지를 내밀었을 때 덥석 낀 것은 맞다. 하지만 아기가 사라지고 남편과 시부모님이 자신을 정신병자로 몰아가고 있는 지금 상황은 자신이 원하던 결혼 생활이 아니었다.

그럼 자신이 원하던 결혼 생활은 무엇이었나. 문득 보배는 그런 게 없었다는 걸 깨닫고 흠칫 놀랐다. 자신이 정말 바란 건 뭐였을까. 어쩌면 모두가 타인인 세상 속에서 마음껏 끌어안고 사랑할 수 있는, 어떤 존재가 아니었을까.

그때 연후가 깨어나 칭얼거리는 소리가 들렸다. 안방으로 달려간 보배는 젖을 물렸다. 모든 것이 어제와 같았다. 지난밤처럼 잠들면 안 된다. 보배는 눈을 부릅뜨고 아기를 안은 채로 자작나무 침대를 노려보았다.

*

얼마나 지났을까. 조심스레 소리 없이 문을 연 차순자와 보배의 눈이 마주쳤다. 차순자는 놀란 표정이었다가 어색하게 미소를 지었다.

"새댁, 안 잤어?"

"네."

"어서 자. 피곤할 텐데."

그 뒤로 차순자는 몇 번이나 문을 열었지만 보배는 아예 자작나무 침대 곁에 앉아 아기 손을 꼭 잡고 그녀를 노려보았다. 차순자는 물러가는 수밖에 없었다.

오전 10시 반이 되자 자리에서 조심스레 일어나는 기성을 보배가 불렀다. 화들짝 놀란 기성이 말했다.

"아이고, 깜짝이야! 안 잤어?"

"응. 이제 평창동 가게?"

"저, 오늘 안 가도 돼. 집에서 푹 쉬어."

"왜?"

"본가 가는 거 불편하지 않아?"

"힘들어도 약속했으니 가야지."

기성은 손사래를 쳤다.

"약속 안 했는데?"

보배가 자리에서 벌떡 일어났다.

"갈래."

"자기야, 자기야?"

보배는 드레스 룸으로 달려가 손에 잡히는 대로 옷을 입었다. 그새 기성이 가 버릴까 봐 화장은커녕 가방도 들지 않았다. 아니나 다를까, 기성은 연후를 안고 벌써 문을 열다가 놀란 표정으로 보배를 쳐다보았다. 보배는 얼른 따라나섰다. 기성이 당황하는 시선이 느껴졌지만 개의치 않았다.

차로 40분 거리인 평창동 주택에 들어서자 시부모님들이 보였다. 우아하게 차려입은 시부모님은 놀란 표정을 감추지 않고 보배에게 말했다.

"아가, 네가 오다니! 무리할 필요는 없었는데."

그들은 연후에게는 시선조차 주지 않고 보배만 쳐다보았다. 뭔가를 알아내려는 눈빛이 무척 불편했다. 보배는 기묘한 느낌이 들었다. 돌이켜보면 시부모님들은 조리원에 와서도 보배의 얼굴만 보고 갔을 뿐이었다.

오늘도 그랬다. 태어난 지 30일밖에 되지 않은, 여기 있는 모든 이의 관심을 받아야 마땅한 연후는 마치 없는 사람 같았다. 시어머니는 당황한 얼굴로 기성을 쳐다보더니, 아들에게 소곤거렸다.

천년우물에 가라고 하는 소리를 들은 보배는 그 단어가 귀에 걸렸다. 보배가 말했다.

"어머님."

"응? 그래."

"천년우물……이 어디예요? 왜 지금 그리로 가라고 하시는 거죠?"

순간적으로 시어머니의 얼굴에 놀라움이 떠올랐다. 시아버지

역시 흠흠, 하고 목기침을 했다. 기성이 보배의 팔을 끌어당기며 말했다.

"내가 가면서 천천히 설명해 줄게."

보배는 시아버지를 똑바로 쳐다보았다.

"아버님, 천년우물이 뭔지 꼭 설명해 주셨으면 합니다."

시아버지와 시어머니, 기성의 시선이 교차했다. 시어머니가 외쳤다.

"이 아이는 '그 사람'이라고요! 알려 줘선 안 돼요."

시아버지가 아내의 귓가에 뭐라고 속삭였다. 언뜻 '전처럼', '넘어온다', '속물' 등의 단어가 들려왔지만 무슨 뜻인지 정확히 알 수는 없었다. 시어머니는 내키지 않는 표정으로 고개를 끄덕였다. 시아버지가 말했다.

"새아가가 듣고 싶어 한다면 우리에게는 알려야 할 의무가 있다. 오늘 같은 날은 더더욱. 자, 거실로 가서 앉자꾸나."

그들은 쾌적하고 넓은 거실의 안락한 소파에 앉았다. 시아버지는 탁자 위 크리스털 장식 그릇에 담긴 구슬들을 보다가 말했다.

"아가, 우리 집안은 경주 김씨 태사공파에 속한단다. 유서 깊은 집안이지. 이 이야기를 하는 까닭은 시집온 이상 너도 우리 집안 사람이 되었기 때문이야. 가문에 대한 이야기는 이 정도로 하고.

통일신라 말기인 820년경 헌덕왕 때 국가에서 하늘에 제사를 지내기 위해서 만들어진 우물이 있다. 우리는 그 우물을 천년우물이라고 부른다. 제사를 지낸 다음 출입을 막기 위해 연못으로 만들었다고 하더군.

이듬해 연못에 어떤 이가 아들을 데리고 갔다가 아들이 빠져 죽었다. 비통함을 느낄 새도 없이 난국에도 그의 집안에만 금은보화가 쏟아져 들어왔고, 가족들은 역병에서도 살아남아 대대손손 번영을 누렸다고 한다. 그 풍습을 우리 선조가 넘겨받았다.

그래, 산 사람을 제물로 바치는 것. 이 시대에 어울리지 않는 얘기라는 것쯤은 안다. 죄책감이 없을 수도 없어 무척 괴롭다. 그렇지만 선조들 말로는 아이, 그것도 가능한 어린 아이를 바칠 때마다 연못이 크게 기뻐하여 후손들이 번영했다고 한다.

해마다 아이가 태어날 수는 없어서 10년 이상 후손을 바치지 못하던 시기에는 많은 자손들이 죽고 심각한 재산 손실을 입었지. 그러니 어떠하겠냐? 일족은 어린아이가 생길 때마다 바치려 들었다. 우리는 자손을 많이 낳긴 했지만 대대손손 독자로 이어질 수밖에 없었지.

결론적으로 말하자면 우리가 후손을 바친 것은 10년 전이 마지막이었다. 그간 많은 재물을 벌어들였고, 어떤 가족도 아프거나 사고를 당하지 않았다. 물론 그 기운은 공양을 하는 시점으로부터 점점 쇠해 가는 것이지.

올해에는 네가 훌륭하게도 태사공파의 후손을 세상에 내놓았구나. 되도록 장손은 남기자는 게 일족의 지론이었지만 벌써 오랜 시간이 흐른 데다 너는 젊고 건강하니 앞으로도 많은 자손을 남길 것이라 생각되어 공양을 결정하게 되었다.

대대로 우리 집안과 함께해 온 황금무당이 오늘이 길일이라고 하더군. 전통적으로 부모가 아이를 바쳐 왔지. 준비는 해 두기로 했으니, 지금 출발하면 오후에 의식을 치를 수 있다."

이야기를 끝낸 시아버지는 자리에서 일어났다. 다들 따라 일어섰지만 보배만은 자리에서 일어나지 못했다. 보배는 한참만에야 부들부들 떨리는 몸으로 간신히 일어났다.

"그러니까 지금 그 말씀은…… 연후를 제물로 바치라는 건가요?"

시부모님과 기성은 말없이 고개를 끄덕였다. 마침 연후가 칭얼거리기 시작했다. 보배는 침착하려 애썼다. 보배가 기성에게 말했다.

"연후가 배가 고픈가 보네. 수유하고 가면 안 될까요?"

기성은 마침내 보배도 이 사실을 받아들이기로 한 것으로 알았는지 순순히 연후를 내밀었다. 보배는 가만히 아기를 쳐다보다 꽉 안고 뒤돌아 달렸다. 완전히 개소리였다. 우물에 아기를 왜 바쳐? 아기를 물에 빠뜨려 죽인다는 거잖아! 그래 놓고 나더러 정신병이 있다고?

보배는 시댁에서 나오자마자 질주했다. 카드도 돈도 없었다. 돌아보자 시부모님과 기성이 뒤따라 달려오는 것이 보였다. 보배는 택시를 잡아탔다. 행선지를 묻는 기사에게 집에 가서 돈을 주겠다고 했다.

도착하자마자 마주친 것은 아기용품을 한가득 든 순자였다. 안방에서 나오던 그녀는 기겁한 표정으로 보배를 쳐다보았다. 보배는 얼른 안방으로 들어가 문을 잠갔다. 한 손으로는 여전히 연후를 단단히 안고 다른 손으로는 침대 아래 종을 꺼내어 쳤다.

이제 일이 어떻게 돌아가는지는 알았지만 해결책은 알 수 없었다. 현관문이 열리며 다급한 발소리가 들려오더니 기성이 안방 문 앞에 서서 말했다.

"자기야."

보배가 대답하지 않자, 기성은 문을 쾅 쳤다.

"자기야!"

"대답해, 어서!"

"열어, 열라고, 열어!"

"여기 열쇠 있어요."

순자의 목소리가 들리며 열쇠가 절그럭거리는 소리가 들렸다. 문이 열리자 기성과 뒤에 선 시부모님, 순자가 보였다. 보배는 연후를 안고 뒤로 물러섰다. 천천히 다가온 순자와 시아버지가 옳지, 하더니 보배의 팔을 붙들었다.

"안 돼!"

보배가 떨어뜨린 아기를 기성이 받았다. 시어머니가 뒤도 돌아보지 않고서 아들과 나갔다. 시아버지는 열쇠 뭉치를 순자에게 던져 주며 말했다.

"잘 감시해요."

순자는 고개를 끄덕인 다음, 차가운 표정으로 보배를 보았다.

"새댁, 이제 자신의 처지를 알았겠지?"

보배가 그들을 따라나서려 하자, 순자는 문을 쾅 닫고는 보배의 얼굴을 발로 걷어찼다. 보배는 바닥에 쓰러졌다. 다시 일어나자 순자가 또 찼다. 과연 군인의 아내다웠다. 보배가 바닥에 뻗자, 순자는 문을 닫고 나가며 말했다.

"이제 얌전히 있을 거지? 배고프면 두드려. 밥 줄게."

보배는 온몸에 힘이 빠지는 것을 느꼈다. 정신이 혼미해졌다.

4.

보배는 흡, 하고 눈을 떴다. 테이블에 놓인 전자시계가 보였다. 자정. 보배는 주변을 돌아보았다. 익숙한 풍경이었다. 남편, 아기, 침대. 다행이다. 돌아왔어. 보배는 몸을 휙 돌려 잠든 기성을 보았다.

지금 그를 깨워 사흘간 반복된 날들의 이야기를 꺼낸다면 어떤 표정을 지을까. 그는 늘 아무것도 모르는 상태인가, 아니면 자신처럼 기억이 축적된 상태인가. 기성이 상견례 때 하던 말이 떠올랐다. '그 사람'이라는 말. 기성은 뭔가 알고 있는 건가? 그게 무슨 뜻이었을까?

연후가 칭얼거리자 보배는 평소대로 얼른 수유를 하고 조심스레 아기 침대에 내려놓았다. 돌아서는데 곤히 잠들어 있는 기성의 모습이 보였다. 가슴 깊은 곳에서 분노가 치밀어 올랐다. 임신 내내, 아기를 낳고서도 고생하는 것은 자신뿐이었다.

기성에게 말한다면 이 근사한 집과 외제차와 입주 도우미에 대해 이야기할 것이었다. 많은 것들을 누리는 건 사실이었다. 하지만 대가로 보배는 그의 집안에 아기를 바쳐야 하는 것이다. 임신이 가능한 동안 내내.

보배는 서늘한 눈길로 연후를 보았다. 그들의 배를 불릴 바에야 차라리 이 손으로 끝내 버리는 것이 낫지 않나. 보배는 구스 베개를 들고 아기에게로 다가갔다. 그러고는 베개 양쪽을 잡고 힘껏 눌렀다. 아기는 억눌린 울음을 울며 발버둥을 쳤지만 푹신한 솜에 묻힌 그 소리는 처량할 정도로 작았다.

이게 무슨 짓이지? 내가 미친 건가? 정신이 든 보배가 베개를 치우자 연후는 자지러지게 울었다. 보배 역시 울면서 아기를 들어 올려 안고는 거실로 나갔다. 거실 통유리로 화려한 한강의 야경이 보였지만 이게 다 무슨 소용인가 싶었다.

한참을 서성이던 보배는 새근새근 잠든 아기를 안고 안방으로 들어왔다. 그러고는 자다 깨다를 반복하며 수유를 했다. 마침내 아침이 밝아 오자 보배는 너무 지친 나머지 자작나무 침대 창살을 잡고 깜빡 잠이 들고 말았다.

화들짝 놀라 일어나 보니 자신은 침대에 누워 있었다. 곁에는 아무도 없었고 아기 침대와 용품들은 보란 듯이 사라지고 없었다. 보배의 퉁퉁 부은 눈에서 또다시 눈물이 흘러내렸다. 보배는 눈물을 닦으며 울면 안 된다고, 생각을 해야 된다고 중얼거렸다.

아기를 죽이면 왜 안 되는 건가. 낳은 것도 나고, 기르느라 고생하는 것도 난데, 이 손으로 끝내면 왜 안 되는 건가. 시댁에 주어 버리고 그들이 누리는 부귀영화를 함께 누리면 왜 안 되는 건가. 그들은 그래 왔다는데 자신은 왜 그럴 수가 없는 건가.

한없이 부드럽고 따뜻한 연후의 살결과 달콤한 숨결이 떠올랐다. 보배는 고개를 저었다. 나만 오롯이 믿고 의지하는 존재를 어떻게 죽인단 말인가. 보배는 침대 아래에 있는 종을 꺼내어 쳤다. 그리고 내일을 위해 다시 잠이 들었다.

*

눈을 뜨니 30일이었다.

푹 잔 보배는 아무것도 모르는 척하며 기성을 따라다녔다. 시어머니는 기성에게 해가 지기 전에 천년우물로 가라고 했다. 그들은 시댁에서 나와 경북 경주에 있는 천년우물로 향했다.

내비게이션으로 찍은 곳은 월성군 연못 공원이었다. 가는 내내 보배는 아무 말도 하지 않았다. 뒷좌석에서 아기만 끌어안고 있었다. 기성은 룸미러로 보배의 얼굴을 살피다가 입을 굳게 다물고 내내 운전만 했다.

"다 왔어."

기성이 주차장에 차를 대고 내렸다. 어느덧 해가 뉘엿뉘엿 지고 있었다. 기성이 차 트렁크에서 유아차를 꺼내긴 했지만 접힌 걸 펼 줄 몰랐다. 보배는 손목에 힘을 주어 유아차를 펴고 바구니를 대면으로 장착해 아기를 태웠다.

드넓게 조성된 공원에는 사람이 하나도 없었다. 일족에게 그렇게 중요한 땅이라면 사유지일지도 몰랐다. 일족? 문득 멈춰 선 보배는 유아차를 밀고 가는 기성의 뒷모습을 보았다. 저 사람은 어떻게 살아남았을까? 동생들 혹은 형이나 누나를 죽이고 살아남았겠지? 해결책이 보이는 것 같았다. 보배는 가슴이 두근두근 뛰었다.

이윽고 정자가 있는 연못에 도착했다. 팔각지붕을 얹은 나무 정자에는 흰 고깔모자와 한복에 붉은 장삼을 걸친 무당이 서 있었다. 성별이 확실하지는 않았지만 남자라기에는 키가 작았다. 무당은 한 손에는 칼을, 다른 손에는 피가 흐르는 꿩을 들고 있었다.

기성은 멈추지 않고 걸어갔다. 보배는 뒤따랐다. 정자 안 하얀 보를 깐 제단 위에 놓인 동물들이 보였다. 사슴, 멧돼지, 오리, 까마귀, 매 등등. 모두 피를 흘리며 죽어 있었다. 기성이 말했다.

"이거 좀 풀어 줘."

보배는 유아차 버클을 풀었다. 무당이 그들을 보고 있었다. 기성은 무당에게 연후를 건넸다. 무당이 붉은 입술을 꼭 다문 채 아기를 받아 들었다. 보배는 제단 위에 놓인 날카로운 칼을 들고 기성을 겨누었다. 보배가 외쳤다.

"이 사람으로 만족해! 일족이면 된다면서!"

그녀는 기성의 심장을 칼로 찔렀다. 기성은 저항도 하지 않고 중얼거렸다.

"역시 당신은 '그 사람'…… 예언대로 주기적으로 나타난다는 우리 가문의 적대자였군……."

보배가 의아하게 쳐다보자 기성이 웃었다. 입에서 피거품이 튀었다. 기성이 말했다.

"그래서 부모님들께 내가 그랬지. 친구는 가까이, 적은 더 가까이에 두자고."

보배는 그제야 이해가 되었다. '그 사람'이라는 말의 뜻이 그거였군. 그렇다면 기성은 다 알고 있었던 것이었다. 어떻게 알았는지 모르겠지만 이미 알고 첫눈에 반했다느니, 우리 언제 본 적이 있지 않느냐는 수작을 걸며 보배에게 접근했던 것이다. 보배가 말했다.

"당신에게 난 뭐였지? 아기 낳는 기계?"

기성은 고개를 저었다.

"아니, 이 비극을 끝낼 종결자. 자, 이제 내 삶을 끝내 줘."

"도대체 무슨 말이야?"

"나는 이제 모두 끝내고 싶어. 사람들이 죽는 걸 보는 건 지긋지긋해. 죽지 못해 살고 있었지만 막상 죽으려고 하니까 두려웠어. 자, 어서 해."

보배는 그를 힘껏 밀었다. 기성이 연못에 빠졌다.

다음으로 보배는 무당을 쳐다보았다. 보배가 외쳤다.

"이 살인자! 얼마나 많은 아기들을 갈아 넣은 거지? 얼른 내 아이를 내놔!"

보배는 칼로 무당을 위협해 연후를 품에 안은 다음, 제단의 죽은 동물들 옆에 내려놓고 있는 힘껏 무당의 심장을 칼로 찔렀다. 무당은 피가 흘러나오는 가슴을 두 손으로 누르면서 낮게 중얼거렸다.

"이 적대자……."

무당이 빠지자, 보배는 연못을 보았다. 그러자 연못 저 깊은 곳에 검은 그림자가 어렸다. 처음에는 작던 그림자가 서서히 커지더니 마침내 위로 쑥 머리를 드러냈다.

흔들리는 거대한 머리에는 수많은 머리들이 달려 있었다. 머리들은 회백색을 띠고 눈이 먼 것처럼 보였으며, 얼굴이 심하게 일그러져 있었다. 저건 귀신도 조상도 아닌 괴물이잖아! 괴물은 크게 아가리를 벌려 등을 보이며 떠 있는 기성을 삼켰다.

보배는 정신을 차리려고 애썼다. 뒤도 돌아보지 않고는 연후를 꼭 끌어안고 주차장까지 와서 마세라티에 탔다. 오랜만에 운전을 해서 방향 감각이 사라진 건지, 사람을 두 명이나 죽인 후라서 그런 건지 한참이나 헤맨 끝에 집에 들어온 시각은 자정 30분 전이었다.

그녀는 그대로 아기를 안고 침대에 앉았다. 이대로 끝난 건가. 아닐 터였다. 남편과 무당을 죽였다며 시댁 사람들과 경찰이 우르르 몰려들 테고, 자신이 감옥에 가고 나면 아들의 안전은 보장할 수 없었다.

이렇게 끝내서는 안 돼. 보배는 침대 아래에서 종을 꺼내어 쳤다.

5.

다섯 번째 5월 30일.

기성이 죽었다. 무당이 보배에게 외쳤다.

"이 적대자! 내가 처음부터 알아봤어! 그렇게 주의를 줬건만 기어이 집 안에 들이더니 이런 짓을!"

무당은 그녀를 떠밀었다. 보배는 연못에 떨어졌다가 놀랐다. 스쿠버 다이빙도 잠깐이지만 배웠고 수영도 잘하는 편이긴 했지만, 아무 장비도 없이 물속이라는 느낌이 없을 정도로 편안하게 숨을 쉴 수 있었다.

주변을 둘러보는 보배에게 저 멀리서 검은 것이 다가왔다. 괴물이 분명했다. 이제는 자신을 삼키러 온 것이구나. 자신이 죽으면 연후는 어떻게 되는 건가. 눈을 질끈 감은 보배는 온몸이 갈가리 찢어지면서 숨이 끊어지길 기다렸다. 하지만 아무 일도 일어나지 않았다.

보배는 실눈을 떴다. 눈앞에 한 소년이 서 있었다. 서 있다고 하면 이상한 말이겠지. 물이니 떠 있다고 하는 것이 정확한 표현일 터였다. 길고 검은 머리를 휘날리며 눈과 코가 큰 소년이 그녀를 바라보고 있었다. 소년이 말했다.

"당신은 경주 김씨가 아니군요?"

입을 움직이지 않고 말을 할 수 있다니 신기했지만 그것이야말로 이 아이가 보통의 인간은 아니라는 증거일 터였다. 소년은 보배에게 할 말이 있는 것 같았다. 보배가 말했다. 아니, 그냥 생각하는 것만으로 그녀의 귀에도 소년의 귀에도 말소리가 들렸다.

"저는 경주 최씨…… 아무튼 그건 중요한 게 아니에요."

소년이 고개를 주억거렸다. 보배가 물었다.

"당신은 누군가요?"

아이였지만 묘한 위엄이 느껴졌기에 존대가 나왔다. 소년이 말했다.

"약 천 년 전부터 우물에 살고 있는 령(靈)이랍니다. 왕실에서 역병과 난을 막고자 큰 능력을 가진 무당을 통해 제사를 지내면서 각종 동물들과 저를 바치는 바람에, 하늘로부터 이곳을 지키면서 부와 건강을 가져다주라는 명을 받게 된 령이지요."

보배가 말했다.

"경주 김씨들은 당신을 선조라고 부르던데요. 진짜 선조는 아니지만 이곳에 살면서 일족에게 부귀와 영화를 가져다준다고."

보배는 혼란스러운 표정으로 소년을 보았다.

"괴물인 줄로만 알았는데, 지금은 그냥 사람처럼 보이네요."

"난 경주 김씨가 아니에요. 내가 살아 있을 때 그들은 왕족이었죠. 나는 일개 천민이었고 역병이 돌던 시절이었지만 아주 건강했어요. 그들은 나를 죽여 우물에 넣었죠."

소년이 말을 이었다.

"내가 괴물로 보였다면 그건 아마 그들이 연못에 바친 사람들의 원혼이 나를 중심으로 한데 모여서 그런 걸 거예요. 나는 좋지도 나쁘지도 않은 일종의 힘이죠. 생명을 탐하는 건 원혼들이에요. 그들은 지독히 외로워해요. 친구를 원하죠. 처음에 빠진 사람이 다른 사람을 부르고…… 그리된 거죠."

주변을 둘러본 보배는 자신과 소년을 둘러싸고 모여 있는 이들을 발견했다. 이들은…… 우물에 바쳐진? 아이들이 많았지만 모두 아이는 아니었다. 어른도 있었다. 얼마나 많은 사람들이 이곳에서 희생당한 건가.

어리다고 작다고, 대를 잇지 못한다고 우물에 바쳤을 그들의 모습이 상상되었다. 일족으로 태어났으면서도 내쳐진 약자들. 그들은 창백한 모습으로 바라볼 뿐 다가오지 않았다. 괴물의 실체가 바로 이들이었나.

보배가 물었다.

"그래서…… 그 말을 하려고 나타난 건가요? 더 이상 아기를 바치지 말라고?"

소년이 대답했다.

"예전부터 여기에 있었어요. 진실은 보려고 하는 사람 눈에만 보이는 법이니까."

"그들을 막을 방법을 모르겠어요. 내가 남편을 죽인 게 몇 번째인지 알아요? 아무도 내 말을 듣지 않고 오히려 내게서 몰래 아기를 뺏으려고 정신병자 취급을 해요. 진실을 알려 주었을 때는 아기를 바쳐야 한다는 미친 소리를 하고요."

"오라, 당신은 영험한 물건을 가지고 있군요. 거기에 깃든 령도. 그래서 지금도 이렇게 살아 있는 거고."

영험한 물건이라면 당연히 그 가보일 터였다. 하지만 령이라니? 보배가 말했다.

"령이고 뭐고…… 난 이제 어떻게 해야 될지 모르겠어요. 뭘 해야 아기를 구하고도 무사히 빠져나갈 수 있죠?"

"내가 사라져야겠죠."

"그 말은……."

"연못 한가운데 우물 입구가 있어요. 거기를 찾아 파괴하고 내 뼈를 찾아서 태워 버려요. 할 수 있겠어요?"

시아버지한테서 들은 이야기가 떠올랐다. 천년우물이 그 우물인 건가. 보배가 말했다.

"그래도…… 괜찮은 건가요? 나라에서 만든 우물이라면서요."

"나라는 오래전에 사라졌잖아요. 우물도 사라지는 게 맞아요."

고개를 주억거리던 보배는 문득 물었다.

"그런데…… 여기서 천 년을 있었던 거예요? 혼자서?"

소년은 씁쓸하게 웃었다. 그러더니 서서히 풀어진 물감처럼 사라져 버렸다.

그제야 정신이 든 보배는 헤엄을 쳤다. 그 애는 대체 뭐였을까? 환영? 우물 밖으로 올라오자 누군가 자신을 칼로 찔렀다. 보배의 의식이 끊어졌다. 며칠 전부터 아침에 일어나자마자 종을 치고 있어 다행이었다.

6.

자정. 침대. 휴대폰. 여섯 번째 5월 30일.

보배는 침대에 누운 채로 나지막하게 오르내리는 연후의 등을 보며 생각에 잠겼다. 소년의 이야기가 정말일까. 그렇다면 그곳은 유적이 아닌가. 문화재를 일족의 안위를 위해 은폐하고 있었다는 건가.

보배는 휴대폰으로 검색을 해 보았다. 곧 국립경주문화재연구소의 위치가 떴다. 전화를 걸었지만 아무도 받지 않았다. 아침이나 되어야 전화를 받을 것이었다. 그녀에게는 그곳에 통일신라 시대의 우물이 있다는 증거로 내밀 것이 아무것도 없었다.

자신의 말을 믿어 줄까. 보배는 두근거리는 가슴으로 방 안을 서성였다. 연후가 깨서 수유를 하면서도 졸리지 않았다. 아기를 재우고 나서도 계속해서 시계를 보았다. 그러다 아침 9시가 되자 밖으로 나가 공중전화를 찾았다. 연구소로 전화를 걸자 누군가가 받았다. 보배가 말했다.

"저, 아주 급한 일 때문인데요."

남자가 말했다.

[관람 문의를 하시는 건가요? 관람 시간은 10시부터…….]

"아니에요! 중요한 정보를 드리려고요! 잘 들어요. 월성군에 있는 연못 공원이라고 아시죠? 그 연못 아래 통일신라 말기, 천 년도 넘은 유적이 묻혀 있어요!"

[네에? 정말요?]

남자는 증거가 있냐고 했다. 보배는 말문이 막혀 전화를 끊어 버렸다.

고민하다가 깜빡 잠든 보배는 오전 11시가 되어 겨우 눈을 떴다. 기성도 연후도 사라지고 없었다. 순자가 차려 준 점심을 먹는 둥 마는 둥 한 보배는 두근거리는 마음으로 거실 소파에 앉았다. 계속 TV 채널을 돌렸지만 유적 발굴 뉴스 같은 건 나오지 않았다.

기성에게서 전화가 온 것은 저녁이었다. 기성이 말했다.

[오늘 여기서 꼭 해야 할 일이 있는데 방해를 받아서 집에 못 들어갈 거 같아.]

보배는 그게 무슨 일인지 알기에 묻지 않고 대꾸했다.

"그래. 연후는 잘 있어? 배고파하지 않아?"

[걱정 마. 이모님이 휴대용 분유 여러 개 챙겨 줬어.]

"알았어. 조심해서 일 잘 보고 돌아와."

보배는 전화를 끊었다. 그 남자가 자신의 말을 믿어 주었을까. 보배는 답답해하면서 계속 TV 채널을 돌렸다. 기다리던 뉴스는 나오지 않았다. 역시 믿어 줄 리가 없지. 보배는 하는 수 없이 안방으로 들어가 종을 꺼내어 쳤다.

*

자정. 일주일째 같은 날이 반복되고 있었다. 어떻게 해야 아들을 살리고 자신도 안전할까. 소년의 말이 기억났다. 그래. 남에게 자신의 운명을 맡길 때가 아니었다. 스스로 나서야 했다. 그녀는 이부자리에서 조용히 빠져나와 창고로 갔다.

창고에는 각종 장비들이 즐비했다. 스포츠, 캠핑 장비 등등. 스쿠버 다이빙 장비들이 들어 있는 가방은 구석에 놓여 있었다. 보배는 그 가방을 둘러멨다. 공기통도 넉넉하게 세 개 챙기자 꽤 무거웠지만 이를 악물었다. 주차장으로 간 그녀는 자신의 포르쉐 뒷좌석에 가방을 던져 넣고는 다시 집 안으로 들어와 거실에 앉았다.

휴대폰을 들고 첫 번째로 알아본 것은 사람의 뼈였다. 소년이 자신의 뼈를 찾아 태워 버리라고 했으니 인간의 뼈는 대략 몇 개인지, 어떤 모양인지 알아 두어야 했다. 사람의 뼈는 대략 200개 이상. 다 찾을 수 있을까? 보배는 인체의 뼈 구조 사진을 저장해 두고 눈으로 익혔다.

다음으로 뼈를 태우려면 화장터의 가마가 필요했는데, 인터넷 예약은 모두 만원이었고 몇 달 전에 예약해야만 했다. 예약이 가능해도 고인의 개인 정보를 입력해야 했다. 불법 화장장을 이용하거나 휴대용 토치로 유골을 태우는 것 모두 위법이었다.

보배는 난감했지만 이 상황 자체가 현실에 맞지 않으니 마지막 방법을 택하기로 했다. 준비를 마친 보배는 집 이곳저곳을 뒤져 나머지 준비물을 챙겨 차 뒷좌석에 넣었다.

새벽 수유를 하자마자 차를 출발해 연구소에 도착하자 일출 시각이었다. 보배는 가는 길에 전화를 걸어 두었다. 약속대로 주차장에서 한 남자를 만났다. 그녀는 어제 전화로 했던 이야기를 빠르게 하고는 차에 올라타서 천년우물로 갔다.

갓 태어난 햇살로 반짝이는 연못은 평화롭게 보였다. 보배는 다시 휴대폰을 열어 뼈의 구조 사진을 한참 들여다보았다. 익숙해질 때까지 몇 번이나 보고 또 보았다. 휴대폰을 방수 팩에 넣어 들고 들어갈 예정이었지만 하나씩 보며 찾기에는 시간이 부족할 터였다.

지금부터 들어가야 한다. 스쿠버 다이빙은 한 달간 발리로 떠났던 신혼여행 때 배워 두어 다행이었다. 오랜만이었지만 몸이 기억하고 있었다. 웨트슈트와 웨이트 벨트, 공기통을 착용하고 물에 오리발을 담갔다. 완연한 봄 아침 물은 적당히 시원해서 기분이 좋았다.

보배는 풍덩 안으로 들어갔다. 연못 안은 예상보다 깊고 넓었다. 원래 이렇게 깊은 건지, 아니라면 소년처럼 어떤 환상의 공간인 건지 깊이가 10m도 넘을 것 같았다. 보배는 바닥을 훑으면서 헤엄을 쳤다.

뭔가 만져지는 것이 있겠지 싶었지만 한동안 발견할 수 없었다. 중심에 다다랐을 무렵 둥글고 큰 돌이 만져졌다. 완벽한 구를 이루는 돌은 인위적으로 만들어진 모양새였다. 보배가 한참을 끙끙거린 뒤에야 밀어낼 수 있었다.

진이 빠졌고 공기통도 바닥나기 직전이라 다시 위로 올라왔다. 잠깐 쉬다 다시 들어가 보니 돌이 밀려난 자리에 가득한 것은 흙과 자갈이었다. 보배는 흙과 자갈을 꽃삽으로 파냈다. 아무리 파도 끝이 보이지 않았다. 20cm가 될까 말까 하는 너비였지만 깊이는 보배 같은 사람이 너덧은 들어갈 거 같았다. 7, 8m쯤 되려나.

다시 올라가서 산소통을 한 번 더 갈았다. 공기통의 공기도 얼마 안 남았고 다른 여분도 없고 더 이상은 못 하겠다 싶을 무렵 삽 끝에 단단한 뭔가가 닿았다. 가운데 구멍이 뚫린 희고 네모난 석판은 우물 벽에 꼭 맞게 놓여 있어서 들어내기가 쉽지 않았다.

보배는 우물 가장자리의 자갈들을 하나씩 파냈다. 헐거워진 석판을 들어내자 뭔가가 보였다. 하얗게 빛나는 작은 두개골이었다. 깊은 눈구멍과 코가 패인 자리가 보였다. 소년의 유골인가. 두개골은 부서지지도 않고 상태가 양호했다. 나머지 부위 뼈들도 나름 잘 보존되어 있었다.

200개가 넘는 아이 뼈를 찾는 것은 의사도 학자도 아닌 보배에게는 힘에 부치는 일이었지만 최대한 사진을 봐 가며 찾았다. 찾는 대로 허리에 찬 방수 주머니에 넣었다. 손발 뼈는 보이지 않았다.

아래에 더 자잘한 뼈들이 있었는데 아무래도 동물 뼈 같았다. 생선뼈까지 있었다. 소년의 손발 뼈는 포기하고 밖으로 나온 보배는 혹시나 해서 정자 쪽을 보았지만 인기척은 없었다. 차로 돌아가니 벌써 정오였다.

운전을 하는데 휴대폰으로 전화가 걸려왔다. 기성이었다.

[지금 어디야?]

"답답해서 드라이브 나왔어."

[그래? 잘 다녀와.]

"으응."

이제 시댁으로 가려는 걸까. 보배는 차창 밖을 살폈다. 인적도 드물고 바로 매장도 가능한 곳이면 좋을 터였다. 소년은 어떤 곳을 좋아할까. 분명한 것은 물은 질색일 거라는 거. 달리다 보니 야트막한 산에 햇살을 듬뿍 받고 있는 비탈이 보였다.

보배는 근처에 차를 세웠다. 그녀는 방수 주머니와 토치를 들고 산으로 올라가 자칫 불이 날 만한 장소는 아닌지, 아무도 오지 않는지, 누군가 자신을 보고 있지는 않은지 한참 주의 깊게 살폈다.

그런 다음 휴대폰을 열어 전체적인 뼈의 모양을 늘어놓았다. 대략 한 아이의 골격이 나왔다. 보배는 쇠로 된 바람막이를 세우고 작은 토치로 뼈를 하나하나 태웠다. 분쇄기에 넣은 것처럼 고운 가루가 되지는 않았지만 뼈의 형태는 대부분 사라졌다.

유골을 다 태우자 가지고 온 삽으로 땅을 파서 묻고 덮었다. 흙을 다진 다음 애도를 표하고 장비들을 들고 비탈길을 내려오던 보배는 잠시 멈춰 서서 뒤돌아보았다. 나무들 사이로 햇살이 반짝이고 어디선가 기분 좋은 웃음소리가 들려온 것도 같았다.

녹초가 되어 집으로 돌아오는 길에 기성에게서 전화가 걸려왔다.

[집이야?]

"가는 중이야. 당신은?"

[나는 오늘 못 들어갈 것 같아.]

"알았어."

어느새 밖은 어두웠다. 하루가 무척 길었다. 젖이 꽉 찬 가슴은 수유 패드가 흠뻑 젖다 못해 돌이 되었지만 보배는 자신이 할 수 있는 일들은 다 했다는 생각에 뿌듯했다.

이대로 성공인가. 알 수 없었다. 종을 가져오긴 했다. 치면, 또 하루가 반복될 것이다. 자신이 오늘 한 행동이 그들을 멈출 수 있었는지 알 수가 없다. 종을 치지 않으면 최악의 경우 아들이 남편 손에 죽을지도 몰랐다.

어떻게 하지. 초조하게 운전을 하던 보배는 점점 차선을 벗어나기 시작했다. 뒤차가 경적을 울렸다. 아차, 하는 사이에 가드레일을 들이받고 말았다. 에어백이 전개되며 충격으로 정신을 잃었다.

정신을 잃은 동안, 보배는 오랫동안 떠올리지 않으려고 애썼던 기억 속으로 떨어졌다. 그날, 차 사고가 난 차 안에는 부모님과 자신이 타고 있었다. 맞은편 차선에서 급히 끼어든 차 때문에 가드레일을 치고 벼랑으로 굴러떨어진 차 속에서 나온 아버지는 피투성이가 되어 기절한 딸과 아내 중 먼저 손에 잡히는 사람을 끌어냈다.

딸을 꺼내 옮기는데 그의 등 뒤에서 차가 폭발했다. 그때 자신을 감싸며 아버지는 큰 화상을 입었고, 그들은 곧장 응급실로 이송되었다. 아버지는 정신을 차리자마자 병원을 탈출해서 끝내 집에서 숨졌다. 종이 든 구리 상자를 품은 채였다.

아마 아버지는 수십 번 종을 쳤을 것이다. 종을 쳐서 아내도 딸도 살리려고 애썼을 것이었다. 얼마나 막막했을까. 얼마나 끔찍했을까. 아무도 모르는 반복 속에서 수없이 죽어 가는 아내 혹은 딸을 보며 몇 번이나 절규했을까. 얼마나 미친 듯이 방도를 찾았을까.

그것도 모르고 보배는 치료도 제대로 받지 않고 낡은 종만 남긴 채 자신을 떠나 버린 아버지를 여태 원망했었다. 그래서 구리 상자를 아무렇게나 다루고 종 아래 든 편지도 얼마 전에야 읽은 것이었다. 이제야 보배는 아버지가 유서에 쓴 모든 말이 이해가 되었다.

7.

아나운서의 목소리가 들렸다.

[5월 31일 일요일 오전 7시 뉴스입니다.]

방금, 뭐라고? 보배는 눈을 뜨며 일어나려다 아야야, 하고 비명을 질렀다. 목에 깁스가 되어 있었다. TV 화면도 40인치가 될까 말까 했다. 낯선 침대, 낯선 천장. 문이 열리더니 기성이 들어왔다.

"괜찮아? 어떻게 된 거야?"

기성은 밤을 꼬박 새운 것처럼 보였다. 보배가 말했다.

"어, 분명히 운전을 하고 있었는데…… 그 뒤로 눈 떠 보니 여기야."

"당신, 가드레일 들이받았대. 목만 다쳐서 일단 깁스를 했고 한동안 입원해서 안정을 취해야 한대."

보배는 묵직한 느낌에 돌덩이가 된 가슴을 만지고는 물었다.

"연후는?"

기성이 막 대답하려는 순간 휴대폰이 울렸다. 기성이 전화를 받자 시아버지의 목소리가 흘러나왔다. 기성이 말했다.

"네? 뉴스요?"

기성은 TV 화면을 주시했다. 보배는 화면 하단의 날짜를 확인했다. 5월 31일이었다. 뉴스의 헤드라인은 이러했다.

'연못 공원 미스터리'

기성이 리모컨을 찾아 볼륨을 높이자 아나운서의 목소리가 들렸다.

[지금 보시는 이곳은 경주 월성군에 있는 한 연못입니다. 연못 아래 유적지가 있다는 제보를 받은 국립경주문화재연구소 김윤식 소장은 다음 날 발굴에 들어가 유적을 찾았습니다. 김윤식 소장의 인터뷰를 들어 보겠습니다.]

보배는 그를 알아보았다. 소장이 말했다.

[남궁지인이라는 왕실 인장이 찍힌 기와로 보아 통일신라 말기에 만들어진 것으로 추정되는 우물입니다. 안에 용왕이 새겨진 목간 등이 들어 있어 국가 차원의 제사용 우물이었던 것으로 추정됩니다.]

화면은 바닥이 드러난 연못과 길고 좁은 우물 안을 비추었다. 소장의 말이 이어졌다.

[한데 묘한 점이 두 가지 있습니다. 첫째는 봉인되어 있어야 할 우물 입구가 열려 있었다는 겁니다. 둘째는 연못 바닥 곳곳에서 비교적 최근에 죽은 것으로 보이는 동물과 사람 뼈가 발견된 겁니다.]

아나운서가 말했다.

[현장은 출입 금지 상태이며, 경찰에서는 의문의 뼈에 대한 긴급 수사에 들어갔습니다. 이곳에서 무슨 일이 일어났던 것일까요? 이상, 뉴스 속보였습니다.]

기성은 경악한 얼굴로 채널을 이리저리 돌렸다. 한 유선 채널

뉴스에서는 김윤식 소장과 만나는 보배의 모습이 나오고 있었다. 다행히 CCTV를 등지고 있었고 포르쉐 역시 화면 밖에 주차했다가 빠져나가 번호판을 볼 수 없었다. 경찰에서는 차량 소유주를 찾고 있다고 했다. 기성이 보배를 쳐다보더니 말했다.

"저거, 자기 차 아니야?"

보배는 가슴이 두방망이질 치며 이마에 식은땀이 났다. 생각하자, 생각해! 어제, 마지막 5월 30일에 남편과 자신은 한 번도 만나지 못했다. 그녀는 아침부터 스쿠버 다이빙을 하러 나섰고 남편과는 간간이 통화를 했을 뿐이었다. 그녀가 말했다.

"우리나라에서 노란 포르쉐 모는 사람이 나뿐이야? 자기도 참."

기성도 그런가, 하며 머리를 긁었다.

그때 기성의 휴대폰이 울렸다. 기성이 주기에 받아 보니 시어머니였다. 시어머니가 보배에게 물었다.

[너, 뭐 알고 있는 거 있니?]

"네? 무슨 말씀이세요?"

[아니, 지금 천년우물이…….]

"천연우물이라고요? 그게 뭔데요? 약순가요? 아야, 아야야."

연기를 하느라 움직였더니 목까지 아팠다. 시어머니는 아니다, 하더니 말했다.

[잘 들어라, 보배야. 이제 우리는 앞으로 아주 힘들어질지 몰라. 가족들이 사고로 죽어 나가고, 사업도 망하고, 아주 가난해

질지도…….]

"어머님, 다들 그러고 살아요."

[뭐? 아니다. 네가 몰라서 그러는데, 우리 일족은 오랫동안…….]

보배는 시어머니의 걱정을 네네 하고 흘려들었다. 시어머니는 한참이나 말을 쏟아 내다가 겨우 전화를 끊었다.

마침 순자가 겉싸개에 싼 연후를 데리고 병실 안으로 들어섰다. 보배는 아기를 안아 들고 가슴을 풀어 헤쳐 수유를 했다. 목에 깁스를 해서 연후를 제대로 내려다볼 수는 없었지만 뿌듯했다.

보배는 연후를 소중하게 끌어안았다. 어떻게 해도 연후를 죽일 수 없었던 것은 자신이 가진 가장 포근한 존재이기 때문이었다. 아기는 사랑을 받는 것만 같지만 더 많은 사랑을 주었다. 작디작은 몸을 끌어안고 있으면 보배는 살아 있음을 느낄 수 있었다.

연후를 살릴 수 있었던 것은 기적이었다. 그건 우물 속 소년이 말한 것처럼 어떤 령이 자신을 보호해 주었던 덕분일 터였다. 보배의 눈에서 뜨거운 눈물이 흘러내렸다.

값비싼 사랑

밤거리는 밝았다. 효정의 표정은 어두웠다. 재민과 효정은 아파트 단지의 인도로 걸었다. 오토바이나 승용차가 지나가는 소리가 들릴 뿐, 사방은 조용했다. 얼음 같은 바람이 불어 둘의 볼과 귀를 문지르고 갔다. 둘은 귀가 발갛게 달아오른 것 외에는 닮지 않았다.

재민은 밝게 염색해 파마를 한 쇼트커트 머리에 눈이 부리부리하고 코가 높은 서구적인 얼굴에 탄탄한 체구였고, 효정은 등까지 오는 검은 머리에 길고 큰 눈과 하얀 얼굴이 히나 인형과 비슷했고 마른 체구였다.

그들의 사이를 맺힌 건 아버지가 자살한 후 재민이 수소문해 찾았던 점집이 유일했다. 쪽진 까만 머리에 곁눈질하는 모습이 인상적이던 점쟁이는 새빨간 입술로 재민이 네일 숍을 차리면 잘되겠지만 결혼은 하면 안 되었다고 혀를 찼다.

'남편 자식 다 잡아먹을 팔자네.'

재민은 일그러진 얼굴로 던지듯 복채를 내고 어린 딸 손을 잡고 나왔다. 그 후로 스스로 생각하기에 씩씩하게 잘만 살아왔다.

재민은 걸음을 빨리 하며 말했다.

"추워. 빨리 걷자."

효정은 입을 꾹 다물고 걸었다. 역 사거리의 횡단보도가 나오자 버스와 승용차들이 달리거나 멈추는 소리는 더 커졌다. 신호등 불빛이 빨강에서 노랑, 초록으로 바뀌는 것이 보였다. 가로등은 더 많아져서 대낮처럼 훤했다.

그들은 멈춰서 신호를 기다렸다. 대각선 방향에 서 있는 회색 건물이 보였다. 꼭대기에 '모모 댄스'라고 적혀 있었다. 재민이 그곳을 가리키며 말했다.

"저기야. 가깝지? 차로 오려다 어쨌든 이제 너 혼자 다녀야 하니까."

효정은 한숨을 삼켰다. 그러니까 몇 번이나 가기 싫다고 했냐고 대꾸해 봐야 재민을 설득할 수 없었다. 분명 체력이든 활력을 위해서든 무슨 운동이라도 해야 한다고 주장할 것이었다. 횡단보도를 두 번 건너자 그 건물이 가까워졌다. 입구 근처 불 꺼진 휴대폰 가게에서 최신 가요가 흘러나왔다.

그들은 여닫이 유리문을 열었다. 다음 문과의 사이에 나무로 된 모녀상이 서 있었다. 효정의 눈엔 어머니로 보이는 여자가 딸을 뒤에서 옭아매는 것처럼 보였다. 여닫이 유리문을 한 번 더 열자 건물 안이었다. 데스크에는 사람이 없고 가게들에는 불이 꺼져 있었다.

둘은 1층에 서 있는 엘리베이터를 탔다. 문이 열리자 정면이 통유리로 되어 있었다. 효정은 유리 벽에 붙어 섰다. 재민은 벽의 안내판을 살피고 맨 꼭대기 층을 눌렀다. 문이 닫히자 주변은 고요해졌다.

엘리베이터가 멈추자 재민은 효정의 손을 잡았다. 효정은 질질 끌려갔다. 복도로 들어서자 왼쪽에는 하얀 라커가 있고 오른쪽에는 까만 신발장이 있었다. 10단짜리 신발장에는 운동화가 가득했고, '갈아 신고 들어오세요.'라고 적힌 종이 아래에 슬리퍼들이 꽂혀 있었다. 댄스 학원 이름과 로고가 붙어 있고, 검은 손잡이가 양쪽에 달린 유리문은 닫혀 있었다. 안은 환했다.

그들은 슬리퍼로 갈아 신고 안으로 들어갔다. 검은색 비니를 쓴 원장이 나왔다.

"어떻게 오셨죠?"

재민이 말했다.

"애 춤 좀 배우게 하려고요."

재민 또래처럼 보이는 남자 원장이 효정을 쳐다보았다. 효정은 눈을 내리깔았다. 다른 사람의 눈을 똑바로 보는 게 어려웠다. 그들의 눈이 흔들리는 게 싫었다. 자신을 보고 무슨 생각을 할지 덜컥 겁부터 났다. 얘는 왜 이렇게 무기력해 보이지? 아무 꿈도 생각도 없는 애구나, 그럴 것 같았다.

원장이 말했다.

"하하, 춤은 억지로 배우는 게 아닌데."

재민이 말했다.

"얘가 자살 시도를 했어요. 뭐라도 재미있는 일을 찾아 주고 싶어서요."

순식간에 분위기가 무거워졌다. 효정은 그저 밥 먹는 게 귀찮아서 일주일 동안 굶다가 병원에 실려 갔을 뿐이다. 불행히도 OECD 가입 국가 중 청소년 자살률 1위인 나라에 살고 있었기에 '자살 시도'라며 주목을 받았지만.

효정은 낯선 사람의 관심을 받으려고 이런 말을 하는 엄마가 죽도록 싫었지만 처음도 아니었으므로 참았다. 효정은 어린 시절부터 체념했다. 인형처럼 엄마가 하라는 대로 살아왔다. 지금 이곳도 엄마가 즐겨 보는 TV 프로그램을 통해 알게 된 곳이었다. 스트리트 댄스 학원. 효정은 관심도 없는 곳. 승마 교실, 골프 교실을 거쳐 여기까지 온 것이다.

원장이 어색하게 웃더니 자신의 두 손을 맞잡았다.

"일단 상담부터 하시죠."

재민과 효정은 원장이 안내하는 대로 수강 등록을 하는 입구 근처의 데스크로 가서 앉았다. 원장이 데스크 안쪽에서 휘어진 커다란 모니터를 보여 주며 스케줄을 설명하는 동안에도, 재민은 열심히 들으며 연신 효정을 쳐다보았지만 효정은 고개를 숙인 채였다. 그러다 우연히 고개를 돌리자 근처 연습실이 눈에 띄었다.

하얗고 긴 사각 틀에 반투명한 검은 유리가 끼워진 벽은 병풍처럼 접었다 펼 수 있는 것처럼 보였다. 벽 너머에서 사람들이 춤추고 있다. 효정 또래나 20대 초반일까. 운동화에 트레이닝복을 입은 그들은 음악에 맞춰 힘차게 움직였다. 딸의 시선이 향하는 곳을 본 재민이 말했다.

"저건 무슨 클래스예요?"

원장이 말했다.

"아, 코레오그래피라고 줄여서 코레오. 힙합, 재즈, 컨템포러리 등등 여러 장르가 섞인 창작 안무죠."

재민이 아아, 하고 대꾸했다. 효정은 중얼거렸다. 코레오. 재민이 말했다.

"어때?"

"……."

"별로야?"

"재밌겠네요."

재민의 눈이 커졌다.

"저걸로 등록할게요!"

"저, 혹시 이모신가요?"

재민이 대답했다.

"설마요. 엄마죠."

원장이 말했다.

"네에? 진짜 안 닮았는데. 아, 나쁜 뜻은 아니고, 둘 다 예쁜데 하나도 안 닮았어요. 어머님은 이렇게 큰 딸이 있을 나이처럼 안 보이는데. 따님이 몇 살이죠?"

"고 1이에요. 저 보기보다 안 젊어요. 벌써 40대 중반인데요."

"와! 진짜 동안이시다. 저보다 어리신 줄."

재민은 큼직한 보석 파츠에 젤 네일을 한 손톱을 번쩍이며 머리카락을 귀 뒤로 넘기고는 까르르 웃었다. 재민은 어딜 가나 자신이 돋보이려고 애썼다. 그들이 그러거나 말거나 연습실 안을 보던 효정은 숨을 삼켰다.

길고 검은 생머리에 검은 모자를 푹 눌러쓴 한 소녀 때문이었다. 그 소녀는 춤을 추다가 점점 아래로 내려가며 다리를 180도로 쫙 찢었다. 그러다가 다시 일어나 푹 눌러쓰고 있던 모자를 벗어 던졌다. 살짝 보인 옆얼굴이 무척 작았다. 소녀는 또다시 춤을 추다가 몸을 뒤로 꺾더니 마침내 바닥에 드러누웠다.

그 아이가 발산하는 엄청난 에너지에 효정까지 덩달아 몸이 들썩거렸다. 효정의 가슴이 두근두근 뛰었다.

*

그 주의 수요일 저녁. 효정은 댄스 학원에 갔다. 딱히 춤을 배우고 싶은 생각은 없었지만 지난번에 보았던 그 아이의 모습이 자꾸 떠올랐다. 옷은 대충이었다. 편한 긴팔 회색 트레이닝복 세트를 입고 왔다.

선생님이라는 20대 여성이 들어왔다. 효정의 눈이 커졌다. 시선을 어디다 둬야 할지. 금발로 염색한 긴 머리에 남색 야구 모자를 푹 눌러쓰고, 상의는 회색 브래지어만 했다. 내려 입은 흰색 트레이닝팬츠 위로 브라 끈과 색이 같은 팬티 끈을 양쪽 골반에 걸쳤다. 선탠을 한 까만 피부에 갈비뼈가 드러나도록 마른 몸이었다.

요샌 저런 게 유행인가. 선생님의 복장에 시선이 팔려 안무를 가르쳐 주는데도 머리에 잘 들어오지 않았다. 선생님의 얇은 허리는 끝도 없이 뒤로 휘어졌다. 효정은 내내 감탄하다가 자기만 이렇게 놀라워하나 싶어서 다른 수강생들을 흘끔거렸다.

여덟 명인 남녀 수강생들은 효정과 나이가 비슷해 보였지만 실력은 천차만별이었고, 그중에서도 유난히 한 사람이 눈에 띄었다. 효정은 그 애와 선생님을 번갈아 가면서 보다가 결국 그 애만 쳐다보게 되었다.

선생님의 유연한 몸도 사람인가 싶었지만 저 애는 도대체. 같은 중력 아래 살고 있는데도 그 아이는 마치 날아다니는 것 같았다. 얼굴은 검은 모자를 푹 눌러쓰고 있어서 잘 보이지 않았지만 턱 선이 무척 날렵했다. 하얀 티셔츠에 검은 트레이닝복 차림이었지만 옷을 걸친 몸의 선이 아름다웠다.

귓가에서는 계속해서 팝송이 울려 댔다. 달콤한 멜로디가 가슴에 울리는 가운데 효정은 영어 독해를 하듯 가사를 곱씹었다. 그림처럼 완벽한 너, 필터 따윈 필요 없어. 황홀해, 넋이 나갈 것 같아, 넌 정말 죽여줘. 모든 관심을 너에게 쏟아, 그래, 그게 내 유일한 의도야.

온몸을 어색하게 허우적대는 가운데 효정의 눈은 계속 그 애만을 좇았다. 보고 있는데도 계속 보고 싶었다. 그러다 다리를 180도로 들어 올리는 모습을 보고 아! 하고 탄성을 터뜨렸다. 지난 번 수강 신청을 하러 왔을 때 본, 그 아이였다.

마침내 음악이 끝나고 선생님이 환하게 웃으며 두 손을 모으고 외쳤다.

"수고하셨습니다!"

"수고하셨습니다!"

다른 수강생들도 손을 모으며 꾸벅 인사를 했다. 효정은 사뿐

사뿐 걸어서 사라지는 그 애를 바라보다가 저도 모르게 따라갔다. 카운터를 지나자 원장이 갈색 누에라를 쓰고 그 애에게 말을 걸었다.

"헤이, 루비!"

"네, 원장님."

"너 오디션 보러 갔었어?"

"아뇨, 아직요."

"꼭 보러 가. 이번 주에도 있대."

"네, 알겠어요."

이름이 루비구나. 오디션이 뭔가 곰곰이 생각하던 효정에게 원장이 물었다.

"아, 수업 들었구나. 어땠어?"

대꾸가 없자 원장은 빙긋 웃었다.

"어렵지? 그래도 금방 늘 거야. 재밌지 않니?"

"네에."

춤이 아니라 다른 이유로 재밌는 건 사실이었다. 효정은 꾸벅 인사를 하고 얼른 신발을 갈아 신고 나왔다. 그 애는 이미 엘리베이터를 타고 내려가 버렸다. 효정은 괜히 아쉬워하며 집으로 돌아왔다.

집에 오니 재민도 효정의 얼굴을 살피며 물었다.

"표정이 밝네? 재밌어?"

"네."

"정말? 잘됐다."

재민은 자신의 일처럼 기뻐했다. 효정은 네에, 하고 샤워를 하고는 자기 방 침대에 털썩 누웠다. 그리고 꿈을 꾸었다.

꿈에 그 애가 나왔다. 루비. 루비는 자신의 곁에서 춤을 추었다. 그 애에게만 온갖 빛이 폭죽처럼 쏟아지는 것 같았다. 너무 아름다워서 계속 보고 싶었다. 만져 보고 싶었다. 루비는 어느새 효정에게로 다가와서 가느다란 팔을 허리에 둘렀다.

가까이서 보니 홍채가 진한 보랏빛을 띠었고, 머리카락은 얇고 밝아서 우리나라 사람 같지도 않았다. 아니, 아예 인간 같지가 않았다. 어떻게 저 작은 얼굴에 또렷한 이목구비가 다 들어갈 수 있지? 홀린 듯 바라보는데 루비가 나지막한 목소리로 말했다.

'나도 널 의식했어.'

'어?'

'네 전략을 알아.'

'뭐라고?'

'넌 지금 껍질 속에 있지. 아무것도 알려 주지도 보여 주지도 않을 거라며 숨어 버려. 그러니까 반대로 모든 사람들이 너에게 관심을 가져. 어머니도, 다른 사람들도 너를 궁금해 하잖아.'

효정이 말했다.

'아, 아냐, 그런 건. 나는 정말, 난 진짜 하고 싶은 것도 관심

가는 것도 없어서 그러는 거야. 왜냐하면.'

이유는 몰랐기에 대답할 수 없었다. 루비가 말했다.

'널 진심으로 감동시켰던 게 없으니까. 넌 사실 굉장한 자극을 추구하는 사람이야. 진짜 센 한 방을 기다리고 있는 거지. 그 한 방을 맞으면 너는 완전히 살아날 거야. 살아나서 훨훨 날아다닐걸.'

효정이 말했다.

'어, 그게 무슨 말?'

루비는 영문 모를 미소를 지을 뿐이었다. 루비의 도톰한 분홍빛 입술이 점점 효정에게로 다가왔다. 루비와 효정은 입을 맞추었다. 루비에게서 달콤하고 짜릿한 향기가 났다. 효정은 잠시만 더 이대로 있고 싶었다. 루비가 말했다.

'난 너 같은 사람을 기다렸어.'

효정은 꿈에서 깨어났다. 가슴이 미친 듯이 뛰었다. 효정은 길게 심호흡을 하고 한 손을 머리 위로 올려 눈을 가렸다. 그러곤 다른 손으로 자신의 입술을 매만졌다. 너무 생생한 꿈이었다. 또 다시 경험하고 싶을 정도로.

*

다음 주에도 효정은 수업을 들으러 갔다. 시간이 되자 루비가 들어왔다. 루비는 저번처럼 모노톤의 수수한 트레이닝복 차림이었다. 저번 주에 꾼 꿈을 떠올린 효정은 얼굴을 붉혔다. 그때 선생님이 들어왔다. 선생님은 오늘도 검은 레이스 브래지어에 빨간 반바지 차림이었다.

색색으로 빛나는 소니 블루투스 스피커에서 울리는 음악은 여성 래퍼가 빠르게 랩을 쏟아 내는 힙합 곡이었다. 효정은 언뜻 듣기에 가사가 엄청 센 거 같아 무슨 노랜지 알고 싶지 않았다. 선생님은 네 구간으로 나눠 춤을 알려 주었다. 느리게 안무를 숙지한 다음 속도를 높이고 음악에 맞춰 추기를 여러 번 반복했다. 모두 합쳐도 30초도 안 되는 순간이었지만 그렇게 힘들 수가 없었다. 루비는 안무를 완벽하게 따고 창의적으로 해석하면서 날아다녔다.

수업을 마치고 밖으로 나온 효정은 투명 엘리베이터 문이 닫히려는 걸 보고 달려갔다. 엘리베이터에 타고 있던 사람이 열림 버튼을 눌렀다. 효정의 등 뒤에서 쾅 하고 문이 닫혔다. 안에 탄 사람은 루비와 효정뿐이었다.

효정은 가슴이 뛰었다. 루비는 엘리베이터 벽에 기대 선 채 밖을 쳐다볼 뿐이었다. 꼭 처음 이곳에 왔을 때의 자신과 같았다. 효정은 둘뿐이라 눈에 띄니까 자제해야지 하면서도 자꾸만 루비를 쳐다보았다.

밖으로 나오자 차가운 밤공기와 가로등의 불빛, 사거리의 차량들이 달리고 멈추는 소리가 들렸다. 올 때는 깨닫지 못했는데,

학원에서 들려오는 음악도 쿵쿵 울렸다. 루비는 앞서 갔다. 아파트 단지 입구의 놀이터로 들어가기에 효정은 저도 모르게 따라갔다. 그네에 앉은 루비가 말했다.

"같이 탈래?"

"어? 으응."

효정은 다가갔다. 운동화 아래로 서걱서걱 모래가 밟혔다. 효정이 그네에 앉자 루비가 발로 땅을 밀었다. 효정도 그네를 탔다. 뭐에라도 홀린 것 같았다.

한참 그네를 타고 있는데 어느새 멈춘 루비가 말했다.

"목에, 뭐 묻었어."

효정이 어? 하며 자신의 목을 만졌다. 고개를 숙여 아래를 보았지만 목이 보일 리가. 루비가 가볍게 웃더니 말했다.

"여기. 여기에 뭐가 묻었어."

"그래?"

효정은 목을 어루만졌다. 볼 수가 없어 난감해하는데 루비가 말했다.

"지워 줄까?"

"어? 어."

루비는 가늘고 긴 검지에 침을 살짝 발랐다. 붉고 작은 혀가 고양이처럼 날렵하게 움직였다. 침을 묻힌 손가락으로 효정의 목을 문질렀다. 침에서 활짝 핀 꽃향기처럼 달큼한 냄새가 나서 괜히 얼굴이 붉어졌다. 효정이 물었다.

"지, 지워졌어?"

루비가 가볍게 인상을 썼다.

"더 번졌는데?"

뭐가 묻었는지, 어떻게 번졌는지 신경이 쓰였지만 볼 수가 없으니 답답했다. 루비는 한 번 더 침을 묻혀서 닦았지만 안 지워진다고 했다.

"괜찮다면 핥아서 없애야겠어."

"어?"

효정은 머릿속으로는 '아니, 그게 무슨 소리야. 얘가 대체 무슨 말을 하는 거지?' 했지만 압도적인 감정의 파도가 이성을 억눌렀다. 루비에게서 나는 향긋한 단내를 음미하며 이 아이가 그저 다가왔으면 좋겠다, 좀 더 가까이 다가왔으면 좋겠다는 감정만이 머릿속을 지배했다. 효정은 머릿속이 멍해진 채로 중얼거렸다.

"그렇게 해."

루비가 다가왔다. 다가오더니 목을 몇 번 핥다가 살짝 빨았다. 어? 이래도 되는 건가? 괜찮은 건가 싶었는데 목 쪽이 따끔했다. 효정이 아야! 하고 물러나니 루비가 얼굴을 찡그렸다. 루비의 검지에 피가 흘렀다. 효정은 놀랐다.

"괜찮아?"

루비가 말했다.

"뭔가 바늘 같은 게 있더라. 빼내다 보니 그만."

새빨간 피가 가녀린 손가락을 타고 흘러내려 모래 위로 검붉게 한 방울 두 방울 떨어졌다. 효정은 마치 자신이 다친 것처럼 마음이 아팠다. 루비가 말했다.

"핥아 줄래?"

"어? 아."

역시 머릿속으로는 '그게 무슨 짓이야!' 싶었지만 효정은 루비의 손가락을 입 안에다 넣고 빨았다. 루비의 차갑고 가느다란 손가락에서는 거의 아무 맛이 안 났고 길고 매끄러운 손톱은 비늘처럼 얇았지만 피에서는 달콤한 맛이 났다. 세상에, 피마저 달콤하다니.

손가락을 뺀 루비가 말했다.

"이제 갈게."

"어? 아, 그래."

루비는 놀이터 옆 공터를 가로질러 갔다. 사뿐사뿐 걸어가는 뒷모습을 쳐다보던 효정은 한참 후에야 정신을 차리고 그네에서 일어났다. 어지러워 잠깐 휘청거렸지만 곧 괜찮아졌다. 기분이 구름에 둥실 뜬 것처럼 좋았다.

집으로 돌아오자 재민은 딸의 얼굴을 보더니 기뻐했다.

"역시 내가 고른 데가 괜찮지?"

"응."

효정은 씻지도 않고 곧장 방으로 들어가서 베개를 끌어안고 잤다. 굉장히 설레고 기분이 좋으면서도 한편으로 엄청나게 피곤했기 때문이었다. 춤을 춰서인가, 효정은 나비처럼 날듯 춤을 추던 루비와 자신에게로 다가오던 그 얼굴을 되새기면서 잠이 들었다.

*

그날 이후로 효정은 호되게 아팠다. 겉으로 보기에는 창백해 보이고 기운이 없을 뿐이라 병원에는 가지 않았다. 푹 쉬면 나을 것처럼 느껴졌다. 재민은 병원에 가자, 의사를 부른다, 난리를 쳤지만 효정은 누운 채로 나른하게 중얼거렸다.

"아무 데도 가지 않을 거야. 제발 혼자 좀 있게 내버려 둬."

재민은 수시로 와서 살폈다. 밤이면 곁에서 자려 했지만, 효정은 종일 일해서 피곤할 거라며 거부했다. 밤에 오는 손님이 있었기 때문이었다. 비록 꿈속이긴 했지만.

효정은 앓는 동안 걸핏하면 루비의 꿈을 꾸었다. 루비는 다정한 미소를 지으며 효정의 머리를 쓰다듬고 볼을 만졌다. 아기를 어르듯 손을 잡고는 속삭였다.

'곧 괜찮아질 거야. 너는 받아들일 수 있을 거라고 믿어.'

'받아들인다고? 뭘?'

'나를.'

루비를 받아들인다고? 정확히 무슨 뜻인지 알 수 없었지만 그거라면 대환영이었다. 효정은 늘 루비의 곁에 있고 싶었다. 루비와 함께 있을 수 있다면 뭐라도 되고 싶었다. 가끔씩 무척 아플 때도, 나락에 떨어지는 것 같을 때도 있었지만 효정은 무엇 때문인지도 모르면서 이를 악물고 참아 냈다.

그럴 때마다 루비는 꿈결처럼 찾아와 식은땀으로 가득한 효정의 볼에 자신의 볼을 비비고, 손에 키스를 퍼붓고, 눈물까지 글썽이면서 안타깝게 바라보다가 속삭였다.

'꼭 이겨 내서 나와 함께해 줘.'

그러던 어느 날, 모든 고통이 끝났고 루비가 효정의 입 안에 혀를 넣고 키스를 했다.

'사랑해.'

루비는 효정의 가슴을 작고 붉은 혀로 애무하기 시작했다. 루비의 가느다란 손이 점점 아래로 내려갔다. 효정이 말했다.

'나, 처음이야.'

루비가 미소 지었다.

'다시 태어나는 것처럼 짜릿하게 해 줄게.'

루비는 효정의 두 다리 사이에서 말했다.

'연분홍 진주 같아.'

루비는 그곳을 살짝 깨물었다. 차츰 강도가 세어지다가 절정에 이르자 짜릿한 쾌감이 온몸을 관통했다. 효정의 허리가 활처럼 휘었다가 내려왔다. 소녀는 그대로 꿈 없이 곤하게 잤다.

다음 날, 효정은 침대에서 일어났다. 아래가 축축해서 생리가 터진 걸 알고 황급히 일어나는데 세상이 지금껏 알던 것과는 달랐다. 태어났을 때부터 살아온 집조차 낯설게 느껴졌다. 세상이 밝아졌다. 시력까지 좋아졌고, 몸에는 힘이 넘쳤다. 재민이 물었다.

"효정아, 이제 다 나은 거니?"

"응."

효정은 재민의 눈을 똑바로 쳐다보며 대답했다. 재민은 딸을 살피더니 활짝 웃었다. 딸이 무척 활발해진 것 같았다. 몸도, 마음도.

효정은 오랜만에 등교했다. 학교로 가는 길도 색다르게 느껴졌다. 자신의 몸마저도, 들이쉬는 공기마저도. 같은 반 아이들도 효정의 변화를 알아챘다. 회색 교복에 무채색 겉옷을 걸친 소녀들은 희미한 풍경 속에 선명한 색깔 한 방울이 떨어진 것처럼 효정을 주목했다. 하얗게 화장을 한 여자애들이 다가와 향기로운 냄새로 효정을 둘러쌌다. 그들 중 하나가 말했다.

"효정이 맞지?"

"맞아."

효정이 대꾸하자 회색 후드 점퍼를 입은 아이가 물었다.

"그 맨투맨 어디서 산 거야? 메이커지?"

"어? 아니."

붉고 도톰한 입술이 인상적인 아이가 말했다.

"학기 초부터 예뻐서 궁금했는데, 찬바람이 불어서 말 걸기가 그랬어. 너, 오늘 되게 빛난다."

그 애가 분홍색 미니 거울과 틴트를 내밀었다.

"겨울 쿨 톤 같은데? 이거 발라 볼래? 나한텐 잘 안 맞아서."

효정은 그 애들의 친한 척에 살짝 당황하며 틴트를 받아서 거울을 보며 발랐다. 아이들이 탄성을 내질렀다.

"대박! 진짜 찰떡! 우리 사진 찍을까?"

단발머리를 살짝 갈색으로 염색한 아이가 분홍색 휴대폰을 내밀었다. 후드, 틴트, 단발머리와 효정은 반짝이 필터로 두 명씩 사진을 찍었다. 단발머리가 말했다.

"이따 야자 마치고 다 같이 즉사 찍으러 갈까?"

"좋아! 효정이 너도 갈 거지?"

"그럴까?"

자율 학습을 마치자 그 애들이 마치 전부터 친했던 것처럼 양쪽에서 팔짱을 끼어 왔다. 효정은 그들과 함께 전철역 근처의 즉석 사진 가게로 가서 사진을 찍고, 떡볶이를 먹고, 전신 거울이 있는 카페에 가서 크림 라떼를 마시며 사진을 찍었다. 단발머리가 외쳤다.

"대박! 얼굴 진짜 작아! 이거 맛있지 않아? 왜 그렇게 안 먹어?"

"어, 그냥 별로 입맛이 없어서."

후드와 틴트까지 헐! 하더니 말했다.

"그래서 그렇게 날씬하구나? 핏도 좋고. 뭘 입어도 메이커 같아."

"나도 입맛 좀 없었으면. 살 빠지면 화장도 더 잘 받을 거 같은데. 이 죽일 놈의 식탐."

그들은 다 함께 깔깔 웃었다. 후드의 이름은 정민, 틴트는 혜리, 단발머리는 현교였다. 학교와 집만을 시계추처럼 오가던 효정은 새로운 친구들과 많은 일을 해서 기력이 떨어질 법한데도 힘이 펄펄 넘쳤다.

이제 학교로 가는 발걸음이 가벼웠다. 혼자였던 효정에게 친구가 셋이나 생겼다. 그들은 각기 달랐다. 정민이는 스타일이 좋았다. 혜리는 화장으로 다른 사람이 되었다. 현교는 실시간으로 트렌드를 알려 주는 걸 좋아했다.

효정이 칭찬을 하면 그들은 잠시 쑥스러운 표정을 짓다가 다시 옷과 화장품과 휴대폰을 내밀었다. 이 옷 어때? 이 색 괜찮아? 이런 일이 있대! 대답하면 그들은 적극적으로 받아들였다. 효정은 그들이 뿜어내는 생기와 향기에 취했다.

오랜만에 댄스 학원에도 나갔다. 선생님은 경쾌한 리듬의 팝송에 맞추어 유연하게 춤을 추었다. 적나라한 가사를 따라 흐르는 음악은 원초적인 본능을 자극했다. 효정도 어느새 열정적으로 그 춤을 따라 추었다. 예전의 루비처럼 선 채로 천천히 눕거나 다리를 180도로 찢었다. 루비는 오지 않았다. 효정은 무척 아쉬웠다.

수업이 끝나자 선생님이 다가왔다. 화려한 외모와 달리 중저음인 목소리로 말했다.

"오늘 처음 들은 건가요?"

"오랜만에 나왔어요."

선생님이 말했다.

"마스터 과정 듣지 않을래요?"

"제가요?"

"오늘 그쪽만 보였어요. 이름이 효정이었던가요?"

"네."

"그럼, 효정 씨. 생각해 봐요. 꼭요."

효정은 학원에서 나왔다. 집으로 가다가 놀이터에서 멈춰 서서 혹시 루비가 있나 싶어 살펴보았지만 없었다.

루비는 다음 수업도, 그다음 수업도, 한 달 내내 오지 않았다. 효정은 마스터 과정으로 수업을 옮기면서 새로 수강을 했다. 재민이 흔쾌히 준 카드로 수강 등록을 하면서 벙거지 모자를 쓴 원장에게 물었다.

"저어, 궁금한 게 있는데요."

원장은 눈을 크게 뜨더니 미소를 지었다.

"뭐죠? 궁금한 거 있으면 다 물어보세요."

"네? 저, 코레오 수업 들었던, 루비라고 부르시던 그분요. 그만뒀어요?"

"걔 오디션 붙었대요. 지난주에 기획사 연습생으로 들어갔어요. 곧 아이돌로 데뷔할걸요? 내가 딱 알아봤다니깐."

원장이 효정을 지그시 바라보았다.

"요즘 눈에 자주 띄던데, 효정이라고 그랬지? 고 1었던가? 혹시 너도 오디션 생각 없어?"

갑자기 반말이었다. 다가올 듯 몸까지 내밀면서. 그래도 기분이 나쁘진 않았다. 오히려 향긋한 냄새가 나서 미소를 지었다. 식욕이 돋는 냄새였다. 무슨 냄샐까. 효정이 말했다.

"제가요? 그럴 리가."

"아냐. 난 잘 알아봐."

"에이, 아직 춤 배운 지도 얼마 안 됐는데요, 뭘."

"잘 추든 못 추든 상관없어. 얼마나 끼가 있냐가 중요하지. 너, 사람들의 시선을 즐기는 거 같던데? 그런 끼가 있어야 사람들이 너만 보게 되거든. 아무튼 루비는 거기 가서도 잘할 거야. 나중에 데뷔하면 한턱 쏘라고 해야지."

원장은 말이 많았다. 효정은 웃으며 인사를 하고 나왔다.

*

석 달 후. 루비가 연습생이 되었다는 소식을 들은 이후로 음악 방송이며 유튜브에 등록되는 새 뮤직비디오를 전부 챙겨 보던 효정은 유튜브에 등록된 실시간 인기 급상승 동영상을 클릭했다. 다섯 명인 아이돌 걸 그룹의 이름은 '블랙벨벳'이었다. 뮤직비디오 제목은 「블러드」.

선 공개된 뮤직비디오의 예고 영상에서 검은 머리 소녀가 불길한 분위기의 거리를 걸어간다. 서늘한 사운드와 나지막한 허밍이 따라붙는다. 돌아보자 보랏빛 눈동자로 화면을 주시하는 소녀는 루비였다.

효정은 심장이 터질 것 같았다. 루비가 드디어 데뷔했다. 효정은 앨범이 발매되길 기다렸다. 음반이 발매되자마자 수십 장을 샀다. 앨범 안에 들어 있던 포토 카드에서 루비 카드만 쏙쏙 골라 가진 뒤, 남은 건 정민과 혜리 그리고 현교 말고도 달라는 애들에게 다 나눠 주었다.

"나도 줘! 나도!"

"어디서 구했어?"

"블랙벨벳 진짜 멋져!"

"너 벨비안이야?"

벨비안은 블랙벨벳 팬클럽 이름이었다. 효정은 루비를 좋아하는 벨비안들과 덕친을 맺었지만, 루비와의 추억은 보물처럼 꽁꽁 숨겨 두고 아무에게도 말하지 않았다.

재민에게도 앨범을 내밀자 재민이 말했다.

"블랙벨벳?"

"굉장한 애가 있는 걸 그룹이에요."

"그렇게 좋아?"

"들어 보시겠어요?"

재민은 낯선 음악에 당황했지만, 딸이 친구들 얘기도 하고 표정과 행동에 비로소 생기가 돌아서 안도했다. 그러다 다시 유심히 쳐다보며 말했다.

"혹시 화장한 거야?"

"아, 혜리가 요즘 햇빛 보면 피부가 따끔거린다고 하니까 선크림에 쿠션을 바르면 좋다고 해서요. 이상한가요?"

"아냐. 평소랑 달라서."

재민은 효정의 모습을 금세 받아들였다. 거리에서도 교복 입고 화장을 한 여자아이들을 종종 봤다. 지금 한창일 때 아닌가. 재민 역시 화려하게 꾸미는 것을 좋아했기에 딸의 변화를 긍정적으로 여겼다.

우물처럼 깊고 어두운 레드 톤에 유혹적인 퍼포먼스로 가득한 「블러드」 뮤직비디오 속 루비는 화면 어디에 있어도 눈에 띄었다. 인터넷 게시판에도 기획사에서 루비만 편애한다는 댓글이 많았다. 효정은 그런 글들을 볼 때마다 괜히 자부심으로 뿌듯해지곤 했다.

데뷔 후로도 루비는 몇 번이나 효정의 꿈에 나타나 다정하게 속삭였다. 효정을 꼭 끌어안고 열정적으로 입을 맞추며 말했다.

'사랑해.'

효정도 말했다.

'나도 사랑해.'

루비가 속삭였다.

'널 위해서라면 뭐든 할 수 있어.'

효정도 소곤거렸다.

'널 위해서라면 목숨도 버릴 수 있어.'

루비는 목에 진하게 키스를 하더니 말했다.

'너와 영원히 함께하고 싶어.'

효정은 황홀하게 웃었다.

효정이 집으로 돌아가던 어느 밤이었다. 습관적으로 놀이터를 쳐다보던 효정은 놀라 어깨에 걸친 가방을 떨어뜨렸다. 그네에 앉은 루비는 검은 야구 모자를 푹 눌러쓰고 검은 마스크를 했다. 화려한 화장과 액세서리로 번쩍번쩍 빛나던 무대 위의 모습은 어디에도 없었지만 지금 자신의 눈앞에 루비가 있었다. 꿈인가 생시인가 싶어 바라보는데 루비가 오라는 손짓을 했다.

효정이 옆 그네에 앉자 루비는 검은 모자와 마스크를 벗으며 후, 하고 숨을 내뱉었다. 보랏빛 눈동자가 가로등 불빛에 제비꽃처럼 아름답게 피어났다. 효정은 가슴이 터질 듯 뛰고 머리에서 김이 나는 것 같았다. 루비가 말했다.

"잘 지냈어?"

"오랜만이네. 너는?"

"지난달에 데뷔했지 뭐."

루비의 얼굴은 더 작아진 것 같았다. 효정은 새삼 루비가 아이돌이라는 게 실감 났다. 효정이 말했다.

"축하해! 어떻게 그렇게 바로 데뷔했어? 대부분 오랜 시간 동안 연습하던데. 노래도 되게 잘하더라."

"운 좋게 기획사에서 준비하던 콘셉트랑 딱 맞아떨어져서 금방 데뷔했지. 나야 뭐 항상 준비된 스타였으니까."

대단한 자신감이었다. 하긴 그래야 무대를 장악할 수 있는 거겠지. 효정이 물었다.

"활동하는 건 어때? 힘들지 않아?"

"매일 방송이니 뭐니 스케줄이 엄청나. 무대도 장난이 아냐. 음방 첫날 사전 녹화 중에 글쎄 인 이어에서 불꽃이 튄 거 있지? 비 오는 날 무대에서 킬 힐 신고 춤추다 미끄러진 적도 있어. 그럴 때도 표정 연기하면서 카메라를 봐야 돼."

"고생이네. 그래도 진짜 멋있어."

"그래?"

루비는 미소 지었다. 루비의 입술이 효정에게로 다가왔다. 효정은 아득해졌다. 루비가 특유의 낮고 부드럽게 울리는 목소리로 말했다.

"고마워, 널 만난 건 기적이야. 나한테 네가 얼마나 소중한지 아마 잘 모를 거야."

루비는 가볍게 입을 맞추었다. 그동안 현실에서는 루비가 자신에게 전혀 관심이 없다고, 모두 혼자만의 몽상이라고 여기던 마음의 벽이 와르르 무너지며 효정은 울 것 같은 표정을 지었다.

"아냐, 알아. 나도 너를 정말……."

효정이 안으려는 순간, 루비의 휴대폰이 울렸다. 루비가 인상을 찌푸렸다.

"가 봐야 될 거 같아."

효정이 물었다.

"혹시 연락처 가르쳐 줄 수 있어?"

루비는 번호를 알려 주더니 말했다.

"이거 너만 알고 있어. 기획사에다가는 사촌이라고 해 둘게. 친구하고 연락하는 것도 싫어하거든. 나중에 헛소문 돈다고."

효정은 루비의 전화번호를 저장했다.

"전화할게."

루비는 오른손 검지와 약지로 전화기 모양을 만들어 보이더니 팔랑팔랑 손을 흔들었다.

*

다음 날.

등교해서 수업 준비를 하고 있는데 현교가 달려왔다.

“효정아! 이거 봐봐!”

효정은 휴대폰 화면을 보았다. 거기에는 뉴스가 떠 있었다.

‘블랙벨벳 루비, 다중 살인 혐의로 긴급 체포.’

효정은 손이 떨려 하마터면 폰을 떨어뜨릴 뻔했다. 간신히 책상 위에 놓자 현교가 다시 휴대폰을 가져가더니 말했다.

“지금 벨비안들 완전 난리도 아냐! 다들 당연히 우리 루비가 그럴 리가 없다는 입장이지. 내 그럴 줄 알았다, 연예인들 반반한 외모 믿고 나쁜 짓 하는 거 하루 이틀이냐는 둥 외부 커뮤니티 돌면서 일일이 싸우고 실드 치고 있긴 한데…… 대체 어떻게 된 걸까?”

효정이 중얼거렸다.

“루비가, 그럴 리가 없어.”

마침 등교한 정민과 혜리도 곧바로 대화에 끼었다. 그들도 이제 블랙벨벳의 팬이었다. 사생 팬이나 극성팬은 아니었지만 다들 노래도 즐겨 듣고 음악 방송도 자주 보며 포인트 안무까지 따라 췄다. 유행이니까, 또래의 예쁜 여자애니까.

하지만 살인이라니. 반 아이들 모두 믿을 수 없어 했다. 효정은 기회가 될 때마다 루비에게 전화를 걸었지만 매번 꺼져 있다는 안내만 나왔다. 효정은 답답했다. 도대체 어떻게 된 걸까? 네티즌들 중에는 루비가 살인을 저질렀다는 장소나 상황이 뭔가 자연스럽지 않다는 사람들도 있었다.

루비가 소속된 기획사에서는 살인을 주장하고 있지만, 경찰의 조사 결과는 의문투성이였다. 살인이 일어났던 당시 루비를 비롯한 블랙벨벳 멤버들은 지방의 한 고급 풀 빌라에 있었고, 그들뿐 아니라 기획사 사장을 비롯해 지방 고위직 공무원들과 지역 유지들이 함께 있었다. 여기서 루비는 여러 사람을 죽였다고 했다.

이 상황이 의미하는 바가 뭘까? 이를 두고 기자들은 물론이고 기사 댓글에서도 갑론을박이 벌어졌다. 가장 큰 의혹은 성 접대였다. 일단 성 접대가 의심되자 기자들은 소속사를 집중 취재하기 시작했다.

그러자 소속사의 연습생들 대부분이 미성년자고 과반수가 계약서를 쓰지 않았다는 점이 드러났다. 게다가 평소 사장이 성희롱에 가까운 행동이나 외모를 비하하는 발언을 수시로 하고 사비로 레슨비를 감당하거나 연습실 청소를 하는 건 기본이었다는 등 부당한 대우를 폭로하는 기사가 줄을 이었다.

연습생들의 실태가 대중의 공분을 사는 가운데, 경찰들은 루비의 행방을 찾고 있었지만 오리무중이었다. 기자 회견에서 그들은 루비의 인적 사항조차 확신할 수가 없다고 했다. 물론 주민

등록 번호가 있긴 했지만 조사 결과 도용한 것으로 나왔고, 당사자는 이 사실을 전혀 모르고 있었다. 과연 루비의 정체가 무엇인가에 대해 다시 사람들의 관심이 쏠렸다.

효정은 조마조마한 가운데 이 모든 상황을 하나도 놓치지 않고 보고 들었다. 가슴이 터질 정도로 도대체 무슨 일이 있었는지 알고 싶었다. 하지만 그 기사가 난 이후로 루비의 전화기는 내내 꺼져 있었다. 효정은 곧잘 루비의 이름을 부르며 울다가 깨곤 했다.

그렇게 깨어난 새벽, 누군가 부르는 소리에 효정은 가만히 자리에서 일어났다. 밖에서 누가 자신을 부르고 있었다.

“효정아.”

루비였다. 이건 꿈인가? 효정은 잠옷을 입은 상태로 홀린 듯 어두운 집 안을 걸어 문을 열고 밖으로 나갔다. 목소리가 부르는 대로 따라갔다.

도착한 곳은 아파트 입구 놀이터. 어둠 속에 그네에 앉아 있는 루비가 보였다. 루비는 가까이 오라고 손짓을 했다. 예전처럼, 처음 이곳에서 만났을 때처럼 효정은 초록 그네에 앉았다.

루비가 말했다.

“오랜만이야.”

효정이 말했다.

“너, 눈동자가…….”

“아, 이거. 난리 통에 그만.”

루비는 얼른 자신의 눈을 가렸다. 효정이 그 손을 치우며 말했다.

"아냐, 괜찮아. 네 이름에 어울려. 루비처럼 빨간색이네."

"원래 내 눈동자 색이야. 평소에는 렌즈 쓴 거야. 보라색 좋아하거든."

마침내 효정이 물었다.

"어떻게 된 거야? 정말…… 사람들을 죽였어?"

"응."

효정은 뭐라 대꾸해야 할지 몰랐다. 한참을 생각하다가 효정이 중얼거렸다.

"왜……."

"죽이고 싶어서."

"무슨 말이야?"

"완전 끔찍한 놈들이었어. 사장이 지방에 내려간다고 했을 때만 해도 멤버들도 행사 가는 줄 알았지 그런 곳에 가는 줄은 아무도 몰랐거든. 한숨 자고 나자 고급 별장 같은 데 도착했는데, 순 아저씨들만 있더라고. 그러더니 무슨 공사 기념 수영장 파티를 한다나. 싹 다 벗자고."

루비는 잠시 허공을 보더니 말을 이었다.

"멤버들은 사색이 돼서 도망가려고 했지. 대부분 몸도 제대로 가누지 못했어. 도착하자마자 마셨던 술에 뭐가 들어 있었던 것 같아. 몽롱하고 기분이 이상했어. 벗은 몸에 베네치아 가면만 쓴 남자 열둘이 우리 넷에게 달려들었고…… 정신을 차려 보니 딴 멤버들은 쓰러져 있었고 나는 피에 흠뻑 젖어 있었어."

"그게 무슨 뜻이야?"

루비는 한동안 대답하지 않았다. 마침내 루비가 말했다.

"난 이제 떠나야 해. 같이 갈래?"

효정이 대답하려던 찰나였다.

*

어느새 눈을 빛내며 일어난 루비가 사나운 눈초리로 놀이터 앞 공터를 쏘아보았다. 밤보다 더 검은 정장에 망토를 두르고 등에 큰 칼을 찬 사내가 나타났다.

"뭐, 뭐야?"

효정이 놀라자 루비가 곁으로 다가왔다. 남자가 멈춰 서더니 말했다.

"애인을 찾아올 줄 알았어."

루비가 말했다.

"꺼져. 반현섭."

현섭이 피식 웃었다.

"그러고 싶지만, 의뢰가 들어와서. 경찰이 안 되면 나라도 널 제거해 달라고 하던데. 사장, 네 정체를 알고 있었지? 준비하던 앨범 콘셉트랑 찰떡이라면서 단번에 데뷔시켜 주고 활동도 밤에만 시키고. 근데 그렇게 은혜를 갚은 거야?"

반현섭은 등 뒤에서 칼을 뽑았다. 스릉 하고 나온 커다란 은빛 검이 가로등 불빛에 번뜩였다. 루비가 말했다.

"그놈이 자기가 한 짓은 말 안 했나 보네? 그거 안 들키려고 나 죽여 달라고 했어? 의뢰만 받으면 다 하나 보네?"

현섭이 씩 웃었다.

"빙고. 난 항상 인간 편이다. 넌 이제 죽었어."

"어림없는 소리."

루비는 훽 하고 날아오르더니 가로등 위로 올라갔다. 현섭도 따라 날아올랐다. 그는 루비보다 두 배로 크고 길며 칼은 몹시 무거워 보였지만 행동은 한 마리의 새처럼 날렵했다. 루비 역시 한 마리의 새 같았다. 그들은 검고 긴 망토를 두르고 있었다. 망토로 자유자재로 날아오르고, 방패와 칼처럼 서로 공격을 막거나 하거나 했다.

효정은 그들이 불꽃을 튀기며 싸우는 비현실적인 광경을 넋 놓고 바라보았다. 어느새 현섭은 효정을 끌어당겨서 자신의 앞에 세웠다. 날개를 세우고 달려들던 루비가 멈칫했다. 현섭이 말했다.

"자, 어쩔래? 순순히 목을 내놓으면 네 애인은 살려 줄게. 하지만 조금이라도 움직이면."

현섭은 칼을 효정의 턱 밑에 갖다 댔다. 차가운 금속의 감촉에 효정은 덜덜 떨면서 말했다.

"루, 루비야. 나, 난 괜찮아. 그러니까 어, 얼른 도, 도망가."

칼날이 턱 아래를 파고들었다. 살이 베여 피가 흘렀다. 루비의 눈동자가 붉게 빛났다. 루비가 현섭을 보더니 말했다. 목소리가 나이 든 여자처럼 부드럽고 간드러지게 바뀌어 효정은 깜짝 놀랐다.

"현섭아."

순간적으로 현섭의 몸에서 긴장이 풀렸다. 잠시 후 현섭이 대꾸했다.

"어, 어머니?"

"그래, 현섭아. 엄마야."

루비는 천천히 다가오고 있었지만 현섭은 허공을 멍하게 쳐다보고 있었다. 현섭의 눈가에서 눈물이 한줄기 흘러내렸다.

"보고 싶었어요."

"엄마도 우리 아들이 정말 많이 보고 싶었단다."

"어머니."

루비가 뭔가를 보여 주는 것처럼 한 손을 폈다. 효정의 눈에는 아무것도 보이지 않았지만 현섭에게는 뭔가가 보이는 것 같았다. 루비가 말했다.

"이 거울에 비친 사람을 봐라."

현섭이 물었다.

"이, 이 남자는 누구죠?"

루비가 대답했다.

"바로 나를 죽인 헌터란다. 내가 너를 잉태했다는 사실을 알고 죽이려고 했지. 이 남자를 죽여야 날 살릴 수 있어."

"이, 이, 나쁜. 나쁜……."

현섭이 이를 꽉 물자 입가가 올라가더니 날카로운 송곳니가 드러났다. 효정의 목을 겨누던 칼이 서서히 내려갔다. 다가온 루비는 효정을 자신에게로 끌어당기더니 여전히 손바닥을 편 채 현섭에게서 멀어지면서 말했다.

"어서 죽여!"

현섭은 으으, 하고 신음 소리를 내면서 덜덜 떨리는 손으로 자기 목에 칼을 겨눴다. 루비의 주문에 걸린 마음과 스스로를 죽이지 않겠다는 몸이 서로 격렬하게 싸우고 있는 것처럼 보였다. 현섭이 비명을 지르자 푸른빛 같은 것이 몸에서 뿜어져 나왔다.

효정이 놀라 쳐다보는데 루비가 외쳤다.

"피해!"

루비가 효정을 데리고 날아오르자 칼이 따라왔다. 현섭이 으르렁거렸다.

"더러운 것! 감히 술수를 부리다니."

현섭이 외쳤다.

"너도 정신 차려! 아무리 매혹적인 외모를 하고 있어도 본질은 사람 피를 빨아먹는 괴물이야. 네가 용케 살아남은 건 저 괴물이 가끔 자기 마음에 드는 먹잇감을 갖고 놀기 때문이야. 무덤으로 데려갈 애인으로 삼으려고."

루비는 효정을 안은 채 가로등 위에 서 있었다. 가로등 위는 둥글고 비좁아 발레리나처럼 발끝으로 서 있는 거나 다름없었다. 현섭이 말하는 것처럼 괴물이라기보다 아예 다른 세계에서 온 존재 같아서 효정은 더 놀랍고 신비하게만 느껴졌다.

루비는 아래로 내려와 효정을 내려놓고는 앞으로 막아서며 현섭에게 말했다.

"너와 나의 일이야. 이 아이는 건드리지 마."

"과연 그럴까? 너한테 홀린 걸 보니 저 애도 반쯤은 흡혈귀가 된 것 같은데? 저 풍성한 머리를 걷으면 분명 물린 자국이 있을걸."

효정이 저도 모르게 목을 만지자 현섭이 말했다.

"넌 흡혈귀에게 물린 거야. 목이 아니라 다른 곳에 물렸는지도 모르지. 아직은 괜찮을지도 몰라. 햇빛에 나가는 것도, 피를 마시지 않는 것도. 하지만 너도 점점 그렇게 될 거야. 저것과 어둠 속에 처박히고 말걸."

효정이 루비를 쳐다보았다. 루비가 말했다.

"그래서? 흡혈귀는 사랑하면 안 되나? 저 애와 나, 서로 사랑해."

효정의 가슴이 뛰었다. 현섭이 말했다.

"사랑은 무슨. 먹이에 대한 집착이겠지!"

현섭은 칼을 휘둘렀다. 또다시 둘은 칼과 날개를 맞대며 싸웠다. 서로 한 치의 양보도 없이 대립하는 동안 효정은 정신을 차리고 주변을 둘러보았다. 놀이터 주변에 굴러다니는 벽돌이 보였다. 효정은 벽돌을 주워 들고 현섭의 뒤로 다가갔다. 뒤통수에 있는 힘을 다해 벽돌을 날렸다. 예상보다 훨씬 세게 퍼억 하는 소리가 나고 현섭이 중심을 잃고 비틀거렸다.

루비가 이때다 하고 날개를 휘둘러 현섭의 몸을 세로로 갈랐다. 루비와 효정은 분수처럼 솟구치는 피를 흠뻑 뒤집어썼다. 피범벅이 된 채로 둘은 서로를 보았다. 루비가 말했다.

"그날도 이랬어. 그 남자들을 다 죽인 날."

*

그때 뒤에서 누군가 외치는 소리가 들려왔다.

"효정아!"

효정이 돌아보았다. 재민은 희미한 가로등 불빛에 화려하게 빛나는 가느다란 두 손을 모아 입을 가리고 있었다. 효정은 놀라 얼굴에 튄 피를 닦으려 했지만 더 엉망이 되었다. 재민이 말했다.

"이게 무슨. 어떻게, 어떻게 된 거야?"

효정은 앞을 보았다. 반으로 갈라진 남자가 쓰러져 있었고, 곁에는 루비가 서 있었다. 루비는 붉은 눈동자로 효정을 보며 손을 잡았다. 재민이 물었다.

“너, 네가, 혹시 사람을 죽인 거니? 눈에는 피가 튄 거야? 다쳤어?”

효정은 한 손에 들고 있던 벽돌을 내려다보았다. 벽돌을 던져 버린 효정이 말했다.

“저, 저는.”

재민은 짧게 울음을 터뜨렸지만 이내 눈물을 닦고는 손을 저었다.

“아냐. 내 딸이 그럴 리가 없어. 옆에는 누구니? 저 애가 시킨 거지? 저 애 때문인 거잖아. 그렇지? 넌 누구니? 누군데 내 딸 손을 잡고 있는 거야?”

루비는 대답 없이 효정만 쳐다보고 있었다. 루비가 마음속으로 말했다.

‘나랑 같이 갈래?’

재민이 효정을 바라보았다.

“그래. 실수야, 실수. 어서 이쪽으로.”

효정이 말했다.

“저는 당신한테 돌아가고 싶지 않아요.”

“왜?”

“숨 막혀서. 당신은 사람을 숨 막히게 해요. 뭐든 제멋대로고 한 번도 제 의견을 물어본 적이 없잖아요. 항상 주목과 관심을 독차지하고 싶어 하잖아요. 당신 곁에서 들러리 하는 거 지쳤어요. 저는 당신의 인형이 아니에요."

"뭐?"

재민은 눈만 깜빡이더니 정신을 차리고 말했다.

"그, 그래. 알았어. 앞으로는 우리 딸한테 신경 많이 쓸게."

"앞으로는 없어요. 당신 딸은 죽었어. 안녕."

효정은 휙 돌아선 다음 루비와 걸어갔다. 재민이 달려오는 소리가 들렸다. 재민이 외쳤다.

"가지 마! 내 딸! 엄마가 다 잘못했어. 잘못했으니까 제발!"

효정은 루비의 손을 꼭 잡았다. 루비가 속삭였다.

'자, 간다. 새로운 세계로.'

효정도 말했다.

'이제야 살아 있는 것 같아.'

둘은 새빨간 눈동자로 서로를 쳐다보다가 빠르게 달렸다. 루비가 말했다.

'날아 봐.'

'내가? 난, 난 망토도 없는데?'

'해 봐! 하나, 둘, 셋!'

둘은 동시에 땅에서 발을 떼었다. 효정도 자기 힘으로 날았다. 온전히 자신의 힘으로. 감격한 효정은 눈물을 흘렸다. 새처럼 내려다본 밤거리는 반짝거리는 불빛으로 가득했다.

안드로메다 구하기

초판 1쇄 인쇄 2022년 11월 15일
초판 1쇄 발행 2022년 11월 15일

지은이 김설아
편집 주자덕
윤문 및 교정 김미숙
발행인 주자덕
인쇄 미래피엔피
펴낸 곳 아프로스미디어
출판등록 제 2016-000073호
주소 서울특별시 성동구 금호로 173, 101동 904호
전화 02-6352-5133
팩스 02-6455-5891
홈페이지 www.aphrosmedia.com
전자우편 spitz70@aphrosmedia.com
ISBN 979-11-89770-31-0 (03810)

* 투고는 언제든지 환영이니 이메일로 보내 주세요.
* 잘못 만들어진 책은 구입하신 곳에서 바꾸어 드립니다.
* 책값은 뒤표지에 있습니다.